海盜電臺

上集

PIRATE TV

克里斯豪斯　著

高寶書版集團

Film No. 001
Title 彩虹之上

Film No. 002

Title 蔚藍大海

好評推薦

忍不住佩服作者的想像力，臺灣確實是適合誕生Caroline的獨特地方！

——班與唐・作家

向世界發送電波

何玟珒・小說家／Caroline地下粉絲

坦白說，翻開《海盜電臺》之前已經做好了抑鬱的準備，然而在閱讀的過程中，我逐漸發現，好像不用做太深沉的心理準備也沒關係，《海盜電臺》走的不是苦大仇深的路，作者體貼地將故事處理得易讀輕盈，滿滿生活感（看看Caroline的成員們在故事中吃了多少東西！），我想這種小小英雄的凡人感是有必要的，提醒無論在多麼艱困的環境下，人們還是要吃食、打鬧與認認真真談戀愛。《海盜電臺》的筆法並不壯闊，以較為輕盈的路徑回應沉重議題，鏡頭聚焦於真・普通人身上，如若一個世界只能等待一個英雄來救，那樣的世界也太絕望了吧！

此書定調為LGBTQ小說，但說的是比這些更多的事情，某些調查段落讀起來甚至頗有推理小說的感覺。關於威權、權勢壓迫的創作難寫，困難之處在於：寫得輕了有不莊重、視受壓迫者的苦難為無物之嫌；寫得重了，失去分寸，劍走偏鋒是將受苦的場景轉為獵奇驚悚的場面，引人注目之外，對曾蒙受傷害者而言，那些虛構卻與現實不謀而合的種種細節，都有可能是創傷的重召，寫作者開啟創傷的盒子，卻不一定能蓋上蓋子，徒留讀者獨自面對被意外開啟的創傷之盒。

當今是一個有諸多證詞的時代，社群媒體上有許多受傷的經驗，種種訴說都比虛構小說來得真實，當代小說的使命（如果有這種東西的話）是再現血淋淋的真實嗎？

《海盜電臺》大概不這麼認為吧？在真正會令人感受到「痛」的場面，作者都輕巧帶過、不渲染細節，溫柔地不讓讀者直面傷痛的二次展演，即便是寫結構中的惡人也多採取一種平視的視角，但從作者描摹角色的樣態與少少的幾句關鍵臺詞，讀者能確實地知道有一群人受傷了，「不說」比「說」更有想像空間和力道。故事中的每個角色幾乎都有傷口，且掙扎著想辦法帶著傷口活下去。

小說的故事背景雖然設立於藝文審查苛刻的半架空威權社會，但諸多線索照見現實，讀著、讀著會憶起臺灣本地的戒嚴時期，有時會莫名看向臺灣海峽另一端，連沒有其他政黨的這一點也很像呢……在那樣子表達的自由與基礎信任失卻的社會，在那樣子連幫忙都得迂迴的社會中，仍有一群人願意相信彼此、試著發聲。

聲音在此書中具有多重意涵，首先最能被辨識出來的應當是「電臺發聲」這個意象（雖然故事中Caroline主要是拍各式影片），再來是歌手許閔文的「失聲」與領袖鄭楚仁的「重聲／身」，以個人之身代指家國社會的主旋律和異音，指向結構中的複雜與曖昧。（被）噤聲與只有一種聲音同等危險，不被允許訴說的往往更加真實。無論如何，都不要忘記向世界發送電波。

最後，雖然與此推薦文的大體調性相差甚遠，且不知道會不會爆雷……但我還是想說：諸君！快來看跑酷大男孩（有夠帥）跟女裝大佬（有夠香）在談戀愛啦！他們偷偷調情！

Film No. 001

Title 彩虹之上

第 1 章

Caroline

「八之三到九之五街區的各位聽眾早安，我是大家最喜歡的主持人Sandy。現在是星期五早上八點，是時候開始上班了，有週休二日的朋友們應該很雀躍吧，只要完成今天的工作就能放假了，不知道大家這個週末有什麼計畫？下班之後不知道要做什麼的朋友，今天可以到五一大樓附近晃晃，也許會看到出乎意料之外的驚喜唷！錯過的朋友也不用擔心，接下來幾天我也會在廣播提供相關的訊息。

「好的，早上的廣告時間就到這裡，接下來要播放的第一首歌曲是許閔文老師的〈Sunday Blue〉。今天剛好是許老師逝世兩年的日子，不知道還有多少人記得他呢？雖然現在許老師的作品已經完全消失在大眾通路和平臺，但直到十多年前，許老師都還是各大音樂獎項的常客，以風格獨特的旋律和展現出敏銳觀察的歌詞聞名。這一首〈Sunday Blue〉便透過假期最後一日的悵惘描繪出面對時代終結的焦慮不安。這邊用這首歌紀念許老師，希望您在另一個世界過著沒有束縛的日子。」

溫柔醇厚的男聲唱著難以捉摸的旋律，許至清一邊跟著廣播哼歌，一邊將棉被摺得方方正正，就如同他母親每天都會做的那樣。這首歌他聽了太多次，旋律和歌詞都已經深烙在大腦中，但唱出來總是有哪裡不對勁，也許他真的沒有這方面的天賦，耳朵聽得出最細微的差別，卻無法準確掌控自己的聲音。

他換上平時不常穿的襯衫和西裝褲，把昨天他煩惱了一夜才從父母遺物中翻出來的六色手帕塞進胸前口袋。他收到的指示只有時間、地點和一句「Wear your PRIDE on your heart.」他的思考方向應該是沒有錯的，手帕足夠顯眼但又能立刻藏起來，作為會面的暗號再適合不過，他對著鏡子調整了一下，只露出手帕的一小角。

走到主臥室裡父母的結婚照之前停頓了下，許至清對著笑得燦爛無比的男女雙手交握，閉眼默念了一段禱詞。他和父母都不信教，但他只是需要一段文字來寄託自己的感情，表達無法言明的情緒。他信仰的不是虛無縹緲的神，而是他記憶中從高大到佝僂的兩道身影。

「我走啦。」他輕聲說：「別太擔心我。」

關上收音機，他把用了幾年的手機留在桌上，背著輕便的行囊走了出去。

眼前是棋盤一般方方正正的路，許至清沿著第三街從第八大道走到第五大道，一路上都是高度整齊劃一的六層樓公寓，街區和街區之間隔著一小片綠地，從高空鳥瞰就像是感光元件的拜爾濾色鏡一樣，草綠色規律地夾雜著磚紅色和灰藍色，從更遙遠的宇宙看下去不知道會是什麼樣的光景。這樣的整齊劃一也許對許多人來說是賞心悅目吧，但許至清更喜歡小時候被高高低低的建築包圍的家。

七之三、六之三、五之三。從這裡再過去就是這個城市最熱鬧的商業區，林立的大樓遮掩住藍天，大面積的LED螢幕即使不在晚上也炫目無比。監視器太多了，許至清想，基本上不可能不被拍到，而且這裡離攔查業績數一數二的四一分局不遠，在特殊管制區之外大概沒有哪裡比這個地方更不適合見面，不過他還是來了，沒有過一點猶豫。

「蝦仔。」低沉的女聲說，許至清轉過身，就看見戴著帽子的女人叼著一根棒棒糖，長長的瀏海蓋住一邊眼睛。他的視線落在她耳朵上掛著的字母C耳環，露出友善的笑容。

「好久不見。」

女人張開雙臂，像是歡迎老朋友一樣給了他一個擁抱，「走吧，時間差不多了。」

許至清沒有問是什麼的時間差不多了，而是跟上女人輕盈的腳步。她走路時幾乎沒有腳步聲，臉上的表情雖然很放鬆，但眼神帶著警戒，不時會向上瞥。是監視器，許至清注意到，她對鏡頭十分敏銳。

他們沿著第五大道繼續往第一街走，五一大樓巨大的螢幕在女人側臉撒下一抹藍，照射出她左側臉一片不明顯的傷痕組織。許至清只看了她一眼便回頭面對前方，跟隨女人無聲的指示前進。

「看過張芯語的電影嗎，蝦仔？有什麼感覺？」

許至清愣了半秒，「嗯，電視上常播……沒什麼特別的感覺。」

張芯語是近期十分成功的年輕導演，擅長處理細膩的情感，尤其是沒有付諸言語的曖昧交流。她拍的最多的是青少年成長故事以及愛情片，票房表現都十分亮眼，最近一兩年和政府也多有合作。許至清雖然並不特別喜歡她的作品，但必須承認她在操縱觀眾情緒上確實很有一套。

「妳呢？」許至清問，即便他能從女人的臉上看見答案。

「愛死了。」女人的嘴角揚起嘲諷的弧度，眼中沒有笑意，「沒有人比她更會在不討論一個主題的情況下拍攝那個主題，張大導演確實是個善於引導觀眾注意力的好導演。」

她聽起來不僅只是透過電影間接認識這位導演，但許至清沒有多問。

橫跨數十層樓的巨大螢幕上重複播放著張芯語新作的預告，像是在說「你只有這個選擇」。這和現實也差不到哪去，每次這位導演有電影推出，宣傳的力度便幾乎可以用壓倒性的暴力來形容，畢竟是官方合作的導演之中相當有觀眾緣的一個，又是「歸順」的地下創作者中懷柔政策的最佳體現，她的作品不可能失敗也不能失敗。

許至清隱隱約約猜到了被叫來這裡的原因，但並不確定會被賦予什麼樣的任務，畢竟他是個還沒有正式加入組織的新人。

「差不多了。」女人說：「你是個無照演員對吧，蝦仔？」

許至清點點頭，拳頭倏地握起再放開。女人往他胸前的口袋放了什麼東西，然後掏出一個藍芽耳機塞進他左耳，「我還有事情要處理，等一下見。」

「等等，我——」

他話沒說完，女人就已經轉身離去，馬尾隨著步伐甩動。許至清無奈地檢查口袋，發現了一個隨身碟和一支手機，手機上還有數字鍵盤，介面與一般智慧型手機全然不同。他有些不知道該從何下手，碰了螢幕發現沒有觸控功能，他不熟練地用機身中央的移動和確認按鈕操作，確認已經透過藍芽配對好耳機，打開聯絡人只看到一個號碼，名字標示為「Truman」。

除了撥通之外他也不知道自己還能做什麼。

「蝦仔。」

是個聲音很有磁性的男人，許至清碰了下耳朵，頭皮有點發麻。

「你在五一大樓門口了？」

許至清點點頭，之後才恍然地「嗯」了聲。

「我們需要你幫忙做點小事情，要退出的話現在還來得及。」

許至清笑了聲，「不用。」

「好，希望你之後不會後悔。」

他隱隱覺得對方的語氣有那裡不對勁，但Truman很快就進入了正題。

五一大樓的一到五層是商家，六樓以上則是辦公區域，要搭乘員工電梯才能到達，並且需要刷員工證，不過這在人多時並不成問題。許至清跟著上班的人流擠進電梯，和其他人一樣讓站在門口的人幫忙按了樓層按鈕，在抵達八樓時出去。目的地和他相同的人沒有一個看他一眼，而是快步各自往工作崗位移動，許至清一面走一面戴上了口罩，通過打開的玻璃門，攔下一名女員工。

「我是金榮銀樓的員工。」他咳了聲，用友善的語氣說：「我來找負責看板租用的陳先生。」

對方看了他一眼，直接走到同事的辦公桌前，拿起座機的話筒撥了通電話，冷冷地說「您的兩點鐘來了」。之後兩個人不知怎麼地因為這件事吵了起來，許至清尷尬地退到一旁，爭吵聲和Truman的聲音同時傳進他耳中。

「說了別亂動我的東西！」

「電話是公司的，不是你的，我用一下又怎麼了？」

「先和我說一聲有那麼難嗎？」

Truman 嘖了聲，聽不出是什麼情緒，「這樣的員工我可不會留。」

聽起來就是大老闆會說的話，許至清想。

他不著痕跡地觀察一下周遭，把隨身碟拿了出來。剛才 Truman 給他的任務很簡單，他只需要假借更新廣告的名義讓負責人把隨身碟插進電腦，接著讓對方在接下來五秒不要看著電腦螢幕就好。許至清曾經讀過這種系統入侵工具，印象中有個可愛又無害的名字，叫橡膠小鴨，能夠偽裝成鍵盤輸入裝置完成預先設置好的指令。在這之前他沒有實際見識過，即便這樣拿在手中，也看不出和一般隨身碟有什麼區別。

「林先生嗎？」來人長著一張憨厚老實的臉，從外表判斷不大出年紀，要說他是長相比較成熟的三十歲或是不顯老的五十歲許至清都會相信。男人在對上他的視線時頓了頓，「今天怎麼不是林先生過來？」

許至清堆起笑容，「林先生今天沒辦法來，我是被派來跑腿的。」

「哦？」男人把他帶進辦公室，「我以前沒見過你，通常來的不是林先生就是黃小姐。」

門口有監視器，對角線的牆角又有一臺。許至清側過臉，語帶保留地回答：「我還是實習生，可能大家今天都忙不過來，這次只是要更新廣告，就讓我負責送檔案了。」

男人不置可否地應了聲，接過隨身碟彎身插進主機，許至清在對方能起來之前擠到螢幕前，語氣驚慌地說：「啊！這好像是之前舊的版本。」

白字在黑底上迅速跑動，等畫面只剩下正常的資料夾，他才退到一旁，用滑鼠點開了名為「金榮AUG」的檔案，短短的廣告無論從美感還是製作品質來看都相當一言難盡。

男人看了之後點點頭，「是舊的版本沒錯，已經用兩個月了。」他望向許至清，「話說回來，你們以前如果只是更新檔案都是直接寄信，怎麼這次讓你親自送？」

「希望你之後不要後悔。」這是Truman說過的話，許至清開始懷疑是不是被耍了。

「老闆想讓我來見見世面，實際接觸一下刊登廣告的管道。」想到父母曾告訴他關於Caroline的資訊，他補上一句，「其實我是透過鄭叔叔的關係拿到實習機會的，有很多事情都不了解。」

耳機傳來的輕哼像是笑聲，眼前男人的表情也流露幾分戲謔，許至清終於意識到現在是什麼情況，但也沒有魯莽地拆穿。

「真的很抱歉浪費了您的時間，我馬上回去處理。」

「沒事，鄭老闆工作繁忙，偶爾犯點錯也是正常的。」男人把隨身碟交還給他，「正確的檔案找到後直接傳給我吧，你可以回——」

火災警報在這時突然響起，許至清愣了一瞬，男人立即按著他的肩膀把他帶到辦公室之外，開始指揮所有人撤離。

「就這樣跟著他們下樓。」耳邊的Truman說：「出去之後我們的人會帶你過來。」

過來，所以這個人現在是在他們的總部嗎？許至清先把自己滿頭的問題放在一邊，順著人潮走下樓梯。由於沒有見到濃煙或大火，所有人的心情都很輕鬆，說說笑笑地猜測這次又是哪個笨蛋誤用微波爐，觸發了火災警鈴。也有人抱怨不該逼迫整個大樓的人放下工作，等到確認真的有火災發生再疏散也不遲。

「五一大樓的偵煙器很敏感。」Truman說：「光是爆米花微波過頭的煙就足夠觸發了。」

許至清不懂這個人為什麼要在他不能說話的時候跟他聊天。

「很多人抱怨這是在浪費消防資源，不過五年前五一大樓曾經發生相當嚴重的火警，一開始也是看不見火和煙霧，很多人都沒有戒心，不願意配合疏散，結果火勢突然加劇，再加上警消當時決策上的疏失，最終造成嚴重的死傷。在那之後就嚴格規定每次火警都一定要確實完成全體疏散，無論是否很可能為假警報。

「不過你看，在場的人看起來都不緊張對吧？當時新聞壓得很確實，很多外地人根本不知道五一大樓發生過什麼事，當然也不是沒有老員工記得當時的悲劇，但這五年不斷發生的假警報磨平了他們的警戒心，大多數人的記憶就是如此短暫。

「或者應該說他們是被訓練成這樣的，畢竟記憶太長久的人很難快樂地活下去。希望你和他們是不同的，蝦仔。」

許至清真的很希望這個人等到他出去了再向他說教，這樣他至少可以回嘴對方是在浪費時間說服想法相同的人。

八樓的高度他因為人潮而走了好一會，最後終於到了一樓。這時觸發警報的罪魁禍首已經被找到，是一個想用微波爐加熱巧克力餅乾吃，結果臨時被上司叫走又不小心把一分鐘設定成十分鐘的員工。許至清走出門的時候正好撞見對方被上司罵得狗血淋頭，一面鞠躬一面連連陪笑。許至清在和人群拉開距離之後問：「那這種員工你會留嗎？」

Truman似乎沒有預期到這個問題，「只要他燒的是別人的大樓。」

「啊，他也是你們的人？」

「不是他，也不是我們的人，只算是協力者。」Truman沒有多說，「這邊右轉進停車場，車牌CL結尾的休旅車。」

黑色休旅車的後座坐著戴C字耳環的女人，許至清在她的比劃下坐進駕駛座，啟動車子。架在儀表板上的導航已經設定好路線，許至清回頭看了他的乘客一眼，女人聳聳肩，並沒有向他解釋的意思。

他抿起唇，退出停車格，照著導航的指示上路。

這是對他的測試嗎？許至清想。剛才和他接觸的陳先生顯然也是個協力者，或者是這些人的伙伴，如果他們的目標是要利用五一大樓的螢幕播放什麼，根本就不需要許至清的幫忙。何況他只是個尚未正式加入組織的新人，不應該擔負任何重要的任務，他所扮演的到底是什麼角色？

「……我沒有瘋，但沒有人相信我……」

許至清沿著第五大道開，隱約可以聽見經過變聲器處理的人聲，大部分路人都停下了腳步，抬頭看著五一大樓的電子看板。他將車窗搖下些許，聲音從縫隙間洩了進來。

「『病人沒有病識感。』他們這麼說，『病人有攻擊傾向。』他們合力把我綁在病床上，但我只是想見她一面，我只是想證明這一切都是真的，我們真的相愛了。

「那不是我的幻想。我沒有瘋。」

接著是低沉的男聲，「在這樣的世界，清醒是我們最嚴重的病。《彩虹之上》，十月——」

「——《心聲》導演張芯語最新力作，《夢中的你》現正熱映中！」

兩分鐘，先前的疏散爭取到不少時間，不過這也和許至清做的事情沒有什麼關係，他只是去走個過場的，他……是用來轉移焦點的燻紅魚嗎？心臟一沉，許至清握著方向盤的手微微發白，他和後座的女人透過後照鏡對上視線，打破了沉默，「你們要的是什麼？我去過五一大樓的證明？」

「只要你不背叛我們，沒有人會看到那幾分鐘的監視錄影畫面，他們會預設犯人是趁著假警報的空檔闖進大樓的。」Truman 開口，用平穩的語氣說出了接近威脅的言詞，「但如果你做出任何可能傷害到我們的行為，我會匿名送出這份證據。因為你家庭背景的關係，我想他們會很樂意把你直接當作 Caroline 的主使者，用你來殺雞儆猴。」

女人攤開手，「先聲明，我當時投的是反對票，但我們五比一輸了。」

許至清哼了聲，「少數決？」

「在這種事情上我們老大比較獨裁。」

「老大？」

「是我。」Truman直接承認，「這是我一個人的決定，我認為有這個必要，不需要你諒解。如果還是想要加入我們，你的乘客會幫你把導航目的地改成我們的基地。」

許至清沉默了好一會，笑了，「你就和我聽說的一樣，『鄭叔叔』。」

Truman，鄭楚仁，金榮銀樓的年輕老闆，他父母口中有點信任問題的舊識，五年前開始活動的地下製作團隊Caroline的領導者。

「我沒有你這麼大的姪子。」鄭楚仁說：「歡迎來到Caroline，蝦仔。」

許至清第一次看到Caroline的作品是四年前，他在捷運月臺等車時突然在懸吊的螢幕上看見一部動畫短片。動畫很短，只有大概兩分鐘長，主題是兩個月前高中生因為受到霸凌而自殺的事件。當時許至清站在原地看了許久，聽著溫柔的女聲念誦學生留下的遺書，畫面上用最溫暖的色彩描繪出最殘酷的暴行，許至清就這樣錯過了要搭的車，看著短片重播一次又一次。

「Caroline製作」，他當時記住了片尾出現的名字，原先還以為Caroline是一個人，不知道背後有誰支持，竟然能讓這樣的作品在公共場所播出。在和母親提起後才知道，原來Caroline是一個成員不明的組織，他們的作品也從未經過官方認可，而是透過不同的方式「劫持」螢幕和頻道播出。

有時偷偷換掉戲院的封包硬碟，有時覆蓋衛星電視的訊號，有時無預警地駭入一整個住宅區的電視。在那之後，許至清就找到了目標，就算沒辦法找到加入他們的方法，他想，他也要和他們一樣，撬開言論和資格審查編織出的網。

他知道母親會擔心，也知道她一直刻意不再提起關於Caroline的事情，直到她過世的那個晚上，母親和他說起鄭楚仁，給了他一個聯絡地址。

「信不要用寄的。」母親說：「直接親手投進信箱。」

「對不起，至清，這幾年辛苦你了。」最後她露出罕見的笑容，「媽媽愛你。」

那是他不善表達的母親第一次對他說「愛」。

許至清對Caroline有很多想像，他們就像是現在已經被禁止的超級英雄（「所有犯罪都應交由公權力處置，任何作品不得鼓勵私刑或出現民間正義之士。」），也像是同樣不得描繪，屬於混亂善良陣營的俠盜（「法律是善絕對的標準，任何作品不得因為任何理由鼓勵犯罪行為。」），用藝術和真相衝撞著不合理的體制。這正是他父親生前因為當局壓迫不得不放棄的志業，Caroline的出現讓許至清看到了希望。

他們的基地會是什麼模樣呢？是否偽裝成與藝文完全無關的店面，或者是沒有單一的據點，成員各自完成自己的任務，抑或是如同賦予組織名稱的地下電臺那樣，以移動的交通工具作為根據地？

答案是以上皆非。許至清在中途依照指示換了車，之後開進一棟平凡的五層樓公寓，一層樓四戶。許至清和介紹自己為Sue的女人從停車場直接坐電梯到了頂樓，就看見一群人坐在矮凳上，圍著烤網生火。

「來了來了！」一個看上去沒有明顯性別特徵的年輕人，一手拿著兩公升的可樂，一手拿著兩個馬克杯，滿臉笑容地跑到許至清面前，「嗨，我是Caroline的攝影師洛基，很高興認識你，蝦仔。聽說我們過度保護的鳥爸爸為難你了？不好意思啊，希望你不會討厭他。來，喝點可樂消消氣，馬上就要開始烤肉了！」

許至清愣愣地看著來人，「謝謝……？」

他的視線掃過正在生火的兩個人，用夾子調整著木炭的青年看上去未成年或是剛成年不久，一雙手十分寬大，身體其他部位卻還沒有跟上雙手的發育，身材瘦瘦長長，鼻頭微翹的臉還帶著稚氣。在一旁用扇子搧風的女人就算蹲著也能看出個子很高，長相和身旁的青年有點相似。

許至清接著看向正在串烤肉串的男人，看起來大概四十多歲，貼身背心將壯碩的身材展露無遺，努著只能用豐厚形容的嘴唇認真地將肉插到金屬串上。Sue接過洛基倒給她的可樂就往男人的方向走去，踢了張椅凳到他旁邊，加入串食物的行列。

「在升火的姊弟檔是Phi和小小，為了避免他生氣所以先和你說，Phi他今年十九，已經成年了，是Caroline的特效和動畫小天才。他家大姊是我們的美術和道具擔當，不過更多時候應該說是我們的……馬蓋仙？你知道馬蓋仙嗎？總之就是個可以用湯匙做出收音機的奇人。」

「就算是我也沒辦法用湯匙做收音機，洛基。」一點也不嬌小的小小說：「我還需要刀片、迴紋針——」

「妳搧太用力了！」Phi怒叫，把夾子塞進小小手中，「交換交換！妳根本就是來搞破壞的！」

「我這纖細的手怎麼能用來做這種粗活？」

「妳對纖細這個詞是有什麼誤會？」

洛基忽略姊弟檔的拌嘴，指著在場年紀最長的男人繼續說：「那個看起來有點騷包的傢伙是叮叮噹，我們的服裝和化妝師，平時負責在我們出去自找麻煩前把人畫得自己都認不出來。」

「我是Tinker Bell，Tinker Bell知道嗎？」男人不滿地說：「不是叮叮噹也不是藍色的小叮噹，而是有翅膀的小妖精。」

「……鈴鐺。」Sue嘆口氣，「麻煩你閉嘴，我怕我吐在大家的食物上。」

「Sue你已經認識了，她是我們的剪接和神力女超人。」洛基露出十分有感染力的笑容，「至於我們的兩個大家長，Truman是我們的金主，也是決定Caroline大方向的人，啊，我們的配樂也都是他做的，看不出來吧？Sandy則是負責作品相關的決策，可以說是導演的角色吧。現在他們都各自有事情要做，不過等等就會加入我們了。」

許至清扭頭看向他，「Sandy……她有廣播電臺嗎？」

「啊，原來你也是她的聽眾嗎？」洛基推著他到烤肉架旁邊，替他拉了張椅子，「她這個人就是閒不下來，我們實在跟不上她的腳步，為了我們全體的身心健康，老大就讓她做地下廣播了，還可以免費幫我們打廣告。」

「我有時候懷疑Sandy不需要睡覺。」Sue說。

「至少她每天都會意思意思在床上躺一下。」鈴鐺插嘴，「但鄭哥？我醒著的時候他都是醒著的。」

小小「哈」了聲，「年紀明明比人家大，你好意思嗎？」

「火生起來了！」Phi興奮地大喊，「今天你們都得叫我Phi哥！」

總地來說，Caroline的人比許至清過去想像的要平凡得多。

這不是壞事，當然不是，只是過去幾年間這群人在他心中已經化為投注憧憬的符號，他沒有想過他們同樣是需要吃喝睡覺的人類，更沒有想過他們會像一般人一樣拌嘴吵架，一邊喝汽水一邊烤肉。他嘴角微彎，拿過洛基手中的可樂，替在場的人斟滿杯子，然後對身周的人鞠了躬。

「我是蝦仔，是個在地下劇場演過幾齣戲的無照演員，很高興認識你們，今後還請多多指教。」

原本還鬧哄哄的場面安靜下來，五道目光同時落在他身上，審視的、友善的、好奇的。第一個開口說話的是Phi，他舉起杯子，用少年特有的張揚語調說：「從今天開始你就是我的後輩了！好好聽你Phi哥說的話，我罩著你啊！」

許至清莞爾，「謝謝Phi哥，這個Phi是希臘字母的Phi嗎？」

「哼哼，他就是個中二病還沒痊癒的小鬼，說什麼Phi和他一樣是世界上最完美但也最孤獨的數字，我還寧可他給自己取個『煞氣ㄟ將軍』之類的綽號。」小小一邊搖頭一邊說：「歡迎你，蝦仔，我有預感我們會處得不錯。」

「妳不會是想老牛吃嫩草吧？」鈴鐺揶揄地說，被小小踢了一腳，「我不知道鄭哥為什麼會破例讓你加入，蝦仔，但我希望你不會辜負他的信任。」

那叫信任？許至清有點哭笑不得，但他們如果不夠小心，也沒辦法躲避公權力這麼多年。他鄭重地點點頭，「我不會的，鈴鐺哥。」

「鈴鐺哥！」洛基不知道被戳到什麼點，突然放聲大笑起來，「好了好了，先繼續烤肉吧，別浪費小Phi好不容易生起來的火，老大可是難得掏了這麼多錢買食材，我們不好好享受說不過去。蝦仔，你有沒有什麼東西不吃的？牛？海鮮？蝦？蝦仔吃蝦嗎哈哈哈哈——」

Sue翻了個白眼，「你的笑點真的是跟鈴鐺的領口一樣低，洛基。」

許至清已經很久沒有吃飯吃得這麼熱鬧了。

雖然已經到了九月後半，但今年夏天似乎特別漫長，即便空氣並不悶熱，在正午陽光和炭火的包圍下，許至清還是出了一身汗。他拿著刷子認真地刷著據說是Truman自製的烤肉醬，甜甜鹹鹹又不膩人，帶著點蒜頭的香氣，是許至清很喜歡的口味。

許至清原本還擔心他們在頂樓烤肉會不會被人檢舉，不過被告知這整棟公寓都是鄭楚仁名下的財產他就放心了。接著今天認識的新伙伴開始背著他們家老大吐槽他，許至清因此得知鄭楚仁是個含金湯匙出生的少爺（「我懷疑鄭哥小時候真的是用金子做的餐具在吃飯。」），廚藝意外地好，但因為經常切到手指而被勒令禁止碰刀（「在這種事情上他就沒有一票否決權了。」）；同時他卻十分地摳，摳到鞋底掉了都要用強力膠黏回去，買個醬油都可以花二十分鐘挑選最經濟實惠的種類（「也不是不能理解啦，畢竟他要養我們所有人，銀樓賺的錢又不能隨便挪用。」）。

吐槽歸吐槽，但許至清聽得出來在場每個人都十分信任和在乎鄭楚仁，這讓他興起想了解對方的念頭。好吧，許至清決定原諒鄭楚仁欺騙他取得把柄的行為，也許可以向鄭楚仁要個烤肉醬的食譜，作為化解疙瘩的橄欖枝。

「這麼熱鬧。」頂樓的門嘎吱作響著打開，看起來應該是拉丁裔的女人走了出來，墨黑的眉毛微挑，鬈髮凌亂地散在肩膀上，「欸，你們怎麼讓新人負責烤肉？這樣還算是歡迎會嗎？」

她一開口許至清就認出了她的聲音，看到人的時候他是有點驚訝，但沒有表現出來。

「您好，我是蝦仔。」他匆匆走向Sandy，又鞠了個躬，「我很喜歡聽您的廣播。」

「哎，我沒那麼老吧？別您來您去了。」Sandy失笑，上前拍了下他的腦袋，「你好，蝦仔，還好你沒有被某人嚇走，不然我的偶像討厭我了怎麼辦？」

許至清訝異地看著她，用唇語問：「妳知道？」

「就我和老鄭知道。」Sandy湊到他耳邊壓著聲音解釋：「你爸媽和我們有點淵源，其實他也不想這麼做，但……我們有過不大好的經驗，他想把你藏在自己羽翼下，又怕你別有所圖，結果就出了這種爛招。」

「妳之前沒有認真阻止我，現在就別說這些廢話。」

鄭楚仁提著一大箱啤酒出現。他看上去很年輕，最多三十出頭，唯一會讓人把他的年齡往老猜的就是他的打扮和整個人的氣質，一身和這個場合或天氣都不搭調的暗色西裝，頭髮向後梳理得很整齊，連一根不合群的髮絲都沒有。許至清想像了一下這個男人站在超市裡挑醬油的樣子，看起來比起買東西大概更像是在做市場調查。

沒有表情也顯得凌厲的雙眼落在許至清身上，鄭楚仁舉起手上的箱子問：「喝嗎？」

「我不喜歡啤酒的味道。」許至清搖搖頭，「你好，鄭叔叔。」

他刻意沒有壓低音量，身後立刻傳來此起彼落的咳嗽聲，從Sandy的方向傳來的則是笑聲。鄭楚仁翻了個白眼，提著箱子走向嗆成一團的伙伴，向除了鈴鐺和Phi之外每個人丟了一罐啤酒。

「我已經成年了。」Phi抱怨，「鄭叔叔。」

洛基笑嘻嘻地遞上一盤烤好的肉和蔬菜，「請用，鄭叔叔。」

「你們很想被扣零用錢是吧？」鄭楚仁語氣淡然地說，就這樣席地而坐，用意外不怎麼文雅的動作吃起東西，原本乍看之下和在場的人格格不入的氣質，此刻顯露出真實的模樣。他是他們的領導者，也是他們朝夕相處的伙伴。許至清在一旁看著，不由得感到羨慕。

「來吧。」Sandy推著他回到其他人身邊，從洛基那裡拿了杯可樂，和還在發愣的許至清碰杯，接著對所有人說：「這是許閔文老師逝世兩年的日子，平時你們大概也被我說煩了，不過沒有他多年來建立起的基礎，就沒有現在的Caroline。今天我們收了個新伙伴，相信他能夠成為Caroline的力量，希望大家今後能夠相處融洽，也希望接下來的計畫順利進行。」

「敬許老師。」鄭楚仁舉起啤酒，「沒有他就沒有今天的我。」

「沒有你也沒有今天的我們。」小小說：「敬許老師。」

「我是聽他的歌長大的。」Sue說。

「我也是。」洛基靠了過來，「許老師是我的忘年心之友。」

Phi遲疑了一會，「我……是長大以後發現他的歌的？」

鈴鐺也用汽水加入了敬酒的行列，「我是聽他的歌脫處的。」

五雙眼睛同時瞪向鈴鐺。許至清彎起唇，在一旁哼起了〈Sunday Blue〉。

許至清是知道的，知道父親和他的音樂曾經觸及許多人，即便在他留下的痕跡被硬生生抹除之後，依舊有人記得他、念著他、受到他影響。只是在「許閔文」這三個字成為禁忌詞之後，在他的音樂從任何公眾場域消失之後，在他父親光是聽到音樂就會全身發抖的最後那幾年之後，許至清幾乎要忘了父親曾是歌手，忘了他曾是個多麼有影響力的創作者。

許至清不是父親的第一個粉絲，畢竟在他出生之前父親已經小有名氣，但至少他有機會目睹父親最光輝的那幾年，他從小到大崇拜的對象原來也是許多人的英雄。

鄭楚仁看了他一眼，撐著下巴和他一起哼歌，聲音就如許至清的第一印象那樣有磁性，而且音準比他要好多了，要是真的唱起歌來應該很好聽。許至清不知道該怎麼解讀他臉上的表情，低垂的睫毛讓他看起來有些惆悵，嘴角沒有上揚，但整個人很放鬆，空著的手搭在膝蓋上打拍子。

Sandy則是露出了明顯的笑容，連眼睛也微微瞇起，眉梢下彎。她張開嘴，但在能說話或是加入之前就被猛然站起的Sue拖到一旁，其他人立刻在她面前堆起一串串烤肉，在她哀怨的眼神下用食物堵住她的嘴。

許至清沒能忍住笑意，鄭楚仁倒是鎮定地繼續哼著歌，在〈Sunday Blue〉之後接著哼唱〈燎原〉。這是父親在歌曲第一次被禁播之後寫出的作品，旋律比起平時的風格要更加強烈而赤裸，但鄭楚仁這樣低低哼唱倒也不衝突，只是從狂放的宣洩變成了輕緩的訴說，依舊能輕易牽動心神。

許至清暗自把心中對鄭楚仁的好感分數從一開始的負分直接去掉負號，替他多烤了一串他一直在看，但每次都讓其他伙伴拿走的烤牛舌，直接放進他的盤子裡。

鄭楚仁頓了頓，歌聲也停了下來，抬眼對上他的視線。

「老大。」許至清學著其他人稱呼他的方式，「我想問你烤肉醬的配方，可以嗎？」

鄭楚仁輕哼了聲，露出不明顯的笑容。

也許融入這個團隊的過程會比許至清想像的要順利。

Film No. 001

Title　彩虹之上

第 2 章

伙伴

「洛基？我在門外了，我帶了早——」

「蝦仔！你這樣我都要移情別戀了！」

許至清向後跨一步來穩住身體，比他要高了半個頭的洛基整個人掛在他身上，柔軟的頭髮弄得他脖子發癢。半開的門後探出Sue的頭，她打了個大大的呵欠，狹長的眼睛微微瞇起，像是隨時都會睡著一樣靠著牆。

「早。」她伸出一隻長腿把門帶開，「你去跑步了？」

「天氣太好了，不跑有點可惜。」許至清把裝著帕尼尼的紙袋交給Sue，自己則是一手端著熱飲，一手拖著洛基往房裡走，「你們不會整個晚上都沒睡吧？」

「突然有靈感，所以就全部重剪過了。喂，給我自己走路，你這樹懶。」Sue輕輕踢洛基一腳，洛基誇張地哀嚎了聲，「Sandy還在裡面看粗剪，真不知道她哪來的精力。」

「機器人、她是機器人，不然就是變種人。」洛基的鼻子湊了過來，「蝦仔，你的汗是香的耶。」

「你這是想跟他生孩子的意思嗎？」Sue把洛基從許至清身上剝下來，接著也湊到他身邊聞了一下，「哦？還真的不會臭。」

「妳也想跟他生孩子！」

「你熬夜熬壞腦袋了？」Sue把洛基丟在沙發上，從紙袋裡拿出一個帕尼尼，「我把Sandy的早餐拿進去，不然她又要不吃東西了。」她接過許至清遞過去的紅茶和糖包，「謝了，蝦仔。」

「不會。」許至清想了想之後接著說：「我對女孩子好像沒有感覺。」

在沙發上癱成一具屍體的洛基爆笑出聲，笑到差點摔到地上，還好許至清及時放下手中的熱飲擋住了他。「哈哈哈哈他不想跟妳生孩子哈哈哈哈哈！」

歡迎會當天許至清就搬進了被Caroline當作基地的公寓大樓，倒不是他自己有多急著打進這個團體，而是因為鄭楚仁是個辦事果斷到難以抵抗的人。大家都吃飽喝足，收拾好殘局之後，鄭楚仁就列了張清單給許至清，要他把需要的東西勾一勾，寫上慣用的廠牌，他想得到和想不到的生活用品一個不缺。之後鄭楚仁便讓Sue載他回家收拾東西，許至清就這樣稀里糊塗之下被帶上車，然後收了兩個行李箱的東西過去。

在那之後過了一個多星期，許至清依舊有點恍然，巨變的處境尚未完全在他腦中成為現實。《彩虹之上》的製作在許至清加入之前就已經接近尾聲，絕大多數的素材已經拍攝完畢，粗剪也一直在進行，當然還有字卡和開頭結尾的製作，Caroline的每個人都各司其職，完成屬於自己的那份工作。

這些日子許至清輪流當過鄭楚仁之外所有伙伴的助手，需要美感的工作他做不來，畫圖更是做不到，不過單純動手和動腦的工作都做得不錯。洛基興奮地表示終於不用自己扛所有的器材了，小小也說有需要的時候會找他幫忙做道具——或者應該說是大家外出執行任務時會用到的各種裝置。鈴鐺要他絕對不要再幫別人化妝，當然也不要糟蹋自己那張臉。

其他時間許至清都在幫忙整理證據，絕大多數是藥單，還有幾張是病歷。雖然他對醫學沒有研究，也沒有作為病人看精神科的經驗，但他至少知道短時間不斷換藥並不正常，也能夠比對找出不一致的地方。也許是出自鄭楚仁的指示，許至清並未被告知這次製作的具體資訊，只能大概拼湊出拍攝對象的經歷。對此他並不感到受傷，信任總是需要時間，尤其是需要為這麼多人負責的鄭楚仁。

說起來他似乎一直很忙，許至清這一個多星期只在電梯遇過他兩次。

「你知道老大平時在忙什麼嗎？」許至清問。

「唔……大概是忙著賺錢養我們？」洛基聽起來不像是在開玩笑，「其實我們都不大知道他每天出門是在做什麼，幾天沒見到人是很正常的事情，不過每個星期天開會他都會出現，今天應該中午就會來了。」接著他拍了下許至清的肩膀，「等等先跟我去見小霜吧，作為這次的提案人，我也該把你介紹給拍攝對象了，老大說過明天就要正式讓你加入拍攝。」

「提案人？」

「還沒有人跟你解釋過嗎？」洛基打了個呵欠，「我們每次製作都是不同人提案的，這次是我，上次關於跟騷的動畫短片是小小寫的，之前Sandy也拉著我們做過廣播劇。」

「啊，《燈籠魚》跟《電梯》我都有跟到。」

「哇喔，你還真的是我們粉絲啊？」

許至清用力地點頭，「去年的《Rush》我也很喜歡，最後五分鐘我的視線都是糊的，那好像是Caroline少數紀錄片以外的真人電影吧？」

「嗯，畢竟演員不能露臉嘛，面具是鈴鐺跟小Phi一起設計的，要是他們聽到你的評價肯定會開心死。」

那是一部短短十分鐘關於夜店隨機殺人案的音樂電影，讓他有一半的時間都在哭，哭得當時已經行動不方便的母親都因為聽見他的啜泣打算下床安慰，差點摔出事情。雖然《Rush》很快就從所有網路平臺消失，但許至清早已把影片存了下來，備份到他專門用來儲存Caroline作品的硬碟。他知道保存這些記錄很危險，尤其是對他這樣身分敏感的人來說，但他實在忍不住，不願讓稍縱即逝的作品就真的這樣不見，只留在少數人的記憶中。

「你們……之前的作品都有留下來嗎？」許至清問：「我第一次看到你們的製作是四年前，不過我聽說Caroline在那之前就已經開始活動了。」

「每次發布之後我們都會把相關的記錄銷毀喔，老大規定不能留下任何可能成為證據的東西，就算只是我們自己隨手寫的筆記也一樣。」洛基解釋：「不過他那邊有留一份檔案，你如果有興趣可以去問他。」

「好的，謝謝你告訴我，還有……謝謝你們這些年來的作品。」

「這麼客氣做什麼，你已經是我們的一分子了不是嗎？」洛基吃掉最後一口三明治，隨意擦完嘴之後撐著膝蓋起身，「來吧，再坐下去我就要睡著了。」

洛基要帶他去的地方只有四條街的距離，他們走路都不慢，很快就到了。洛基拿著鑰匙一路刷進電梯，在套房門口停了下來，按門鈴後耐心等著房裡的人來開門，許至清可以從他表情的變化看出他的鄭重。

來應門的是個臉色十分蒼白的年輕女性，臉頰病態地消瘦，皮膚像是直接掛在骨頭上一樣，即便被上衣覆蓋著也能看出突出的鎖骨。

「……洛基。」她用沙啞的嗓子說，在發現許至清時警戒地瞇起眼，眉頭壓了下來。洛基露出安撫的笑容，「小霜，這是我和妳提過的蝦仔。蝦仔，這是小霜。」

許至清點點頭，沒有貿然伸出手，「妳好。」

小霜默默退到一旁讓他們進門。房裡的主色調是溫和的灰藍色，整體設計很開闊，是適合長居的空間。許至清跟隨著洛基的作法，等待小霜領他們到客廳，在沙發上坐下。小霜的步伐很慢，每次落腳都小心翼翼，像是許久沒有下床過的病人。

「給。」她在茶几上放了兩盒利樂包的運動飲料，「我正要做點東西當早午餐，你們吃了嗎？」

「吃是吃過了。」洛基回答：「不過妳如果要讓我們外帶兩份回去當午餐也很歡迎。」

許至清看向洛基，得到了肯定的點頭。

「我可以幫妳嗎？」許至清脫下口罩收好，「我還滿喜歡做菜的，但已經有好一陣子沒有機會做菜給別人吃了。」

小霜抬頭用烏亮的眼睛盯著他看，好半晌才眨眼切斷了視線，「好。」

冰箱裡食材很豐富，小霜從冷藏櫃拿出幾樣蔬菜，接著從流理臺下的抽屜拿出一個切片器。

「可以請你幫我切洋蔥跟蒜頭嗎？」她問：「洛基上次差點把手指切掉了。」

「沒問題。」許至清彎起笑，接過小霜遞過來的砧板。

她是左撇子，右手手腕內側可以看到幾道疤痕，手指也覆蓋著傷疤，拇指指甲不是器具修短，而是牙齒啃短的，啃出了參差不齊的邊緣。她用切片器的神情很專注，彷彿這是全世界最重要的工作。許至清確認她不會弄傷自己之後就收回視線，把洋蔥和蒜頭切成末。

「你和洛基什麼時候認識的？」

許至清想了想，誠實地說：「上星期。」

小霜安靜地笑了，「我以為你會說謊。」

「妳和洛基之前就認識了吧？」許至清說：「我不知道他叫什麼名字、今年幾歲、以前是念什麼的，撒很快就會被拆穿的謊沒有什麼意義。」

「我和他大學當過室友，不過之後就沒有聯絡了，再見面是兩個多月前的事。」她頓了頓，「洛基和你說過了嗎？《彩虹之上》的內容。」

許至清搖搖頭，「我只知道妳是拍攝對象，還有妳是從醫院被帶出來的，因為明天我會加入，他才在今天先帶我過來見妳。」

小霜垂下眼，「要不要猜猜看我發生了什麼事情？」

「如果妳不想說，不用告訴我。」許至清認真地說：「如果妳不希望拍攝到一半有我這個陌生人加入，我可以去和我們老大談，我想他會尊重妳的意願。」

小霜看起來有些詫異，眉頭隱沒在瀏海中，嘴角倒是微微翹了起來，「不用。多個人把風也好，畢竟我們明天得闖進不該去的地方。」

「是？」

「私人會館的靈堂，很刺激吧？」小霜站到爐臺前，打開抽油煙機，「去見我前女友。」

許至清張了張嘴，一時之間不知道是否該說什麼。他默默看著小霜把洋蔥和蒜頭丟進鐵鍋裡炒，動作依舊緩慢而小心，右手沒有什麼力氣，挪動鍋子時顯得吃力。許至清沒有提出要接手，他可以從洛基剛才的舉動看出小霜想要怎麼被對待。

他的大腦可以想出一千種故事去解釋眼前的人，發生在他們這個群體身上的悲劇太多了，許至清自己也曾目睹過許多身不由己和龐大的惡意。最可悲的也許是這個社會連談論這些問題的語言都失去了，正規教育從未提及，公開言論不能觸碰，欺凌的手段和辱罵的語言卻是層出不窮。

Pride，許至清在父母和他解釋過後就喜歡上這個詞，但現實卻不容他們抬頭挺胸。「變態」取代了同性情欲，「有病」取代了主流以外的性別認同，像他們這樣的「異端」是被掃到床底下的骯髒祕密，只能關上門來彼此取暖。

「幫我放進烤箱吧。」小霜在關火之後開口，打斷了許至清的思緒，「我不想砸斷自己的腳趾。」

許至清照做了，在戴上彩虹色的隔熱手套時笑了笑。

他們圍坐在客廳等待烘烤完成，洛基和小霜聊起大學的事，他們雖然當了三年室友，但因為兩個人都很忙，當時其實不算熟悉，不過是偶爾會一起吃飯的交情，畢業搬出去之後更是沒有聯絡。會重新連繫上是因為洛基朋友的朋友的妹妹和小霜是同事，小霜遭強制就醫的事就這樣被當作八卦傳到洛基耳裡，連帶著眾人不同的猜測。

「我的第六感告訴我有哪裡不對勁。」洛基按著太陽穴說：「這是嬲的直覺。」

小霜翻了個白眼，「這次不是嫐的直覺了？」

許至清愣愣地看著他們，「……鳥的直覺？」

「男女男嬲。」洛基解釋，回頭對小霜說：「『嫐』的女字旁太小了嘛，如果有『男女男女』這個字我就用了。」

這下許至清終於聽懂，也印證了自己這段時間對洛基的觀察。

「你不知道我們去醫院偷人的時候有多驚險，差點就要人人俱獲，還好我事先和小霜交換了衣服，最後小霜是被Sue扛著一路跑到車上的。幸運的是院方也不敢聲張，事後搜索不怎麼積極。」洛基對上許至清的眼睛，眨眨眼笑了，「你繼續這樣看著我，我會害羞的。」

許至清下意識碰了下臉，嘴巴傻傻地張著，眼睛也睜得很大，皮膚微微發燙。他可以想像自己大概是一副迷弟表情，也不知道臉是不是紅了。

「可惜這段影片是用針孔拍的，畫質跟監視錄影畫面一樣難看。」洛基用手肘推了推小霜，「怎麼樣，我們家蘇蘇是不是很帥？」

「我那時候被甩得都要吐了，哪有餘力覺得她帥？」

「好吧，看在妳那時候營養不良的分上，我原諒妳的不識貨了。」

他們的語氣都很輕鬆，兩隻手卻緊緊握在一起。許至清胸口有點悶。

吃完自己那份餐點之後小霜找了個便當盒出來，將兩大塊鹹派裝進去。洛基自告奮勇地提出要洗碗和烤盤，拉著許至清用誇張的語氣告訴小霜他們要說悄悄話，不希望被打擾。小霜翻了個白眼，窩在沙發上翻起書。許至清幫洛基把餐具和備料盆拿到水槽邊，一個負責抹洗碗精，一個負責沖水。

「謝謝你。」洛基說：「用這麼普通的態度對待她。」

許至清歪頭看他，「這也是測試嗎？」

「一部分吧。」洛基的笑帶著歉意，「我沒有懷疑你的意思，當初也是真的不同意老大欺騙你得到把柄的做法，但我需要對這次的製作負責，也需要對小霜負責，我想知道你會怎麼對待她，還有她會不會因為你的加入感到不自在。她已經受夠多苦了，我不想雪上加霜——」

洛基頓了頓，用拳頭抵著嘴，雖然才認識幾天，但許至清已經能看出他逗樂自己的前兆。

「霜上加雪？」許至清玩笑地說。

「咳，我其實是個很成熟的人，真的，我只是笑點低了一點而已，這是很正經的一件事，我不該笑、不該笑……小霜加小雪，半霜少雪哈哈哈哈——」

洛基笑得肩膀都抖了起來，差點把手上的盤子摔回水槽裡。要說他的笑點低不如說他的笑點怪，不過笑聲和笑容都很有感染力，讓人看了心情都會不禁變好。

他們收拾好殘局就和小霜道別，洛基在門口和小霜擁抱了很久，用整個人包住小霜瘦弱的身軀，臉頰貼著臉頰細聲低語。許至清靜靜地在一旁看著，小霜雙眼閉得很緊，睫毛輕輕顫動著，發白的手指陷進洛基的後背。洛基在她額前印上的親吻沒有情欲，卻充滿了憐惜。

洛基是個很會擁抱的人，許至清想。他也曾希望能這樣鑽進誰的懷裡，被另一個人的體溫包圍，讓他有個地方躲避現實生活，暫時放下照顧者的角色。不過那時候沒有人能夠倚靠，他知道有多少眼睛在看著他，接近其他人只會為他們帶來麻煩。

也許那才是他最憎恨這個體制的地方——讓良心成了折磨的來源，讓選擇善的人總是活得比較辛苦。但他是他父母的兒子，是他們的至清，不會做違背父母期待的事。

回到公寓之後洛基先去補眠，說是不睡一下可能會開會到一半昏迷不醒。許至清則是回自己的套房沖了澡，換掉身上的運動服。窗外的藍天讓他看著內心一動，拆下床包和棉被丟進洗衣機。等待的過程中，他拉了張椅子在洗衣機旁邊看Sue給他的剪接教學書，因為中文翻譯本刪減太多，所以是英文原文的版本。許至清雖然在母親的家教下英文和大多人比起來算是不錯，但還是有很多用法看不懂，他就這樣一邊查一邊看，進度很慢也不急。

等洗完了，他便抱著棉被搭電梯到頂樓。室外空氣是涼的，但陽光很溫暖，Phi高高瘦瘦的背影就站在圍牆旁，手肘靠在牆上，拿著一根沒有點燃的香菸。

「小──Phi哥。」許至清出聲喊。Phi一抖，菸從手指之間掉到地上，他回過頭時的神情有點茫然，花了點時間才聚焦在許至清身上，張開的嘴吐出一個小小的「啊」。

「我沒抽菸！」Phi突然說：「別跟其他人說啊，蝦仔，我連點都沒有點燃，就是拿著玩。」

許至清一邊把棉被和床包晾起來一邊說：「我有注意到，不用擔心，不過你菸是哪來的？」

「從鈴鐺那裡拿的……啊，這也是祕密，他早就戒菸了，只是有時候菸癮突然來會買幾包，他怕自己忍不住就會交給我處理。我不會抽的，不然老姊會打死我，她最討厭這種東西了。我就是搞不懂為什麼那麼多人喜歡抽菸，不過也許比酗酒好一點？酒鬼會發酒瘋，抽菸起碼不會發菸瘋，但二手菸對人也不好──」

「Phi哥。」許至清走向明顯很緊張的Phi，撿起掉在地上的菸，「我相信你沒抽過。」

Phi鬆了口氣，之後又像是覺得丟臉一樣僵著一張臉，「你當然應該相信我，我從來不說謊的。」

許至清笑著點點頭，「吃過早餐了嗎？你姊呢？」

「吃了，我姊平時沒有這麼早起，說什麼以前睡得太少，現在得補回來。誰讓她把自己弄得這麼忙了？我又不是不能去打工。」Phi抓抓頭，「你有兄弟姊妹嗎？蝦仔。」

許至清搖搖頭，沒有解釋他已經孑然一身，才能做出加入Caroline的決定。「我還滿羨慕你的。」他說：「有段時間我一直很希望自己不是獨生子，有不管發生什麼事都會站在我身邊的人。」

「也不是每個人的家人都會無條件支持他們。」

「嗯，但如果我有個姊姊，她也會是我爸媽的孩子。」

這樣的想法大概不怎麼理智，畢竟好竹出歹筍的例子並不少，但許至清近乎盲目地相信他父母養大的孩子不可能長歪。在幾乎要被現實的重擔壓垮時，他經常想要是父母在他之前有另一個孩子就好了，這樣至少偶爾能喘口氣，這段路也不會走得這麼孤單。

「你有你的父母，我有我姊，其實也沒什麼好或不好的吧。我小時候也很羨慕其他小朋友有正常——有爸爸媽媽照顧，不過這樣對我姊就太不公平了。」Phi雙臂疊在一起，把頭枕了上去，語氣帶著不符合年紀的老成，「如果沒有我姊，我寧願自己是獨生子，以後也不想要小孩，出生在這個世界就是來受苦的。」

許至清愣了會，「你想的真遠，十九歲就在想孩子了。」

「……國中段考的作文題目，『如果我是一家之主』，真不知道哪個腦袋有問題的人出的。」Phi撇撇嘴，「我老實寫以後就想養隻狗一起過生活，結果被打零分，說文不對題。哪裡不對題了？這不是比其他幻想成家立業的人更對題嗎？爸爸也不一定是家裡最重要的人，主什麼主？我養隻狗我就是牠主人，這不是真正的一家之主嗎？不願意看真話那作文全部考應用文不就好了？」

Phi的抱怨逗樂了許至清，同時也讓他有些悲哀。他和Phi差了六歲，說長不長，Phi經歷的課堂卻已經比他那時候要更加封閉，更別說是和他之前的年代相比。若是在這個時代出生的人呢？能夠聽到足夠多不同的聲音，讓他們對現狀產生質疑嗎？

「我以前作文分數也都很低。」許至清說：「不過唯一一次零分是因為我交了白卷。」

Phi歪頭看他，「是因為題目太爛了？」

「不是，我那時候為了向班導抗議，每一科都交白卷——」注意到Phi亮晶晶的眼神，許至清連忙補救，「不過其實沒什麼用，最後只是被逼著補考到考過為止，不怎麼值得。」

「我覺得很帥啊。」Phi嘟囔，「那種爛學校有什麼好上的？」

許至清咳了聲，連忙換個話題，以免不小心說出會讓小小追殺他的話。

Phi是個很好聊的人，或者應該說只要問一句關於他興趣或專業的事，他就能自己說上半小時的話，許至清只需要負責點頭和附和就好。

「大部分的委託人根本不知道自己要什麼！」Phi揮動著蜘蛛一般的大手說：「照著要求做的東西他們不喜歡，照著我自己的想法做出來，他們反而說這就是他們要的東西，這根本就是在通靈嘛。」

然後他突然若有所思，「不過之前老大在配樂的時候也這樣嫌過，對於不了解的東西確實很難有具體的想像，最後成果都在我的意料之外。」說著又激動起來，「但是！至少我知道要給專業人士創作的自由！不是說完全的自由，可是也要有施展空間吧！不過我跟這些人說什麼自由？

他們大概連這兩個字怎麼寫都忘了。」

頓了頓，他接著咕噥：「也不至於，『自由』這麼容易寫，才十幾畫而已。」

他們近乎單方面的談話在中午被上樓找人的小小打斷，姊弟兩人一邊拌嘴一邊找鈴鐺吃午飯去了。許至清則是熱了剛才從小霜那打包來的鹹派，多做點配菜之後到五樓叫醒摔到地上的洛基，還有抱著睡在同一張躺椅上的Sue和Sandy。

吃到一半鄭楚仁也出現了，帶著豪華的自製便當進門，酥脆多汁的炸雞塊在他點頭的瞬間被迅速分食，鄭楚仁一邊翻白眼一邊收下炒蛋和沙拉作為交換，接著從僅剩的兩塊炸雞中分一塊給沒有動手的許至清。

「老大你真是雨露均霑的楷模。」洛基說，被Sue吐槽他的中文是不是看官方新聞臺學的。

許至清想了想，切了一點鹹派給鄭楚仁，低聲道了謝。

星期天的例行會議在全員到齊之後自動開始，Sandy和Sue先是分享目前的剪接進度——粗剪已經大致完成，就差明天的拍攝內容和安排在下週的訪談，接著Phi放了幾種不同的字卡設計，徵求其他人的意見。

「蝦仔。」鄭楚仁突然喊了一直沒有說話的他，「整理藥單跟治療記錄的時候有什麼發現？」

「啊，是，那個，」許至清有種報告沒做完就被叫上臺的感覺，想法成為支離破碎的話語支支吾吾地吐出，「我有去查個別藥物的功能，按照日期那……那三週……」

「不用緊張。」鄭楚仁皺著眉說：「繼續。」

「你這樣他只會更緊張，老鄭。」Sandy 失笑，「想到什麼說什麼就可以了。」

許至清深吸口氣，不好意思地抓抓頭，「開藥的頻率和種類多寡感覺高得不大正常，有時候一個星期就開了兩三種抗精神病藥和抗憂鬱藥，而且藥單跟病歷記錄的用藥有不少不一致的地方，有些藥根本沒用上，或是時間錯置，用藥的時間反倒比拿藥的時間早。」

「看來是用她當人頭了。」鄭楚仁說：「小霜不像是被亂餵過藥的樣子，也許被逼著吃的大多是安慰劑。」

「這條線要追下去嗎？」洛基問。

鄭楚仁搖搖頭，「那只會模糊焦點，先把重點放在小霜的個人經歷上。明天的準備都做好了嗎？」

「設備都沒問題。」小小說：「給蝦仔的無線電和耳機也有了。」

Sue 接著說：「已經先確認過現場狀況，是獨立的單人靈堂，在多個靈位的大眾靈堂旁邊。出入除了門可以上鎖之外沒有什麼管制措施，門外走道有監視器，不過單人間裡面沒有，大概是喪家要求的。」

「妳先跟其他人進去，確認他們能進靈堂之後再回大門口。」鄭楚仁轉向許至清，「你幫洛基和小霜把風，外頭有什麼狀況 Sue 會告訴你。」他攤開一捲手繪的平面圖，「小小和 Sandy 會在這裡等你們，如果因為什麼意外無法直接上車，第二會合點在這個路口。我和鈴鐺會待在附近作為機動，有問題就說，我會想辦法解決，不要逞強。」

瞥向努著嘴舉起手的Phi，鄭楚仁說：「你在家裡等。」

「老大——」

「不是不讓你出去，只是需要有人替我留守在這。」拍拍Phi的頭，鄭楚仁把平面圖遞給許至清，拍了下手總結道：「一切以安全優先，明天早上停車場見。」

接著他側頭對洛基使了個眼色，洛基立即勾住許至清的手臂，咧著嘴把許至清往裡頭的工作室拉，「來吧，我跟你說說我們目前都做了什麼，還有之後的計畫。」

許至清對上鄭楚仁的眼睛，得到一個不確定該怎麼解讀的點頭。不過他為期九天的實習似乎是結束了，此後是能夠和大家一起並肩的伙伴。

他手指併攏半開玩笑地做了個敬禮的手勢，鄭楚仁回以一個生動的白眼。

Film No. 001

Title 彩虹之上

第 3 章

故事

靈堂布置得很大氣，只放了一個靈位的房間燈火通明，白花簇擁的照片中，面容慈祥的年長女性笑得燦爛，瞇成兩條弧線的眼睛很明亮。桌面擺放著各種摺紙，不是傳統的紙花或元寶，而是許多人孩童時代會學著摺的動物，其中最多的就是壓著後端能夠跳起來的紙青蛙。

看上去和小霜年紀相仿的年輕女人坐在一旁，手邊放著一包色紙，笨拙地按照手機上的指示動著手。門打開的時候她沒有聽見，洛基跟著小霜進門的時候她也沒有聽見，直到小霜在面前坐下，她才驚詫地站了起來，椅腳拖行過地面的聲音劃破沉靜的空氣，刺耳得讓人不禁皺眉。

她的嘴張了張，不知道是在試圖說話還是掙扎著呼吸。小霜垂眼看著彷彿跛了腳往側邊歪斜的紙青蛙，嘴角微翹，接著逕自抽了張色紙，蒼白的手指熟練地翻舞著，指尖在壓平摺疊處時發出細碎的沙沙聲，不一會她手中就多出一隻端正的紙青蛙。小霜撥動青蛙的後腿，摺紙便向前跳了一下。

洛基站在她側後方，臉上看不到平時的笑意，許至清則是躲著監視器鏡頭站在門口，靜心留意著周遭。

「……妳還好嗎？」

小霜笑了聲，「妳覺得呢？」

聽見她嘶啞的嗓音，女人像是被寒冰刮了一下那樣縮了縮，頭都不敢抬起來，死死地盯著自己腳邊看。小霜沒有多說什麼，把她摺的紙青蛙放在靈桌上，對遺像鞠了個躬，「庭安阿嬤，抱歉讓您為難了。」

她接著壓低聲音繼續和過世的長輩說話，許至清站得比較遠，聽得不是很清楚，只能斷斷續續拼湊出小霜的意思。她不會向任何人道歉，唯一覺得愧對的就是自己母親，還有這位學生時期很照顧她，東窗事發之後也沒有想過要傷害她的老人家。

說著說著她咳了起來，庭安慌亂地要為她倒水，但洛基已經從背包裡拿出保溫杯，沒有派上用場的紙杯被放在桌邊，握著杯子的手顫抖著。

「外婆她很擔心妳。」

聲音像是從緊縮的喉頭擠出來，風一颳就會吹散。小霜看向她，卻對不上視線，就這樣盯著她的額頭說：「嗯，雖然之前有好幾年沒有見到，但我一直記得妳外婆是個正義感很強的人。」

庭安肩膀更僵硬了，嘴唇繃成一條線。任誰都能看出她的愧疚和動搖，但現在不管說什麼做什麼都已經太晚了。

小霜再次坐下，這下終於能夠對上庭安的眼睛，「妳父母選擇的醫院其實很不錯，病房很大，就我一個人住，有自己的衛浴設備，裝潢也不會太過死白。可惜沒有窗戶，大概是怕病人跳樓吧，也沒有廚房設備，不過三餐不難吃，除了沒有自由之外可以說是衣食無憂。」

「不過這是現在想起來才能意識到的事情，那時候我只覺得自己被扔了，病房就像是太平間一樣，我會在那裡待到成為屍體為止，之後你們就能埋葬我這個大麻煩，假裝什麼也沒發生過。有多少人曾經在這樣的病房失去了靈魂呢？有多少人也曾經大喊著『我沒有瘋』，卻沒有被當真，或是被刻意忽略呢？

「妳知道我媽來看我的時候說什麼嗎？她說『我們假裝記錯了好不好？只要妳承認記憶是錯的，我們就可以回家了』。妳看，她其實什麼都知道，但又能怎麼辦呢？我是醫師證明的精神病患，她是愛女心切的母親，沒有人會相信我們說的話。在這種時候，『我沒有瘋』是最沒有意義的辯護。」

庭安的眼淚落在桌子上，伴隨著細碎的抽泣。小霜沒有動，一語不發地盯著她看。洛基脖子的青筋都浮出來了，但他沒有介入，繼續站在小霜背後，給予無聲的支持。今天他戴上一副粗框眼鏡，鏡頭就藏在鏡框的右端，口袋裡另外藏著手持錄音機。他們討論過到底是否應該拍攝這段對話，最終把決定權交給了小霜，而她並不覺得有什麼好避諱的。

在同意讓Caroline拍攝關於她的紀錄片時，她說自己已經沒有什麼好藏的了。

「我不知道……」哭了好一會的庭安終於說：「我不知道他們會做到這種程度，我只是怕……我只是告訴他們我們不熟。我不知道他們會捏造跟蹤和騷擾這些事情出來。」

庭安語氣很沉痛，但小霜沒有買帳，「所以呢？妳知道之後又做了什麼？」

「我——妳知道我家的狀況——」

「妳做了什麼？」

「小霜——」

「回答我。」

「我什麼都沒做！」庭安僅存的自制力驟然決堤，哭得整張臉都扭曲了，整個人看起來無比狼狽，「不管是妳丟掉工作的時候，妳來找我卻被逮捕的時候，還是妳被強制就醫的時候，我什麼都沒做。」

「好。」小霜依舊鎮靜，「我不怪妳。」

她聽起來是認真的，語氣沒有一點波瀾，像不過是鞋子被踩髒，只要擦乾淨就好。許至清想到父親剛回家的樣子，整個人瘦得幾乎看不出原本的模樣，一向明亮的眼睛變得黯淡，像是背後的靈魂突然老了好幾歲。原本健康的身體也出現大大小小的毛病，畏寒、手腳冰冷，晚上經常突然驚醒，他和母親的安撫都不一定能讓父親冷靜下來。那時候許至清突然意識到，他的父親並沒有完完整整地回到這個家。

人也許能從巨大的傷痛重拾自我，但有些東西被打碎就恢復不了。

「妳可能失去的東西太多，相較之下我就成了能夠輕易犧牲的代價，這沒什麼，只是簡單的利益衡量。」從她的語氣聽起來，這並不是突然的頓悟，而是小霜不斷告訴自己，用來說服自己的解釋，「我可以理解，我不怪妳。」

庭安像是繃得太緊而突然斷掉的弦，整個人垮了下來，緊抓著小霜的手，把臉埋進她的掌心。小霜平靜地看著她，甚至還能夠用沒被抓住的手輕拍對方的後腦作為安慰。站在她身後的洛基反倒一副強忍怒氣的樣子，眉頭都要黏成一塊。

許至清不知道該感到佩服還是心碎。

「蝦仔。」耳機突然傳來Sue的聲音，「前女友的父母來了，正要進停車場。」

許至清輕敲大門三下，洛基立刻反應過來，捏了下小霜的肩膀。

「妳、妳要走了？」庭安緊抓著小霜彷彿一折就斷的手腕，哭久了的聲音像是生鏽的鉸鍊，「等等，我、我還有話——」

「麻煩放開她，黃小姐。」洛基自進門之後第一次開口。

「你們——難道她沒有認——？」

小霜輕哼，「妳覺得我會認輸？我沒有錯，錯的是扭曲真相的人。」她沒有試圖掙脫庭安的手，轉頭看著相框裡的老人家，「妳確定要在這裡鬧得那麼難看嗎，庭安？」

庭安沒有回答，而是不可置信地捧著小霜的手，淚水一滴滴落下，「這個疤……他們……我們到底都對妳做了什麼？」

許至清歪頭看著她們，接著和洛基對上視線，在他眼中看見惱怒和無奈。許至清比了比門口，「我去把人攔住，你們儘快。」在洛基點頭首肯之後便匆匆往外跑。

守在門口的Sue隱晦地對他指了指正要繞到停車場另一邊的白車，車體移動的速度並不快，駕駛半降下車窗，一邊開車一邊尋找停車位。要怎麼做呢？許至清立刻有了主意，想著兩年前的秋日，想著一年前的冬夜，那時他沒有允許自己流下的淚水蓄積在眼中，他低著頭狂奔，和白車迎面撞上，刻意用膝蓋狠狠撞上車頭。

「砰！」他避過輪胎跌坐在地上，掌心擦過粗糙的路面，留下燒燙的挫傷。

「……太亂來了，蝦仔。」Sue嘆了口氣。

許至清沒時間回應，倉皇地站起身，看向摔門下車的男人——那是他經常在報紙和電視新聞中看見的一張臉。黃市長於今日親自拜訪拯救了一整車兒童的打火英雄，黃市長承諾將不會姑息組織犯罪，黃市長捐出一整年薪水用於此次地震的賑災，近乎完美的形象，就連較能看見批評聲浪的祕密論壇也經常稱他為少數的好官——

淚水隨著眼睛的眨動掉落，許至清姿態慌亂地鞠躬道歉：「對不起，是我剛剛沒有注意，如果您的車有哪裡受損，我願意賠償。」

大概是看他沒有訛詐的意思，男人的臉色緩和了些，「不管怎麼樣都不能不看路，有沒有撞傷？」

許至清搖搖頭，淚水依舊沒有止住，「我以後會注意的。」他在副駕駛座的女人下車時趕緊也向對方鞠躬道歉，狼狽地用手背抹著眼睛，「實在很對不起，希望沒有嚇到兩位。」

「真的沒有受傷嗎？」那是新聞裡總是站在黃市長身邊的中年女性，她臉上總是掛著和善的笑容，平衡另一半剛正嚴肅的形象，「剛剛聽起來撞得滿大力的。」

許至清連忙又搖了搖頭，同時卻「悄悄」把手藏在背後。女人立即關心地說：「是不是跌倒弄傷了？我們車上有急救箱可以用。」

「我住的不遠，等等回家處理就好，但還是謝謝你們。」許至清噙著淚水堆起笑容，隱藏住自己複雜的情緒。

即便沒有見過他們對外營造出的形象，即便沒有接收過關於他們善舉的消息，任誰看見這對夫婦都想像不到他們能做出什麼殘酷的事。此刻他們是如此地友善，對他這個陌生人都能給予寬容和關懷。誰會相信他們竟然能扭曲真相，把曾經關心的晚輩推入火坑？

也許他們從未把自己當作惡人，只是做了簡單的利益衡量，只是在女兒的前程和另一個人的人生之間做出選擇。也許偽善已經成了他們的本能，善只有在受到挑戰時才能辨明真偽。

「那你快點回去吧，不然感染就不好了。」女人退到一邊，看著丈夫坐回駕駛座，重新把車停好。她從肩上的包包翻找出一包面紙遞給許至清，「這個給你擦擦臉。」停頓了一瞬，她接著說：「逝者已逝，還是要好好照顧自己，以後別這麼不小心了。」

「謝謝您。」許至清說：「我就不打擾兩位了。」

他目送兩人離開，耳邊是伙伴告訴他趕緊到會合點的聲音。許至清拍拍沾了灰的褲子，把面紙收進口袋，快步走出停車場之後轉進旁邊的巷弄中。黑色的廂型車已經等在路口，Sue、洛基和小霜坐在後座，小小則是他們的駕駛。

許至清繞到另一側開門，小小在他坐定之後立即換檔開上大路，問道：「有受傷嗎？要不要繞去醫院處理？」

「不用，我沒有真的被撞到，聲音是敲出來的。」

「練過？」Sue問。

「一點點。」

許至清看著逐漸遠離的會館，如果有一天，能和造成父母苦難的人面對面，他也能像是小霜這樣平靜嗎？他不認為自己做得到，就算是演戲也說不出「我不怪你」這幾個字，不過他們的情況畢竟不相同。

他父親是為了維持不合理體制造就的犧牲品，做出決策的人都不知道有多少個，在他們心中這位歌手大概什麼也不是，只是一個名字、一個麻煩。下令的人不會愧疚，聽命行事的人就算愧疚，依舊能用職責作為藉口來減輕罪惡感。他們不需要許至清原諒，也不值得許至清原諒。

他不知道能像他這樣毫無顧忌地恨那些人是否比較容易，他未曾被真正親近的人背叛，對小霜的經歷能夠同理，卻無法感同身受。

「這樣就可以了嗎？」他問，轉頭和小霜對上視線。

小霜的右手腕多了一支錶。她眨眨垂著的眼，語氣輕緩，「嗯，這樣就夠了。」

她們的故事沒有什麼特別的，不過是再尋常不過的相識，不值得書寫，不值得訴說。

高二被分到同一班，座號剛好差五號，在開學時成了左右鄰桌，中間只隔著一道狹窄的通道。庭安是個很擅長交朋友的人，下課時間座位邊總是圍繞著不過幾天就熟識起來的同班同學，讓慢熟的小霜十分羨慕。她們明明坐得這麼近，感覺卻像是隔了一條銀河的距離。

幾個女孩子的談天內容成了小霜下課時間的背景音，她並不是故意要偷聽，但這個距離只要留在座位上就不可能聽不見，就連她們訴說祕密的耳語都是如此地清晰。有天她聽見隔壁桌的女孩壓著聲音說：「《牽手遊戲》真的很好看，現在買得到的版本會這麼奇怪是因為刪改太多了，我家裡有第一刷完整版喔，妳們看了就知道這是多棒的一部作品。」

接下來幾堂課小霜都聽得心不在焉，等到掃除時間終於鼓起勇氣和對方搭話，同樣壓著聲音說：「我也很喜歡舒老師的漫畫。」

她們就這樣成了朋友。

從早上到傍晚，下課時間她們幾乎總是湊在一塊說悄悄話。哪裡可以看到哪本開賣三天就被收回的小說，哪部電視劇的臺詞和畫面藏著不能明說的訊息，哪個在審查規則邊緣起舞的專輯也許再過不久就會被下架，最好趁早買來收藏。她們交換著看似無傷大雅的小祕密，在最為叛逆的年紀一同試探著現實的界線，在彼此身邊找到了安心和理解。

原本像是一條銀河的走道搭起了橋，不需要仰賴他人的善意，她們彎身就能把頭湊在一起。不需要等待一整年才能等到下一次的相聚，但有時候五十分鐘的上課時間感覺卻好久好長，她們都有好多話想和對方說，有好多必須壓低聲音才能訴說的事情和對方分享。

從高中到大學，她們當了多年朋友，彼此之間交換了數不清的祕密。然後在大學畢業的那天，她們成了彼此的祕密。

是誰先踏出第一步，小霜已經弄不清楚了。她只記得那天天氣很熱，她在和母親道別之後和她最親愛的朋友回家，從庭安的衣櫃裡翻出她藏起的《牽手遊戲》，笑著說起她們友誼的開始。小霜和她並肩坐在床上，汗溼的手臂不時會撞在一起，但她們都沒有在意，或者應該說是在意，卻是讓人心跳和呼吸都失控的那種。

也許烈日和悶熱的空氣總會讓人頭腦不清楚，才會有這麼多戀情在夏日誕生，她們就像是高中時代那樣把頭靠在一起，用訴說祕密的小心翼翼親吻對方。小霜的初吻嘗起來不是甜的，而是汗水的鹹澀味。

她們都知道這不再是無傷大雅，能夠在公共場合交換的祕密。她們不只需要把這段關係藏在櫃子深處，還得把櫃子本身都掩埋起來。在其他人眼中，她們成了畢業之後各奔東西，感情不再密切的朋友。

在只有兩人的世界裡，她們度過了幸福的兩個年頭。那時小霜也不是沒有想過這段關係可能如何摧毀她們的未來，想過自己也許會需要做出怎麼樣的犧牲和妥協，但沒有想過那一天來臨時，被否定的不僅是她的感情，還有她的認知。

喜歡的人說她們從來沒有戀愛過，原本親和的長輩厲聲要她別再糾纏，控訴她騷擾自家女兒的行為。她想拿出證明，才發現兩年的感情竟然能什麼痕跡也沒留下。她們把這個祕密守得太好，卻又守得不夠好，結果她便落入這個境地。他們都說她瘋了，說這段感情完全是她妄想出來的。

被關在病房裡，小霜有太多時間和自己獨處，讓她無法不拿著放大鏡檢視自己的記憶，她們的第一次親吻，她們的第一次做愛，她們在一切崩毀之前的最後一次爭吵與和好。虛假的幻想有可能這樣真實嗎？鹹澀的吻、灼人的體溫、讓人忘了呼吸的歡愉，她真的可能想像出這一切嗎？

年輕的護理師在病房的浴室發現她時，她下體流著血，因為身體和心口的疼而哭得上氣不接下氣。她明明記得，她明明記得的。她們曾在探索彼此身體時不小心傷到了她，點點血跡印在床單上，她們都因此驚嚇不已，卻不敢求助醫生或是自己的母親。網路上找不到太多具體的資訊，她們就這樣戰戰兢兢地等待好一會，直到刺痛感散去，過了好幾天才敢再次觸碰對方。

流不流血和是不是第一次沒有絕對關係，那名護理師在她終於冷靜下來之後用溫和的語氣安撫。那是照顧她的護理人員中唯一帶著同理心對待她的人，小霜當時便懷疑過對方是不是知道些什麼——「妳只是對自己太粗暴，這次我想辦法幫妳瞞下來，但不要再這麼傷害自己了」。

過了幾天，那名護理師就再也沒有出現過，聽說是因為違反規則被解雇了。小霜一直都知道這個世界有哪裡不對，卻從未體會得如此深刻。

「妳沒有錯。」那是好久不見的老室友對她說的第一句話，他就這樣突然出現在她床邊，身上穿著不大合身的護理師制服，明亮的眼中燃著並非針對她的怒火。小霜有點恍然地看著他，其實在此之前她已經不大記得這個室友的長相，但一直記得這雙眼睛，在周遭的人對他拋以或是奇怪或是嫌惡的目光，他就是用這樣的眼神面對著他們。「我沒有錯，」小霜曾聽過他用堅定的語氣這麼說：「需要覺得羞恥的人不是我。」

我沒有錯，小霜這麼對自己說。一切都是真實的，她只是被當成膿瘡從另一個人的生命中切除了，她沒有錯。

拍攝結束之後洛基留在套房陪小霜，小小則是開車載著許至清和Sue回到基地。剛進電梯小小就抓住許至清的手腕，用責怪的語氣說：「你這叫沒有受傷？」

Sue也湊了過來，捏著他的手腕檢查，「骨頭和關節有沒有傷到？你剛才落地的姿勢是怎麼樣的？手腕動一下，會不會痛？」

許至清被關心的話語和一連串問題給砸暈了，愣了好一會才說：「真的只是皮肉傷而已，我有注意沒有直接把重量都壓在手腕上，擦傷是故意弄出來的。」

兩雙眼睛同時瞪向他，許至清支支吾吾地解釋：「我只是……我擔心你們來不及出去，就想著如果有需要，這樣可以隨機應變來多拖延一點時間。」

Sue看向小小，兩個人不知道用眼神和眉毛進行了什麼交流，接著小小把肩上裝著錄音設備的包包交給Sue，推著許至清一起在他起居的樓層出電梯，像是對待犯錯的小孩那樣押著他進門。

「脫吧。」小小把他按在餐桌邊之後說：「我去拿急救包。」

許至清愣愣地看著她像是在自己家那樣逕自走進浴室，從鏡子後的櫃子拿出許至清都不知道在那裡的急救包，接著回到餐廳，一副「你怎麼還沒脫」的表情。許至清捲起衣袖，尷尬地說：「其他地方沒有傷，我發誓。」

小小「哦」了聲，「不用害羞，我從小照顧我弟長大，他有時候在家裡裸奔我都不覺得有什麼。」

許至清連忙搖搖頭，「我洗澡時會檢查的。」

「好吧。」她拉開一張椅子，「手給我。」

小小的動作很熟練，讓許至清不禁想到他的父母。小時候他不算是特別外向的孩子，但好動又大膽，在家也經常爬上爬下，三天一跌倒，五天一摔傷，沒有少讓父母擔憂頭疼，母親總是一邊板著臉罵他，一邊小心翼翼地替他處理傷口，個性較為隨和的父親在這種時候也會發難得的脾氣，要他以後別再這麼莽撞，不顧自己的安全。

許至清曾覺得父母過度保護而和他們吵架，現在想起來真不是普通地傻。

父母相繼病倒之後許至清收起一身反骨，在有心人士的監看下扮演好乖順兒子的角色，整天除了念書之外就是在家照顧父母，疏遠曾經的朋友，乍看之下也放棄了過去的嗜好。直到母親也過世，關注他們的視線失去了興趣，他在重拾穿梭城市跑跳的習慣中把自己弄得全身是傷，但已經沒有人會因為擔憂責罵他。

「怎麼會想到要這樣攔人？」小小一邊包紮他的掌心一邊說：「其實就算被看到也沒事，理虧的是對方。」

許至清安靜了一會，「想到就做了。」

「嘖，看起來像乖寶寶，沒想到是身體比大腦快的類型。」小小拍了下他的肩膀，力道比預期地要大了一點，讓他身體一矮，「以後別冒這種沒有必要的險，要是駕駛被你嚇到，把油門當成煞車踩怎麼辦？我們雖然每天都在做能吃好幾年牢飯的事情，但整體來說還是很珍惜生命的。」

許至清點點頭，但還是忍不住說：「你們以前也拍過很危險的東西，牢飯都不一定能平安吃完。」

最近幾年已經很少聽到有誰在關押或是服刑期間驟然過世，名氣愈大的藝術和政治犯在牢裡愈是安全，畢竟這樣的人歸順之後帶來的影響力也大，當局的偽善反倒成了保命符。不過誰也不知道在大眾的目光之外，是否有誰就這樣默默失去性命，成為樹林中安靜倒下的一棵樹。

他的父親很幸運，當時有太多人關注著消息，激進的處置會造成太大反彈。他的父親很不幸，因為那些關注在漫長的折磨中被打碎了一身傲骨，計畫性抹去父親在這個世界上留下的痕跡，最終病逝的消息沒有引起什麼波瀾，只有輕描淡寫的幾句「節哀」，還有「可惜了」。

「不是沒被抓到嗎？」小小擺擺手，「現在我們如果被逮捕，就沒有以前這麼容易處理了。」

許至清明白她的意思，畢竟比起偶爾造成小波瀾的異議分子，還是烈士帶來的後續效應更加麻煩。

「我可以問妳和Phi為什麼會加入Caroline嗎？」許至清有點遲疑地問：「他畢竟還小，就這樣被捲進這個行動真的好嗎？」

「你在我眼中也是個小孩子。」

「我已經二十五了。」

「你『才』二十五。」小小說，手肘撐在餐桌上拄著臉頰，「不是我把那臭小子拉進來的，而是我跟著他上了這艘船。」

許至清皺眉，「他那時候幾歲？」

「十五。」小小笑了聲，「你別一副準備好要衝上樓揍老大一拳的樣子，當時是老大幫了我那個傻弟弟。要不是他插手，我弟就要被開除學籍了，之後老大也一直拒絕讓小Phi加入Caroline的行動，但他固執起來真的沒人擋得住，老大只好和他談條件。他在成年之前只能當協力者，在學校也得乖乖上課，去年才成為正式成員。」

「不只是退學，而是開除學籍？」

「嗯。」小小哼了聲，「校方還說要剝奪他未來免費接受教育的權利，只因為他們壓下了學生自殺的真正原因，而小Phi膽敢把真相公諸於眾。後來老大用Caroline的名義把整件事攬下來，讓我和學校解釋小Phi只是被Caroline的人利用了。他還因為這件事情和我大吵一架，罵我怎麼能向惡勢力低頭。」

小小搖搖頭，露出帶著幾分懷念的微笑，「真是個傻小子，他這脾氣也不知道是遺傳誰的。」

許至清想到四年前自己因緣際會在捷運站看見的短片，原來片尾「Caroline 製作」幾個字背後有這樣的緣由。Caroline 這個名字不僅能成為一個人的憧憬，也能成為保護的羽翼，承擔起壓迫的重量。沒有人知道 Caroline 背後有誰，所以任何人都能是 Caroline 的一分子。

「你現在看起來像是要衝上樓找老大簽名。」小小嘖了聲，「身為一個演員，情緒這麼外露真的可以嗎？」

「我在你們面前又不需要演戲。」許至清清清喉嚨，「我沒有想找他簽名。」

「嗯嗯，你一點也不崇拜他，一點也不像小 Phi 那樣是老大的迷弟。」

許至清努著嘴反駁：「我是你們所有人的迷弟，不是他一個人的。」

小小聽了一邊捶桌子一邊放聲大笑，伸手把他的頭髮揉成一團鳥窩。

許至清在小小終於冷靜下來後倒了杯水給她，小小以酒桌豪飲的氣勢一口氣喝完，拍拍許至清的頭之後起身。許至清送她到門口，在她抬起單腳拉正偏掉的鞋舌時下意識扶住她的手肘。

小小又拍了他的頭兩下才打開門。

「明天見，蝦仔——欸，老大？」

許至清扭過頭，就看見鄭楚仁板著一張教務主任般的臉出現在門口，舉起手中的便當袋，「晚餐，我們談談。」

他吞了吞口水，往旁邊退了一步，「……請進。」

許至清的母親曾是中央藝術大學劇場設計學系的教授，不同於大眾對藝術家的想像，呂教授是個一板一眼而且注重細節的人，在學校出了名地嚴苛。許至清曾經到她的課堂上看過，在家中就已經有些不苟言笑的母親在講堂顯得更加難以親近，即便是在大班授課的劇場史課堂，她也會精準地發現注意力不集中的同學，點對方起來回答問題。

許至清愛他的母親，但如果進了這個系所，他也會盡可能躲避呂教授的課。

現在坐在鄭楚仁對面吃著似乎是他親手做的便當，許至清也感受到了類似的壓力，男人的眉頭從進門之後就沒有鬆開過，迅速解決自己那份便當後便盯著許至清一口一口吃下飯菜，瞇起的眼睛像是刀一樣鋒利。雖然味道很好，許至清卻沒什麼餘裕去享受。

「老大。」許至清決定投降，把筷子擺在餐盒上之後問：「你是要跟我談什麼？」

鄭楚仁擺擺手，「你先把東西吃完。」

「我已經差不多飽了。」

「就這麼一點？」鄭楚仁的眉頭皺得更緊了，「繼續吃，只要不想吐就不要停下來。」

許至清想要開口反駁，但最後還是悶頭把飯菜吃完，他本來就沒有剩食物的習慣。

便當盒空了，鄭楚仁臉上的表情也緩和了一些，但許至清依舊為對方的反應感到不解。他看向鄭楚仁，鄭楚仁也直直對上他的視線，他們有好一會都沒有說話，許至清是不確定要說什麼，他不知道鄭楚仁又是怎麼回事。

今天他依舊穿著襯衫和西裝褲，不過領帶已經鬆開，釦子也沒有扣到最上面，兩邊的袖子翻摺了兩摺，露出精實的前臂和突出的腕骨。這個人剛才準備晚餐時就穿著這身衣服嗎？許至清的視線掃過眼前的白色襯衫，沒有看到任何油點或是其他汙漬，難道他做飯的時候會穿上圍裙？糖醋排骨做起來應該很容易噴濺吧？

許至清愈想愈遠，鄭楚仁卻依舊用討債的眼神盯著他看，在他開始懷疑這個人是不是想讓他學心電感應時，鄭楚仁終於開口：「雖然一開始我用了點手段，但這不代表你的地位比Caroline其他成員要低，你不需要證明什麼。」

許至清眨眨眼，對方吐出的每個字他都懂，結合起來卻讓他聽得一頭霧水。

鄭楚仁眉頭又皺了起來，「我說得還不夠清楚嗎？」

「不是沒說清楚……但我沒有在證明什麼。」

鄭楚仁瞪著他看，「那你主動撞什麼車？醒著夢遊？」

許至清被堵得一時說不出話。

「現在你既然已經正式加入我們了，你就在我的保護之下。我對Caroline每個人的要求都一樣：在保護自己和伙伴安全的前提下完成任務。」鄭楚仁指著許至清用繃帶包紮起來的手，「我不准你們受傷，自己傷的也不可以。如果你做不到，就給我退——」他的話猛地拐了個彎，「——留在這裡看家，以後只能負責打雜。」

「……要是我做飯的時候不小心切到手指呢？」許至清小聲嘀咕，引來鄭楚仁又一次的瞪視，「好，好，我記住了。」

愈說他愈是想笑，怎麼會有人連關心都能用威脅的方式說出口？要許至清退出的威脅都成了兒戲的禁足，許至清想到Sandy說過的話，「他想把你藏在自己羽翼下，又怕你別有所圖，結果就出了這種爛招」。這讓許至清更加好奇鄭楚仁和他父母的關係，這個人是怎麼認識他們的，又為什麼會同意讓自己加入Caroline？如果許至清未曾聯繫Caroline，鄭楚仁會主動接觸他嗎？

「想問什麼就問。」鄭楚仁說：「不能或不願意告訴你的我會直說。」

許至清看著他沒什麼表情但並不冷漠的臉，「你今年幾歲？」

鄭楚仁眉毛一挑，「三十四。」

三十四，比他要大九歲，許至清的父親在他十四歲的時候出事，算起來鄭楚仁當時二十三，在那之前多的是機會和他父親產生交集。

「我以前沒有見過你，家裡沒有，演出和拍攝現場沒有，兩場葬禮也都沒有，但我母親知道Caroline的底細。」

「我和呂教授因為許老師遭逮捕開始有比較多接觸，之後她怕把我牽扯進去，有意拉開距離，一開始我還能直接去學校找她，等她提前退休就聯絡不上人了。許老師的葬禮我不是沒去，而是被她提前攔住，那時我給了她一個地址。」鄭楚仁輕輕哼了聲，「她的葬禮我也去了，你只是沒有認出來。」

許至清皺起眉頭，當時他自己一個人站在會場門口，和一個個前來弔唁的人致意，大多是他母親過去的同事和學生，但來的人並不算多，也許是擔心會惹上麻煩，也許是時間長了情分也淡了，也許是父親入獄，四處求助無門的那段時間磨滅了原本的情誼。許至清很確信自己沒有見過鄭楚仁，就算鄭楚仁讓鈴鐺替他做了偽裝，當時現場也沒有和他身高相仿、三十出頭的男人——

許至清頓了頓，突然想到了什麼，「老大，你有行動不方便的姊姊或妹妹嗎？」

鄭楚仁笑得並不明顯，還帶著點嘲弄，但依舊讓整個人的氣質和緩許多，「沒有。許老師也這麼問過我，不過他問的是我有沒有身高一百八的姊妹。」

「啊……嗯……？」許至清甩甩頭，這不是他應該好奇的問題，「你和我爸到底是怎麼認識的？」

「我去了許老師的演唱會。」鄭楚仁聳聳肩，「剩下的我現在不想說。」

「好。」許至清沒有追問，某種程度來說跟鄭楚仁說話其實很輕鬆，不用花心思去猜對方的界線在哪裡，能夠相信這個人會直接告訴他。

他們都安靜了一會，並非熟識的朋友那樣自在的沉默，而是半個陌生人有些尷尬的停頓。許至清拿起便當盒，一邊站起身一邊說：「謝謝你的晚餐，很好吃。」

他對鄭楚仁面前的餐盒伸出手，要連對方的份也一起洗起來。鄭楚仁握住他的手腕，「受了傷還碰水？」

「……只是小擦傷，等等我還是要洗澡。」

鄭楚仁眉頭微蹙，「我先看看。」

許至清手掌上的傷並不深，表皮被刮去的地方雖然露出嫩紅的肉，還有不規則的紅痕，但血早就止住了，也沒有分泌物滲出。鄭楚仁最終還是放開他，擺了擺手，沒有再阻止許至清。

「謝謝。」鄭楚仁補了句。

許至清搖搖頭，「吃了你的晚餐，至少我應該把餐盒洗起來，要是我在你家，你的鍋碗瓢盆我也要包辦了。」

「我那邊有洗碗機。」

「欸。」許至清開了個玩笑，「是老大的特權嗎？還是只有我家沒有裝？」

「只有我那邊有，而且碗盤量多的時候才會用。」

啊，是為了節省啊。許至清壓住自己的笑聲，站在水槽邊開始洗餐具。為了避免這個勤儉持家的男人看他不順眼，他水開得很含蓄，洗碗精也沒有擠得太多。許至清小時候也是這樣被母親訓練出來的，鄭楚仁應該和母親很合得來吧。這樣說起來鄭楚仁會和他父母親關係親近也不是沒有道理，前者是因為相似，後者是因為互補。

「許老師經常提到你。」鄭楚仁突然開口。

許至清應了聲，「真的？」

「『我家至清剛學會走路沒多久就會跑步了，一邊跑一邊喊我巴巴，是不是很可愛？』他也經常說你唱歌很好聽，還給我看他錄的影片，其實你走音還滿嚴重的，不過他的音感遇到你就突然失靈了。」鄭楚仁一貫清冷的聲音柔和起來，彷彿一身的稜角都被回憶撫平。許至清突然有點不敢轉身看他，害怕被勾動起藏在心底的情緒。

「我曾經很好奇你是個怎麼樣的人，你的父母才會用驕傲的語氣說『他是我們的至清』，你有個很好的名字。」

許至清深吸了口氣，先是穩住自己的聲音才應道：「嗯，只是我還配不上這個名字。」

水至清則無魚，可是無魚蝦也好。他也許力量不夠，無法為他人創造出一片清潭，但他可以當他的蝦仔，不去容忍任何汙濁的水。

「是嗎？」鄭楚仁在安靜了好半晌之後說，話鋒突然一轉，「洛基對你的印象很好，他雖然是那種個性，但看人一向很準，也不跟處不來的對象打交道，看起來你已經通過他那關了。」

許至清轉過頭，有點困惑，「他會有處不來的對象？」

「你不是見過了？他在不喜歡的人面前是什麼樣子。」鄭楚仁站起身，走到許至清身邊接過洗好的餐盒，「我還有事情要處理，先上樓了，哪裡不舒服就跟鈴鐺說，他晚睡。」

說完他就一邊把餐盒放進便當袋，一邊大步往外走，許至清連忙跟著到門口，「晚安，明天見。」

「如果會見到就明天見。」鄭楚仁隨意地踩進鞋子裡——許至清這才發現他雖然還沒換掉襯衫和西裝褲，卻是穿著球鞋過來的。鄭楚仁在開門之後停頓了一下，回過頭說：「晚安，至清。」

許至清詫異地對上他的視線，鄭楚仁沒有再說什麼，出去時順勢帶上了門。許至清在回過神之後笑了聲，沒有錯過男人的言外之意。

心情明朗起來，他哼著〈燎原〉進了臥室。他想成為Caroline的至清。

Film No. 001

Title　彩虹之上

第 4 章

現實

「我說過我不在意。」

「但我在意！我們不能就這樣犧牲妳未來的生活，這不是我們的初衷——」

「這是我的故事，洛基。最終選擇權在我手上，我要的不是為自己聲張正義，我要的是改變。」

「這和妳露不露臉沒有關係。」

「我要讓那些在醫院接觸過我、見過我的人不得不面對真相，我要他們認清自己的漠視會造成什麼樣的傷害。」

「有其他辦法能夠達到同樣效果，這不是Caroline做事的方式。」

「那我就在你們播出之後自己出來認領這件事。」

「小霜——」

許至清有點尷尬，但還是上前敲了敲門，「Sandy跟Sue把人帶過來了。」

今天訪談的對象是當初幫了小霜一把的護理師，為了安全起見沒有在小霜的暫居處拍攝，而是另外找了協力者提供的私人攝影棚。許至清到現場時嚇了一跳，他認得負責人，是父親以前經常接受採訪的雜誌社的主編，現在雜誌已經收掉，成為面向一般民眾的攝影工作室。不知道是不是沒有認出許至清，頭髮多了白絲的女人只是禮貌性地和他握了手，簡單介紹過自己。

所有工作人員都已經清場，負責人也在和他們打過招呼之後離開。不過小小還是先確認過現場沒有任何竊聽設備，監視器也都已經關閉，之後才讓洛基帶著小霜進門。

許至清是在洛基和小霜吵起來時走出去的，在外頭等其他伙伴帶著今天的受訪人出現。Sue和Sandy看起來對裡頭的爭論並不感到意外，對視一眼便領著面貌親善的年輕女人進門。

許至清小跑步到洛基身邊，幫忙他架設腳架。小霜侷促地站在椅子邊，看著走在Sandy身邊的前護理師。許至清雖然認識她沒有多久，但還是第一次看到她這麼不安的樣子。

「您、妳好。」小霜雙手抓在一起，對女人點點頭。

「李小姐。」女人看起來也有點緊張，「那個，叫我婕妤就好。」

「啊，那妳叫我小霜就好。」

「小霜，很可愛的綽號。」

「婕妤這個名字也很好聽。」

洛基不知道想到什麼，咬著嘴唇在一旁忍笑得辛苦。這大概是他作為攝影師最大的弱點了，許至清好笑地想。不過即便是在這種時候洛基的手依舊是穩的，許至清接過他遞來的無線跟焦器，在洛基扛著相機拍正在尷尬寒暄的兩人時幫忙調整焦距。

許至清的身體很熟悉要如何在精準跳躍時估測距離，但跟焦是完全不同的學問，不是練習幾個星期就能掌握的。不過好在他們為了隱藏被拍攝者的身分得刻意模糊畫面，容錯度也就大了許多，許至清只要確保監視畫面中的臉孔是模糊的，同時不至於看不清肢體語言就好。

「兩位請坐吧。」Sandy為她們拉開方桌邊擺成九十度夾角的兩張椅子，「就跟之前說好的一樣，今天這場對話交給妳們主導，有什麼問題和需要隨時和我們說。如果對話中談到不希望被拍攝下來的部分，也請隨時喊停，我們絕對配合。請兩位按照自己舒適的方式來，就當我們不存在。」

小霜和婕妤都點頭表示理解，Sandy退到一邊，站在洛基的另一側。Sue和小小則是坐在攝影棚的角落，老樣子一個監聽收音一個做筆記。

「那個，妳最近還好嗎？」小霜問：「如果不好不需要說很好，我是真的想知道。」

「我很好，不是客套話，是真的覺得舒服多了。」婕妤按著後頸，「妳呢？妳……還好嗎？」

她說完就露出咬到檸檬的表情，皺著鼻子說：「不想回答不用回答。」

小霜微微彎起唇，「好很多了，早上都能自己爬起來吃早餐了。」

「那妳比我厲害。」婕妤試探性地回以笑容，「我這幾天都睡到中午才醒來。」

兩個年紀相仿的女人對視一眼，之後一個垂下眼睫，一個轉動著右手腕上的手錶，沉默了半晌同時開口：「之前——」

她們同時停頓下來，然後異口同聲地說：「妳先——」

笑聲一個赧然一個溫和，空氣中的尷尬稍稍消融，小霜抿著笑說：「在醫院那段時間真的謝謝妳，因為我們都沒有做錯事情，我就不說對不起了。」

婕妤點點頭，「妳沒有什麼好道歉的，反倒是我，明明發現了真相……」

「妳要是道歉我就要生氣了！」小霜抓住婕妤的手，「如果不是妳，我也許撐不到被救出去的時候，我原本就不是妳的誰，妳已經做很多了。」

婕妤看起來還是有些遲疑，小霜一邊搖頭一邊說：「不是每個人都能夠扛著我逃，何況妳還有身分的限制，妳已經做了當下能做到的，妳要相信我這個當事人。」

婕妤張著嘴，卻沒有說出什麼話。目光落在小霜被錶帶遮蓋住的手腕，沿著小霜消瘦的手臂向上，在她突出上衣的鎖骨和肩關節短暫停留，最後被堅定的烏黑眼睛攫住。

真可惜啊，許至清想，只有此刻在場的他們看得到小霜的眼神。這樣的想法才剛在心中萌芽，洛基的鏡頭便晃了晃，拉近到畫面中只看得見小霜的眼睛，許至清連忙調整焦距，確保連她眼中不明顯的血絲也是清晰的。

「但我只是做了任何人都會做的事。」

鏡頭中的眼睛微彎，「可是只有妳這麼做了。」

「其他人不知道……我沒有告訴他們。」

「那妳是怎麼發現的？」

「妳對周遭的認知很清楚，我也看不出來妳哪裡對自己或其他人造成威脅。明明妳的狀況是穩定的，為什麼治療手段會這麼強硬？反而是進來之後身體和精神狀態都變糟了，每次開的藥也讓我覺得很奇怪，有太多不對勁的地方——啊。」

小霜的睫毛一顫，視線銳利起來，「嗯，比妳資深的人很多，他們真的沒看出來嗎？不是的，他們就是看得太多了，所以選擇閉上眼睛。」

「……怎麼可以……」

「謝謝妳看著我。」她直直地看向鏡頭，「沒有像其他人那樣假裝看不見。」洛基收斂地嘆了口氣，看上去驕傲又煩憂。

她們像是好久不見的老朋友那樣，聊起生活中發生的瑣事，默契地沒有提起雙方的家人，其他什麼都能聊，像是過去一週的陰雨天，還有這陣子開始培養的運動習慣，或是幾天前做的惡夢。今天拍攝下來的畫面也許大半都不會用到，但這個過程本身就是有意義的，就算不能減輕拖住腳步的重量，至少能讓腳上的箝制放鬆一些。

最後她們橫越桌角給了對方一個擁抱，像是劫後餘生之後重逢的倖存者那樣緊抓著對方。許至清有點恍然，父親回家那天的情景強硬地占據腦海——他是被架著下車的，在家門口等待的許至清震驚地看著連他也幾乎要認不出來的父親，母親則是早已衝上前，用纖細的手摟住他，凌厲地瞪向穿著制服的兩個男人，彷彿隨時要撲上前撕咬他們的脖子。

許至清不知怎麼地動不了，僵在原地看著他的父母。看著母親把父親揉進懷中，用不怎麼寬大的臂膀環住他，輕吻他扭成八字的眉頭、硬撐著睜大的眼睛、幾乎要刺出皮膚的顴骨。他們都沒有哭，像是不願意讓眼淚模糊了視線，連眨眼都不捨得。許至清沒見過父親這樣脆弱的一面，他一向堅不可摧的母親也像是一碰就會碎。

「至清。」父親被許多人稱讚為天籟的嗓音成了壞掉的留聲機，嘶啞得幾乎聽不見。許至清突然失去力氣，整個人跌在地上，不爭氣的雙腿支撐不起他的重量，只能狼狽地爬向父母，嗚咽聲卡在喉頭，眼前一片模糊，不安和恐懼讓心臟狂亂地跳動著。「對不起，至清，我來晚了，對不起。」許至清從沒有想過有一天會變得比父親要高大，他多想和小時候一樣鑽進父母的懷抱，讓他們哄哄他，但他不能，他知道自己不能，他該長大了，在父親看不見、母親沒看見的時候成年了。

他伸出雙臂擁抱他們，明明自己也顫抖得厲害，卻得穩住聲音說「沒事了，回家就好」。這樣就夠了，父親已經回到家，母親的心也終於能安定下來，許至清不再是一個人，不會再是一個人。真傻啊，那時的他。

直覺意外靈敏的洛基看了過來，許至清迅速收拾好情緒，搖著頭笑了笑。和許多人相比，他大概還算是幸運的，至少能陪著父母度過最後幾年，至少有機會和他們道別。

「這種時候不是應該出現道彩虹嗎？」小霜在送走婕妤之後說，望向洛基肩上的攝影機。

「妳想要彩虹？」洛基將鏡頭上移對著天空，「好，讓我們的特效師幫妳後製上去。」

小小插話：「我家小弟不會同意的，那對他來說太沒格調了。」

「我也不會同意喔。」Sandy滿臉笑容地說：「除非小霜有什麼很好的理由。」

「如果是我有很好的理由呢？」洛基問。

Sandy毫不猶豫地回：「否決。」

半路洛基突然說要多拍一些空鏡頭，車上只留下開車的小小，還有一起坐在後座的許至清和小霜。小霜敏銳地看了過來，眉梢微微揚起，「洛基讓你們來說服我？」

小小舉起雙手投降，「別看我，我就是個司機。」

「他說你們兩個現在太熟了，反而沒辦法好好談這個問題。」許至清遲疑了一下，「其實我也不建議妳露臉。」

小霜皺起眉頭，「如果是擔心影響到我的家人，我已經和我媽談過，只要有人找上門的時候我不跑，他們就沒有理由騷擾她了吧？」

「除非有把握鬧到全國皆知，不然露臉對妳來說很危險，就算沒辦法用非法播送追究責任，他們也可以用治療的名義把妳押送到戒備更森嚴的地方，這一次要逃出來就沒有那麼容易了。」許至清頓了頓，「就算真的把事情鬧大到不敢隨便處置妳的程度，他們還是會想辦法威脅利誘，要妳否認原先的說詞，之後妳和家人朋友會一直活在監視之下，只要有一點可疑的地方就會被約談警告。」

許至清演了很久的戲，喝了很多次讓人如坐針氈的茶，才終於讓那些人相信他已經哀莫大於心死，再也興不起反抗的意圖，甚至是對父母抱持著隱密的怨懟。

「和妳相交的人都可能受到牽連，疏遠妳、裝作不認識妳的人會愈來愈多，能留在身邊的人愈來愈少，他們對妳來說會變得很重要，重要到妳害怕失去這些人，就連一起吃個飯都會被罪惡感壓垮，最後反而把他們推得遠遠的。」

說來好笑，他曾在寂寞的驅使下規劃了幾次一日旅行，沿路找人問路、請人幫忙拍照，就為了在不產生交集的情況下和另一個人多說幾句話。那段時間他連買個早餐都不敢一直去同一家店，擔心成為常客會為誰帶來麻煩，也許是反應過度了，也許沒有，現在的他無從得知。

「妳會開始注意到每個鏡頭，每個可能藏著竊聽器的地方，每個看起來像是在跟蹤妳的人。妳也許會開始失眠，但不敢吃安眠藥，怕藥被動過手腳，也怕睡得太死，有人闖進家門都沒發現。」許至清深吸了口氣，「妳得等到他們認定妳沒有威脅、翻不起浪花為止，這可能會需要很長的時間。」

許至清知道他說得太多，也投射了過多自我，小霜的情況並不一定就會和他相同。但聽過母親說過太多次她後悔了，後悔對丈夫無條件的支持，後悔一直以來強硬的態度，後悔沒有為許至清好好考慮過。

「只要不露面，Caroline這個名字就能夠保護妳，是我們利用妳的故事在反對現狀，責任歸屬在我們這裡。」許至清說得直接，「每天受委屈的人太多了，比起這些受害者，他們更無法容忍為了個案發聲的個體或組織。」

小霜愣愣地看著他，再遲鈍的人也會意識到許至清說的是自己的經歷，不過她沒有多問，而是陷入了思考，握著自己的右腕。

終於，她皺著眉開口：「難道要允許那些人繼續做一樣的事情？」

「可以想想別的辦法，妳給我們一點時間。」

小霜不知道在他臉上搜索些什麼，最後點了點頭，「好吧。」

許至清鬆了口氣，望向車窗之外說「啊，他們回來了」。因為反應太過明顯，被小霜冷哼著用手肘頂了下腰。他帶著歉意笑笑，打開門讓洛基第一個鑽進車內。洛基立刻腆著臉湊過來，

「拍到妳要的彩虹了喔。」

小霜翻了個白眼，沒有理會他。

洛基對許至清拋來詢問的視線，許至清點點頭，突然就被比外表看起來有力的手臂抱了個滿懷。

「你太可靠了，愛你喔。不過同時我又有點嫉妒，小霜竟然聽你不聽我的。唉，果然舊愛比不上新歡，我是不是該讓位了？蝦仔你不喜歡女孩子，可以當個純工作伙伴的皇后，真正受寵愛的都是貴妃嘛！妳喜歡怎麼樣的，小霜？婕妤怎麼樣？婕妤當貴妃哈哈哈哈哈——」

和 Sandy 一起坐進前排座位的 Sue 一臉不可置信，「你今天就在笑這個？」

「哈哈哈妳也不是第一天認識我哈哈哈哈——」

「小小，開去資源回收廠吧。」Sandy 笑咪咪地說：「我們該換一個新的洛基了。」

「從洛基零號換成洛基一號嗎哈哈哈——」

耳邊都是洛基清亮的笑聲，搭在他肩上的手臂不斷抖動著。許至清看向無奈笑著的小霜，低語：「這是妳會失去的東西。」

小霜對上他的視線，神情很認真，「我明白。」

「林小姐？」

「市長夫人。」鄭楚仁沒有起身迎接他今日的貴客，而是等著對方脫了鞋子，跪坐在方桌的另一端。這間歷史悠久的茶館有很多包廂，從富有年代感的裝潢風格看不出來，但包廂隔音做得很確實，服務人員也都訓練有素，知道要如何保持適當距離，同時確保需要隱私的顧客不會互相撞見，因此成為許多人談生意的第一選擇。

鄭老闆是這間店的常客，林小姐則是店長的故友，今天他以後者的身分前來，他需要一個安全，談判對象也能信任的空間。

黃庭安的母親保養得不錯，雖然已經年近六十，但皮膚並沒有明顯鬆弛，皺紋大多聚集在眼尾，不顯老邁，反倒讓她多了分優雅與和善。鄭楚仁見過很多像她這樣的人，無論在哪個領域，能夠爬到高位的人外在表現大多都是親和的，尤其是在這個對外看似和平的年代。即便只是偽裝，親民的形象多少能夠減少人們的逆反心理，看似善意的當權者往往是最難對付的。

「吃過午餐了嗎，林小姐？」

鄭楚仁頷首，將菜單轉了個方向往前推，「主隨客便，請按您的喜好點餐就好。」

「妳太客氣了。」這位市長夫人沒有跟著使用敬語，抬頭對服務生說：「一份大葉烏龍和一份核桃糕，謝謝。」

服務生離去時帶上門，除了細碎的一聲「喀噠」之外沒有發出其他聲音。鄭楚仁腰板挺得很直，靜靜等著對方開口，他在約定這次會面之前就已經提供了足夠的資訊，接下來得做出選擇的是對方。

在許至清找上門之前，鄭楚仁其實就決定好要怎麼做了，他的第一原則從未改變過，他會保護自己人，也會保護無辜的拍攝對象。小霜貿然以真實身分示人無法對造成她苦難的人帶來什麼衝擊，就算有人相信她訴說的真相，始作俑者的罪惡感也延續不久，很快就會在時間的沖刷下煙消雲散，同時對她和家人的影響卻是一輩子，每個人都需要選擇自己有勝算的戰役。

「我們就不能更貪心一點嗎？」鄭楚仁在聽到許至清的問題時笑了，讓他想到呂教授在劇場設計課堂上說過的話，「沒有必要的犧牲，只有不夠好的解決辦法，藝術家和設計師是貪心的，在面對看似矛盾的兩難時，依舊兩邊都不願意放棄」。

要怎麼在不公開小霜身分的前提下，盡可能讓做錯事的人負責？要怎麼在不為她發聲的情況下為她發聲？

「林小姐，妳到底想要什麼呢？」

鄭楚仁一向不喜歡回答沒有意義的問題，「我已經提過我的條件。」

「那是妳提出的要求，不是妳想要的東西，這兩者通常並不完全相同。」

「您只需要知道我的條件，其他都與您無關。」

市長夫人眼角抽了抽，但很快便恢復平靜，嘴角彎起不達眼底的笑容，「我要怎麼相信妳不會出爾反爾？」

「那對我沒有好處。」鄭楚仁說：「我大可以完全不告知您這件事，今天我會在這裡就是有求於您，不是嗎？當然，也是因為這對您和您的家人有好處，事後切割的效果總沒有一開始就撇開關係好，何況現在時機敏感，有很多雙眼睛在看著您和家人，希望影響這次的地方首長指派結果。能夠保護女兒的前程又能夠獲得好名聲，何樂而不為？」

市長夫人輕哼，表情有些諷刺，「妳倒是好心。」

「這是雙贏的局面。」鄭楚仁聳聳肩，「我們都有敵人。」

在不公開小霜身分的前提下公開發生在她身上的事，將紀錄片主角的身分和現實中的小霜完全割裂開來。小霜從未被逮捕過，不是因為騷擾的指控和妄想症被關進精神科病房，而是個無辜的受害者，因為醫師誤診入院，又在入院之後發現醫院收賄關押非精神病患者的行為，被變相囚禁來封口。

既然這家人這麼注重形象，那就讓他們當好擋箭牌，出頭截斷有權勢的人其中一種壓迫手段。雖然不知道這樣的改變能維持多久，但像小霜那樣的受害者至少會減少一些。至於他們能做得多漂亮，後續是否會被政敵攻擊或被上頭究責，那不在鄭楚仁關心的範圍內。

他知道許至清對這樣的解決辦法有點難以接受，威脅的手段畢竟不光彩，而且他這是在和加害於小霜的人做交易，還編出完全不符合事實的故事。小霜一開始也反對，甚至對鄭楚仁感到憤怒，但他解釋了利害關係，讓小霜的母親當面和她談過，最終她接受了這個作法。

「我這是為了我媽。」小霜那時說：「有沒有人說過你有點卑鄙，Caroline 的老大？」

「經常。」鄭楚仁看著生悶氣的許至清回道：「現在就有人在心裡這樣罵我。」

他也曾經容不下任何自己所認定的道德瑕疵，但在過去幾年間學會了務實，他有絕不退讓的底線，其餘的已經不再強求。他現在多少能理解張芯語當時的決定，不苟同，可是能夠理解。

「……月底之前妳會看到成果。」市長夫人說：「這個星期內我們會先做到妳的第一個條件。」

第一個條件是抹去小霜被逮捕和強制就醫的記錄，畢竟光是這些根基於謊言的前科，就足以讓她在未來處處碰壁。

「我會找人核實。」鄭楚仁聽著外頭服務生的腳步聲靠近，轉頭看向拉門，「現在您可以好好享受茶點了。」

送走市長夫人之後鄭楚仁沒有立即離開，茶館老闆沒多久便如他預期地找了過來，帶著一瓶梅酒和兩個酒杯。一張老實的臉看不大出年紀，四十多歲的人卻有著三十多歲的笑容和五十多歲的眼睛。陳晏誠並不常來這間自己名下的茶館，畢竟他平時還有另外的正職，不過每次鄭楚仁以林小姐的身分徵用包廂，他總是會帶著酒或茶出現。

「我怎麼能錯過你難得精心打扮的時候？」陳晏誠用開玩笑的語氣說道：「鄭老闆工作太忙了，要見到林大小姐可不容易。」

鄭楚仁知道他只是念舊。陳晏誠總是透過他看著已經不在的老朋友，那時還很年輕的鄭楚仁經常被擋在門外，不被允許參加他們的抗議活動。

「林大小姐，妳都還沒成年」成了「林大小姐，妳才剛成年」，之後是「林大小姐，未來的路還很長，別急著燒掉一整座青山」。他們其實都知道他真正的身分，但偷偷跟著他們上街遊行，在酒吧裡唱著許老師為他們寫的禁歌，最後四處奔波試圖為他們擺脫罪嫌的都是經常逃家的林大小姐。

後來林大小姐成了鄭小老闆，但他依舊保護不了想保護的人，那是鄭楚仁第一次清楚意識到個人在面對國家時有多麼無力。

「新人適應得怎麼樣？有沒有被你嚇走？」

「他沒那麼膽小，不用你擔心。」鄭楚仁頓了頓，「他是他父母的孩子。」

「評價很高嘛。」陳晏誠失笑，「不過你這什麼長輩語氣？真把自己當鄭叔叔了？這樣我不也是你的陳叔叔？」陳晏誠在鄭楚仁白他一眼之後笑得更開心了，「太久沒看到林大小姐的白眼，我真有點懷念。」

鄭楚仁懶得理會他，直接切入正題，「最近收穫怎麼樣？」

「托鄭老闆的福，敝店生意可以說是愈來愈好，收穫也超出預期。可惜現在還不是揮霍的時候，不然我真想看看某些人的反應。」

「謹慎點，這張牌用不了多少次。」

陳晏誠擺擺手，「我知道。」

十年前鄭楚仁出資幫陳晏誠買下了這間店，一開始只是為了給他和有需要的人一個安身立命的地方，之後他們在整修時意識到這種場域潛在的價值。在四處都是監視和竊聽設備的環境中，標榜絕對隱私，連手機都無法使用的地方能吸引許多人前來。

有對現狀不滿的異議分子，有交易性質敏感的生意人，也有身在高位卻濫用特權的合法惡棍。這是國家監視網的漏洞，但即便是體制中的特權階級也有私心，每個人都有敵人，他們也不例外。一個絕對中立、絕對隱私的地方對個人來說利大於弊。

當然這間茶館並非真的中立，也並非完全隱私。雖然為了維持客人的信任，陳晏誠和他的人在蒐集情報時十分小心，但長年下來也累積了不少敏感資訊和把柄。

鄭楚仁從未將陳晏誠透露給他的消息直接用在Caroline的拍攝上，陳晏誠也不會告訴鄭楚仁與他或Caroline的安危沒有切身相關的資訊。他們都希望自己出事時不會把對方拖下水，一直維持著分明的界線。陳晏誠的野心比他要大多了，鄭楚仁知道自己不是那塊料，他不夠冷靜，看得不夠遠，也無法為太多人負責。Caroline是他能夠承擔的重量，其餘的最多能提供一點金援或人脈。

不過資產是從父母那裡繼承來的，人脈則是許老師和呂教授留下來的，鄭楚仁實際上什麼也沒有，什麼也給不了，只能盡他所能成為保護的盾，成為維繫的網。

「如果是你，」鄭楚仁問：「如果你想保護受害者不被盯上，但又要讓加害他的人受到懲罰，你會怎麼做？」

「找個弱點被掌握在我手中的人，讓他出這個頭？找到加害者的把柄讓他們公開承認錯誤？」陳晏誠頓了頓，「這種事情別問我的意見，大小姐。我們這些老傢伙已經對你造成太多不良影響了，多跟你還保有天真的伙伴聊聊，尤其是那幾個年輕人，不要才三十出頭就把自己活成我這副模樣。」

「十年前你也才三十五。」

「所以在那之前我不是一直很熱血嗎？」陳晏誠笑了，「現在我改變作法不是因為後悔了，當時我們都走在自己相信最正確的路上，只是現在身處的環境不同，能做到的事情不同，我認為最正確的決定也不一樣了。你有你的目標，Caroline也不是你一個人的組織，一個人的責任，你們的方向需要你們一起決定。」

鄭楚仁在沉默了一會之後應了聲，他不是不明白這個道理，但伙伴還保有的純粹對他而言是需要珍惜的東西，他想保護他們。

「別皺眉了。」陳晏誠說：「這張臉蛋這麼清秀，提前長皺紋多可惜啊？」

鄭楚仁斜了他一眼，用平時的聲音說：「你這張嘴不要了？」

「嘶——不管聽幾次我還是不習慣，林大小姐不該用鄭老闆的聲音說話，我有時候下意識覺得你們是兩個人，你真的不是鄭老闆的妹妹吧？」

「胡說八道什麼。」鄭楚仁涼涼地說，撐著桌面起身，「我走了，注意安全。」

「你也是。」陳晏誠揮揮手，「有人來載你吧？還是需要我們員工送你？」

鄭楚仁看了下錶，「有人來載我，差不多要到了。」

「嗯，我就不跟你走出去了。」然後他像是過去志同道合的伙伴每一次道別時那樣說：「如果會再見就再見。」

鄭楚仁腳步一頓，「會再見就再見。」

他從後門走出去的時候鈴鐺已經在路口等著，鄭楚仁坐進後座，脫下戴了大半天的假髮，直接褪去上衣拆下墊著的矽膠。鈴鐺透過後照鏡瞄他一眼，無奈地嘆了口氣，「下次等回去再脫吧，鄭哥，你這樣我總有種看到不該看的東西的感覺。」

「是嗎？」鄭楚仁是真的疑惑，鈴鐺也不是沒見過他這個樣子，今天的妝還是鈴鐺幫他畫的，「如果你介意我就回去再脫，只是流了點汗不大舒服。」

「……沒事，不用管我。」鈴鐺咳了聲，「小霜的事情談完了？」

「嗯。」鄭楚仁想了想，開口問：「你有什麼想法？」

「啊？你問我？」鈴鐺用手指敲了排檔幾下，「鄭哥你也知道我不是什麼聰明人，你都保護我們這麼多年了，我相信你的判斷。」

「只是？」

「沒有只是？」鈴鐺抓抓後頸，「硬要說的話，也許你可以多跟其他人討論吧。像小 Phi 他也信任你，不過鄭哥你不管什麼事情，都是在和我們提之前就已經決定好了，他會反過來覺得你好像不信任他，洛基之前也說過類似的話。」

鄭楚仁點點頭，「我知道了，謝謝。」

Caroline不是他一個人的Caroline，鄭楚仁不是沒有注意到自己愈來愈武斷的毛病，其他人也許有時候會開玩笑地喊他暴君，但他不希望自己真的成為那樣的領導者。在和伙伴安全有關的事情上他不會讓步，不過也不會讓自己失去他們的信任。

鄭楚仁自認已經不是個藝術家，但他一向貪心。

瘦到不健康的背影趴伏在水槽邊，蒼白的手指緊抓著臺面，支撐著不安定的雙腿。沒有對白、沒有配樂，只能聽見讓人聽了就覺得喉嚨燒灼起來的乾嘔聲，還有痛苦的喘息。整支影片的調性都是這樣不假修飾，按照時間序記錄小霜把自己拼湊回來的過程。除了逃離醫院那樣無法定點拍攝的場景之外，大多時候鏡頭都很安靜，從固定的視角看著小霜。

許至清幾天前第一次看見成品時，連呼吸都怕驚擾到畫面中的人，胸口發悶的同時卻又無法將視線從那努力打直的背脊上移開。現在第二次作為觀眾，他依舊可以感覺到那些不屬於自己的痛苦，也依舊深受那堅定的靈魂吸引。

他們臨時選定的放映地點只是間放體育用具的儲藏室，比巴掌大一點的投影機擺在地上，將影像投射在白牆。牆面不是完全平整，反射光的能力也沒有真正的投影幕好，投出來的畫面有些扭曲模糊，從筆電直接放出來的聲音更是難以讓所有人聽清楚。但一張張年輕的臉龐都十足專注，十多個人圍在筆電周遭，一邊盯著牆上的畫面看，一邊縮起身子靠近電腦喇叭，沒有一個人出聲。

他們也許已經學會隱藏自己的情緒，但這個技能還未在漫長的時光中被磨練成熟，喜、憂、憤怒、挫折都寫在被投影光照亮的臉上。其中幾個人安靜地哭了，眼淚在臉上畫下水痕，有個男孩子全身都在抖，用兩隻手摀著嘴巴，怕自己哭出聲，坐在旁邊的女孩子靠過去，安慰地摸了摸他的後腦。

洛基和小霜坐在門邊，許至清則是和這個祕密小社團的社長一起守著門口，外頭有Phi幫忙把風。

這裡是Phi就讀的大學，以理工科系聞名，學校明面上的社團大多以未來就業為導向，不過就和其他許多大學相同，臺面下有幾個以讀書和觀影為主要活動的小社團。Phi不是這個社團的成員，但社長是Phi國中時就認識的朋友，經過鄭楚仁認證算是可以相信，至少足夠他們今天帶小霜來見證以她為題的紀錄片的影響。

除了透過協力者分享，《彩虹之上》也在不同的網路平臺發布，雖然不確定多久會被下架，但能夠觸及到的人更多。同時間Sue、Sandy和小小帶著發信器去劫持電視臺的訊號，許至清原本自告奮勇想加入這個聽起來就更加危險的任務，但被鄭楚仁用他無法反駁的正當理由拒絕：她們三個已經很有默契，多加一個許至清反而可能壞事。

理解歸理解，許至清還是有點不開心。之前他也因為鄭楚仁的計畫而生悶氣，氣的其實不是鄭楚仁，而是想不出更好解決方案的自己。許至清並沒有天真到認為小霜沒有隱瞞身分的必要，不然也不會在小霜打算露面時勸誡她，只是許至清對於這樣的交易沒有好感——丟了第一顆石頭的人反倒將成為英雄，這對小霜真的不會造成二度傷害嗎？

但鄭楚仁用這次合作換來了小霜在法律上的清白，名義上因為跟蹤騷擾被逮捕和強制就醫的記錄消失了，接下來庭安的父母會揭發當時囚禁小霜的醫院，還有另外兩家精神醫療機構收賄監禁無辜人士的罪行，目前給予小霜錯誤診斷和治療的人已經一一遭到究責，這是許至清想像不到的確實改變。

他比誰都清楚當局粉飾太平和引導輿論的能力，這部紀錄片也許能引起一些討論，也許能撼動幾個身周有類似受害者的人，卻沒辦法真的讓做錯事情的人付出代價，尤其是在他們必須保護小霜的前提下。理智上他明白這是很划算的交易，情感上卻有點難以接受。

牆面上的小霜還在靈堂和庭安對話，這是許至清離場去阻攔庭安父母之後的部分。模糊的畫面中，庭安脫下手銬為小霜戴上，動作小心翼翼得像是擔心會碰碎她。這個人用一個謊背叛小霜，接著她的父母用另一個謊將小霜送到地獄門口，醫生的謊將她推了下去，其他人對自己說的謊讓小霜孤立無援。

在整個過程中小霜都不願意說謊來換取解脫，現在卻得為了保護自己和家人接受編造的故事。他們要對抗握有威權者的謊言，卻透過謊言利用了權威。

「這不是你的決定。」鄭楚仁的臉上流露幾分惆悵，「無論如何已經說出的真相都不會改變，蝦仔。在那之後為了保護自己和在乎的人說謊，只要沒有傷害到別人，我就不認為是錯誤的。」

但已經說出的謊言不會消失，真相是否會在謊言的稀釋下漸漸失去效用？許至清沒有答案，真實世界的道德選擇總是可恨地模糊。

「小時候我沒有自由這個概念。」

小霜經過後製調低的聲音從筆電傳出來，填滿又沉又緩的空氣。

「即使是在以規矩為基礎運行的校園裡，我的心並不覺得自己受到了限制，上課不能做的事可以等到下課做，學校不允許做的事在家裡是允許的。只要知道正確的時間、正確的地點、正確的情境，我便是自由的。後來才知道原來有些身不由己的願望無論如何都無法實現。無論是在什麼時候，無論是在哪裡，這些想法的存在本身就是錯誤。

「會有那麼一天嗎？會有我的存在不再受到否定的那一天嗎？我不知道，我看不見那樣的未來。我已經不像小時候那樣天真地相信能爬上彩虹，到達天際之外更美好的世界。彩虹不過是光的把戲，是虛幻的希望。但如果彷彿從童話走出來的英雄依然存在，也許我可以允許自己去希望。」

琴音敲出配樂的主導動機時，許至清眨了眨酸澀的眼睛，看著畫面中的「Caroline 製作」幾個字。輕柔的旋律像是為太過疲憊的心譜出的搖籃曲，Phi在片尾用速寫風格畫出兩個女孩從小一起長大，相知相戀，最後一起白頭的場景，一個有著清晰的面孔，另一個是僅用留白呈現的剪影，溫暖的淡彩一點一點從背景透出來，空白處寫上為數不多的製作名單。

導演「用咖啡因當燃料的機器人」，攝影「北歐嬲神」，剪接「蘇」，收音及美術「腰以下都是腿」，動畫及特效「我才不中二是你們沒品味」，服裝化妝「仙女是不會長肚子的」，配樂「T」，最後「忙內」被列為攝影助理和場記，下方括弧寫著「嬲神認證居家旅行的好伙伴」。

許至清無聲笑了，看著兩包衛生紙被盤腿坐在地上的大學生傳來傳去，一旁的小霜似乎有點怔愣，視線沒有落在投影出的畫面，而是現場哭成一團的觀眾身上。

她在想什麼呢？許至清很難想像，就連自己的情緒都是解不開的一團亂麻，更別說是要了解另一個人。

「謝謝你們。」社長湊過來低聲說：「你們是不是要走了？」

許至清望著小霜的背影，回道：「謝謝你們看見了她。」

他們在學生們從情緒抽離出來之前悄悄走出門，外頭站了五十分鐘崗的Phi鬆了口氣，湊到許至清身邊抱怨：「下次我不自願把風了，我們用抽籤的。」

洛基和小霜手勾著手先一步離開，蝦仔則是跟著Phi從另一個門出體育館，走在四處都是年輕學生的校園裡。「老大沒有陪你聊天嗎？」許至清問：「你可以假裝在和他打電話。」

「我不想打擾他，要是我姊她們那邊有什麼緊急狀況就不好了。啊，她們已經在回去的路上，這次播出很順利，訊號劫持的狀況一直到現在都沒有人檢舉，可能是我們卡著整點，很多看到的人沒有發現不對勁，不然就是發現了也沒有通知警方的意思。」Phi咧開嘴，「最近播出時間撐得愈來愈久，不知道這是不是代表支持我們的人愈來愈多了。」

「一定是的。」許至清看著他得意洋洋的表情，溫聲說：「片頭和片尾很棒，我很喜歡。」

「唔，算你眼光好。」

Phi嘴上這麼說，耳朵卻燒成了甜菜的紅色。許至清彎起唇，接著說：「還要謝謝Phi哥明明不喜歡把風，還把裡面的位子讓給我。」

「我是前輩嘛，這是你參與的第一部作品，當然要讓你在裡面一起看成品。」Phi的眼睛又大又亮，神色像是默片演員那樣充滿感染力，「是不是很感動？我第一次看到自己做的動畫在捷運站播放的時候都起雞皮疙瘩了，要不是怕引起懷疑，我還想待久一點。我沒有想到會有這麼多人停下腳步，抬頭把整個短片看完……」

說著他的表情倏地黯淡起來，像是被雲蒙上一層紗的月光，「那時候怎麼就——」他的聲音突然卡在喉頭，嘴唇抿在一起。

許至清維持著離Phi一個拳頭的距離，跟著他往後門走去，沒有開口催促。

「——怎麼就沒有人為了他停下來？怎麼就沒有人抬頭看他……？」Phi雙手拍了下自己的臉，嘀咕著：「沒事，不要理我，當我說夢話就好。這明明就是屬於小霜的日子，干我屁事啊。」

許至清壓著嘴角，湊到Phi耳邊說：「我就是因為你的動畫知道Caroline的，在所有人之中你是我的第一個偶像。」

少年的手掌「啪」的一聲打在許至清背上，咕噥道：「說什麼呀。」之後又忍不住問：「你說的是真的嗎，蝦仔？」

「千真萬確。」許至清舉著右手做出發誓的手勢。

Phi的笑容比秋陽都要燦爛，他勾住許至清的脖子，揉亂許至清的頭髮，一邊笑一邊說：「啊，老姊說的沒錯，你的頭髮真的很軟很好摸。」

「每個人的頭摸起來不都差不多嗎？」許至清沒有很認真地抱怨。

「不是，你頭髮真的很軟，像小孩子的胎毛。」

「沒那麼誇張吧？」

「不信你摸回來看看，你加入之前大家老是摸我的頭，說是因為我的頭髮最軟，現在有你在我終於解放了。」

許至清用不相信的眼神看著Phi，受到挑撥的Phi主動把腦袋湊了過來，許至清立刻雙手並用，把Phi的頭髮揉成一團鳥窩。

「你故意的！」Phi怪叫：「會打牌的果然都不是好人！」

「你橋牌很厲害。」

「那是因為可以記牌，哪像你抽鬼牌都能連贏四五局。」

他們打打鬧鬧地走了一路，許至清感覺到自己過去不敢承認的遺憾消融了些許，在到達會合地點之前，Phi停下腳步，轉頭用鄭重的表情看著許至清。

「謝謝你告訴我，蝦仔。」Phi用風一吹就散的聲音說：「偷偷跟你說，我有時候會忍不住怨恨我們說出來的這些故事。為什麼在有人被傷害的當下沒有人願意幫忙，在他們成為故事之後卻能夠吸引這麼多人停下腳步？難道人的生命要在成為故事之後才有價值嗎？」

許至清想到Phi站在樓頂拿著菸的樣子，身體還沒跟上骨架的成長速度，讓他的背影看起來有點單薄，許至清不知道太多關於這對姊弟的過往，但他可以從Phi身上看到陳年卻無法完全癒合的傷。

Caroline其他人和許至清自己也是一樣，他們就這樣帶著屬於自己的包袱走到了一起。

「不過聽到你說是被他的故事帶到Caroline的……」Phi側著頭看他，眼神很堅定，「我想我們沒有做錯，在情況允許的時候我們盡可能幫忙了，就算只是讓一小部分人願意為身邊的人伸出援手，那也讓這個世界變好了一點點吧。」

他看起來是如此地確信，讓許至清不禁感到羨慕，他已經很久沒有這樣確信自己走在正確道路上的感覺。說出的真相不會改變，無論是對那些為小霜哭泣的學生，還是對四年前受到震撼的自己，他可以相信這樣就足夠好了嗎？

「你真的很厲害，Phi哥。」

Phi看起來有點疑惑，但還是喜孜孜地自誇了一句，「那當然，我是Caroline的小——大天才嘛。」

Film No. 001

Title 彩虹之上

第 5 章

結束和開始

「……目前已知有三家醫療機構涉案，黃市長表示市府必定會協助警方全力調查，以免未來再有同樣的憾事發生。調查過程中也發現多名富家子弟涉嫌買通涉案醫療機構，地檢署發言人表示無論嫌疑人的身家背景，都絕對不會姑息犯罪行為，也已經著手調查警局內部是否有人員收賄……」

「……我自己也有個女兒，我無法想像怎麼有人能做出這樣的事情，為了一點小衝突把一個人送進這樣的地方，應當要以病人利益為最優先的醫生竟然還為了金錢利益蒙騙同事和家屬……」

「……大多數醫界同仁還是相當正直且有責任感的，感謝劉醫師向當局通報，讓近十名受害者得以重見天日……」

「要把電視關上嗎？」鄭楚仁問。

許至清側頭看他，「為什麼要關上？」

「聽了不開心。」

「聽了不開心的事情很多，我總不能把耳朵閉起來。」許至清拿著菜刀拍碎眼前的蒜頭，也許是有點太用力了，些許蒜末噴濺到衣服上。他正要放下刀子用掌心抹掉，鄭楚仁便輕輕哼了聲，替他把衣服擦乾淨。

「要你穿圍裙不穿。」鄭楚仁說。

「穿不習慣，而且洛基想穿。」

鄭楚仁翻了個白眼，「他一個剝菜的，穿什麼圍裙？」

《彩虹之上》的播映和後續事宜到一個段落，小霜也要從Caroline提供的住處搬出去了。她用賠償金買下的套房屬於較高檔的封閉式社區，人流管制頗為嚴格，這段時間她和母親多少會受到一點關注，搬到那裡對她們和對Caroline都比較安全。

短時間內他們大概不會和小霜再見到面，洛基便組織了這場送別會，在小霜住了幾個月的套房裡煮火鍋。不過洛基的廚藝只能用無可救藥來形容，因此被趕到餐廳和小霜一起剝菜葉，Sandy和Sue丟下肉片跟海鮮就出門買酒去了，據說昨天熬了一整晚湯底的鈴鐺正躺在沙發上補眠，Phi和小小則是坐在地上，一邊鬥嘴一邊包著燕餃。

刀工還算不錯的許至清負責阻止鄭楚仁碰刀，鄭楚仁繞了一圈找事情做無果，最後從Phi和小小那徵收三分之一的肉餡，開始做起蛋餃。

他煎出的蛋皮很圓，加了肉餡摺起來是漂亮的半月形，動作又快又精準，不知道的還以為這是他本行。許至清問起的時候鄭楚仁似笑非笑地說自己在火鍋店打過工，聽不出來是不是認真的。他們沒有說太多話，一個認真在盤子裡推起蛋餃的山，一個剁出了一大碗蒜末、蔥花和辣椒，等等調醬料時用。

許至清總覺得應該說些什麼，也想過要說什麼，但這樣站在鄭楚仁旁邊，原本打好的腹稿都隨著油煙被捲進抽油煙機裡去了。他從來不知道自己切蒜頭也能切得那麼認真。

道貌岸然的權貴假裝謙虛不居功，被推出來承擔全責的富家子弟木然地承認錯誤，體制的受害者公然感謝體制的維繫者。庭安的父母手段了得，又或許是背後更大的力量插了手，整件事情被塑造為少數黑羊的個別作為，體制依舊是關愛保護全民的大家長。

從個別受害者的角度來看好像什麼都變了，從整體社會的角度來看好像什麼也沒變。大環境像是有形狀記憶的材料，最終總會回歸虛假的太平。許至清不知道為什麼好像只有自己在鑽牛角尖，是他想得太多了嗎？

他一個人的苦惱被開門聲打斷，Sue和Sandy帶著幾瓶酒和兩公升的可樂出現，洛基立刻迎了上去，自動自發地拿出幾個水杯。

「蝦仔，你想喝什麼？我們有可樂、氣泡酒、啤酒跟高粱！」

在聽到「高粱」的時候許至清瞪大眼睛看向鄭楚仁，鄭楚仁聳聳肩，用口型說：「Sandy喜歡。」

許至清探出頭和洛基要了兩杯可樂，鄭楚仁一邊喝一邊煎完最後一批蛋餃，接著一隻手端起兩個盤子，一個放在前臂，一個拿在手上，穩穩地走出廚房。

「不會真的在火鍋店打過工吧？」許至清暗自嘀咕，拿著蒜末和蔥花跟了出去。所有人備料都準備得差不多了，長桌上已經擺著三個鴛鴦鍋，還有各種肉片和海鮮，小小接著端上來的手工燕餃明顯一盤形狀很漂亮，一盤像是小孩子捏的陶土作品，從Phi略顯得意的表情可以看出來哪盤是他的傑作。

洛基抱著一鍋菜正在往其中一個白鍋裡丟，小霜在一旁阻止他放芋頭，威脅要是敢丟下去就和他拆伙。「那我和蝦仔一鍋。」洛基癟著嘴說：「你就不會介意對吧，蝦仔？」

許至清頓了頓，「那個，我不喜歡芋頭，你可以要吃的時候再丟下去嗎？」

「震驚！你竟然不喜歡芋頭！我要跟你暫時絕交一小時！」洛基誇張地抹了下眼睛，「老大，看來今天只能我和你和鈴鐺吃一鍋了，他們都不懂煮到綿綿鬆鬆的芋頭的好！」

鄭楚仁眉梢一挑，「我什麼時候成為你們那掛的了？」

「你是芋頭國的榮譽國民啊。」洛基咧著嘴，「畢竟除了我跟大叮噹之外，就你不討厭有芋頭融進去的湯了。」

芋頭國的榮譽國民哼笑，嘴角有一瞬間微微翹起，接著他拉開椅子坐下，伸長腿踢開對面的椅子，對著洛基揚揚下巴，接受了洛基的分組。

「來吧，蝦仔。」Sue對許至清招招手，「我們這鍋保證不會出現芋頭。」

小霜被小小按在主位坐下來，Phi對她笑了笑，把放了顆蛋黃的碗推到她面前。許至清坐在Phi旁邊，對面坐著Sue和Sandy。被洛基搖醒的鈴鐺一邊打呵欠一邊在長桌的另一端坐下，和小霜遙遙相對。

許至清愣了好半晌，彷彿做了一場漫長而孤獨的夢，一回過神，已經被火鍋的白煙和熱鬧的笑語包圍起來。

斜前方的鄭楚仁瞥了他一眼，身旁的洛基則是捏著一塊芋頭湊了過來，用哄小孩的語氣說：「蝦仔啊，你真的不試試看嗎？我就丟一塊進去，搞不好你會一試成主顧。」

Sue立刻丟來一記眼刀，威脅道：「洛基，你信不信我能把你丟出大門？」

許至清顫抖地吸了口氣，之後緩緩吐出，胸口突然湧現不知道該如何表達的龐大愛意，他不知道原來人可以對不久前還是陌生人的群體產生這樣強烈的感情，也不知道自己的心原來能夠裝下這麼多人，能夠把這麼多人刻進心底。

他側身抱住洛基，被嚇到的洛基叫了聲：「啊，我的芋頭！」接著揉揉許至清的後腦，「我就知道你想抱我很久了，沒有人可以抗拒洛基牌的擁抱。」

接著許至清轉身抱住Phi，Phi一邊拍他的背一邊疑惑地問：「蝦仔你喝可樂也能醉嗎？」

「來來來，不要厚此薄彼。」Sandy站起身，隔著火鍋將他攬進臂彎中，另一隻手把小霜也拉了過來，Sue則是自動自發地加入這個充滿麻辣鍋氣味的團體擁抱。

小霜臉紅了，咕噥著：「那個，擠到了。」

Sandy輕笑出聲，把許至清和小霜都往她胸口按了下才放開。

「現在是什麼情況？」鈴鐺抓抓頭，「要搬出去的不是蝦仔吧？」

鄭楚仁不知道是不是笑了，「你去抱他一下就是了。」

許至清就這樣被洛基推到鈴鐺面前，頓時陷入了彈性十足的胸肌中。許至清有點不好意思，但鈴鐺的擁抱實在讓人很有安全感，他忍不住偷偷蹭了一下，轉過頭便對上鄭楚仁嘲笑的表情。

「那個，謝謝。」許至清小聲地說，清清喉嚨退開來。他有點尷尬地看著鄭楚仁，都這樣抱一圈了，唯獨不抱鄭楚仁是不是不大好？鄭楚仁會不會覺得許至清對他有意見？但他真的想被抱嗎？會不會覺得不自在？

這次鄭楚仁確實笑了，笑容不明顯，但眼睛都彎了起來，臉上看不出一點平時的距離感。

「過來。」他說：「Caroline每個人我都抱過，你擔心什麼？」

許至清吞下沒有說出口的回嘴，拖著腳步走到鄭楚仁面前，彆扭地伸出手。身高和他差不多的男人環住他，動作乾脆而有力，身上都是油煙和火鍋的味道。

「抱歉。」鄭楚仁沒頭沒尾地說。

許至清正想開口詢問，鄭楚仁便放開他，退開了一步，「好了，開動吧，火鍋都滾了。」

原本許至清還覺得Sandy她們酒買的太多，但他低估了這幾個人的酒量。他和鈴鐺是唯二沒有喝的，Phi則是每種酒都試了一點，之後很快就趴在桌上失去了意識，小霜也在喝了兩杯氣泡酒之後回房睡了。除此之外每個人都喝了不少，尤其是Sandy和鄭楚仁，Sandy是自己喝的多，鄭楚仁是每次敬酒都來者不拒，臉色很快就紅了，但意識還算清醒。

喝醉的洛基就和睡眠不足時一樣彷彿沒了骨頭，先是整個人攀著許至清，在許至清把他拖到沙發上時癱平成歪斜的大字型，咕噥著說：「誰還想抱抱？我超會抱人的，試過的都說好⋯⋯顧客滿意度五星⋯⋯星星星星星⋯⋯哈哈哈⋯⋯」

「你的笑點真的……真的很怪。」Sue坐在地板上，抱著洛基的腳靠著沙發，「但我喜歡聽你笑，你多笑一點。」

「哇，妳喝醉之後真的好肉麻喔……噢！妳鐵頭功啊，怎麼撞我膝蓋是我膝蓋痛……」

「我之前一直以為你們兩個有一腿。」小小口齒不清地說：「之後我以為Sandy跟Sue有一腿，再之後我以為你們三個都有一腿。」

「三人六腿！」洛基突然高聲喊：「六、六條半腿？因為我有兩條半哈哈哈哈——」

「半條？」Sue問。

「畢竟只有這麼小。」洛基用拇指和食指比了幾公分的長度，「又容易軟——」

「TMI，TMI！」Sandy突然插話，「你們注意一下尺度，我們這裡還有小朋友在。」

小小插嘴：「Phi睡著了。」

「但還有蝦仔。」Sue說：「我們要保護他純潔的心靈。」

許至清哭笑不得地聽著這群醉鬼說話，跑到廚房裝了一大壺溫水，先是搖了搖Phi，讓他醒來喝一點，之後把一個個醉得東倒西歪的伙伴扶起來喝水。

「我把他和小小帶去客房。」鈴鐺像是背孩子那樣把Phi背起來，一邊搖頭一邊說：「以前都是鄭哥和我在照顧這群人，沒想到今晚他也喝成這樣。」

正想辦法餵黏在身上的洛基喝水的許至清抬起頭，訝異地看向坐在廚房中島上，捧著杯子默默喝水的鄭楚仁。「他這算是醉了嗎？」許至清歪頭問鈴鐺，「他以前沒有跟你們這樣喝過？」

「總要有人陪我醒著，不然我也太可憐了。」鈴鐺笑了笑，「他酒量好，但也沒有好到能夠喝這麼多還不醉，不過他是我見過最理智的醉鬼，不用太擔心他。」

他抱著Phi走到靠著沙發坐在地上的小小身邊，彎身說：「小Phi的姊姊，起來吧，不然我要把妳弟弟綁走了。」

「誰敢偷我弟弟?!」小小猛地起身，對鈴鐺眨了眨眼，「啊，你來接我們了？」

鈴鐺拍拍她的頭，抓著她的手臂把她扶起來，讓小小靠著他走，就這樣背著一個不省人事的男孩，拖著一個走路搖搖晃晃，此刻看起來不過是個子高了點的女孩往後頭的客房走。

「沒有菸味。」小小滿意地說：「Good Job！繼續保持！活到一百歲！」

「一百歲也太誇張了。」鈴鐺從鼻子發出哼氣聲，「好了，讓我開個門。」

「我來！」小小扭著喇叭鎖的同時撞上了門板，鈴鐺連忙拉住她，才沒讓她摔進客房。「這門怎麼那麼好開？」她嘀咕著，「我好累啊，鈴鐺，人怎麼連站著都這麼費力？」

許至清收回視線，拍了拍洛基靠在他身上的頭，「先起來，我幫你們把沙發床拉出來再睡。」

「你真好。」洛基吐出的每個字都黏在一起，像是拉絲的蜂蜜，「蘇蘇，我是不是很會看人？妳以後有對象一定要讓我過目過。」

「好好好。」Sue拖著他和Sandy離開沙發，力氣顯然沒有受到酒精影響，「好男人蝦仔，麻煩你了。」

許至清拉開沙發，這時鈴鐺正好抱著棉被和枕頭出現，他們合力安頓好沙發床上的三個人，幫他們蓋好被子。洛基立刻就捲著棉被把自己滾成了壽司捲，結果被憤憤不平的Sue和Sandy用枕頭圍攻，上前「勸架」的許至清和鈴鐺都被掃到幾下，這時洛基才大肚地鬆開棉被，把Sue和Sandy包進被窩。

「晚安。」許至清說，拍拍洛基的額頭，「做個好夢。」

洛基攬著他的脖子親了下他的臉頰，含糊地說「你也是」，接著十分公平地在Sue和Sandy額頭上都各印下一個輕柔的吻。

許至清笑著嘆了口氣，按下牆上的開關，只留下一排昏黃的小燈。

鄭楚仁依舊坐在廚房中島上，喝完的水杯擺在一旁，專注的視線少了點銳利，多了分溫柔。

「這邊床不夠睡，你帶鄭哥去隔壁，那裡現在是空的。」鈴鐺說：「我留下來看著他們，免得這群人上廁所摔倒都沒人扶。」

許至清正要問鑰匙在哪，鄭楚仁就從口袋裡掏出一個皮夾，裡頭滿滿的都是感應卡。他翻動的動作很遲緩，但還是順利地找到正確的卡，抽出來塞進許至清手中。許至清好奇地端詳著鄭楚仁，這個人真的喝醉了嗎？

許至清扶著他站好，接著一道很有磁性，但聽起來確實是女性的聲音說：「謝了。」

許至清震驚地看向鄭楚仁，對上他疑惑的眼眸，「剛剛是你在說話？」

「不然呢？」鄭楚仁翻了個白眼，用的還是同樣的女聲。許至清轉向鈴鐺，滿頭亂七八糟的問題。鄭楚仁為什麼有兩種聲音？哪個才是他原本的聲音？鈴鐺不是叫他「鄭哥」嗎？他也和洛基一樣嗎？

「你自己問他吧。」鈴鐺擺擺手，「晚安，蝦仔、老大。」

「需要什麼我就在隔壁。」鄭楚仁說：「好好休息，明天見。」

「……晚安。」

隔壁房間的格局沒有太大區別，只是少了居住的痕跡，看起來像是租給旅客住的民宿，或是家具店的樣品屋。鄭楚仁腳步有些不穩，但還能支撐自己的重量，一進門他就往浴室走去，一邊走一邊脫下上衣，露出比許至清預期中要纖瘦的背影。

「啊，你剛剛喝了這麼多，還是明天再洗比較好吧？」

「不洗睡不著。」鄭楚仁抬眼看著追到浴室門口的許至清，「你這是要看著我洗？」

外貌和聲音的反差不知怎麼地讓許至清臉頰發燙，他撇過頭，不去看鄭楚仁光裸的上半身，視線越過鄭楚仁的肩頭望進浴室——底端擺著一個浴缸，牆面和小霜那間一樣裝著幾個不鏽鋼扶手，方便行動有障礙的人使用。

鄭楚仁看起來還算清醒，也許是他瞎操心了。但和母親一起照顧父親，之後獨自照顧母親的那段時間，他已經習慣擔憂一切生活中可能發生的意外，許至清退到門邊，「我在這等你，你一邊洗一邊和我說話，要是突然沒聲音，我會立刻進門。」

鄭楚仁雙眼微瞇，「比起突然昏倒，我更可能只是找不到話題了。」

許至清想了想，「要不然你唱歌吧？」

鄭楚仁嗤笑，在許至清依舊定定地看著他時笑了，「你認真的？」

「我認真的。」

黑沉的雙眼盯著他，過了好半會才移開。「隨你吧。」鄭楚仁一邊說一邊關上門，在門只剩下一道縫隙時回頭問：「想聽什麼歌，這位客人？」

明明還是同一個人，神態和語氣卻產生了微妙的變化，許至清搖搖頭，結結巴巴地說：「你快洗吧，早點洗完早點休息。」

鄭楚仁「哈」了聲，把浴室門關上，接著歌聲透過門板傳了出來。

他用的還是許至清不熟悉的女聲，音高並不比平時的聲音高多少，但共鳴的位置似乎有所不同，音色多了分清亮。真好聽，許至清感嘆。他一直都很羨慕唱歌好聽的人，羨慕不是單純在唱出旋律，而是能用歌聲說故事的人。即便隔著一道門和淋浴的水聲，許至清還是能聽出鄭楚仁咬字的清晰，還有收束尾音時傳達出的語氣。

這次他唱的還是許至清父親寫的歌，〈晚安，祝好運〉表面上聽起來像是父母唱給孩子聽的搖籃曲，有段時間也經常被圖書館拿來在閉館時播放，直到這首歌在一連串爭取廢除藝文圈評級規定的抗議行動中使用，歌曲和整張專輯立即被下架禁播。

那是許至清的父親被逮捕前一年多的事情，當時許至清還是國中生，在學校四處都可以聽見相關討論。聲音最大的那些人咒罵無聊的社運分子用政治拖累了許老師，似乎忘了這位歌手曾經公開對自己一級演唱者和詞曲家的評級表達排斥；人數不少但只敢偷偷表達想法的人因為禁令反倒對這首歌更加喜愛，好幾個人曾私下找上許至清，想透過他向他父親傳達來自粉絲的鼓勵和支持。

臺面上的輿論就沒有那麼友善了，媒體一窩蜂分析起〈晚安，祝好運〉的歌詞，解析字裡行間隱藏的訊息，結合許閔文過去的創作批評他透過藝術植入反叛思想的行為，表示他應當接受降級懲罰。許至清不知道有多少人是真的這樣相信，但他猜大多數只是為了討好當局。事後父親確實因此被降到二級，也丟了好幾份工作。

監視他們一家的人盯得更緊了，就連才十三歲的許至清也被「請」去問話過，那晚他是在父母顫抖的擁抱中入睡的，他這才發現父母原來沒有自己以為的無堅不摧。

歌唱完的時候水聲也停了，鄭楚仁洗得很快，只圍著一條浴巾便挾帶著水氣打開門。他的臉還是很紅，不知道有多少是因為酒精，多少是因為熱氣，不過洗澡的過程中他似乎酒醒了一些，雙眼清明許多。許至清倒退一步，注意到鄭楚仁抓著剛才換下的衣物，立刻說：「我幫你拿去洗吧。」下意識想拿過衣服就跑。

鄭楚仁翻了今天不知道第幾個白眼，「你是來預防我摔死，不是來當我一晚傭人的。」接著就慢吞吞地往後陽臺走，不顧滴了一路的水，十分不講究地把襯衫和西裝褲直接塞進洗衣機。

「等等，要用洗衣袋，脫水也不能那麼久。」

「……喔。」

等洗衣機啟動，鄭楚仁便轉身走進廚房倒水，在餐桌邊坐下。他不在意自己沒穿衣服，不在意頭髮還是溼的，左手懶懶地撐著頭的重量，雙眼輕輕闔上。

「衣服我可以幫你曬。」許至清說：「你去休息吧。」

鄭楚仁輕哼，「說了你不是來當傭人的。」

「只是一件襯衫一件褲子，哪家傭人那麼好賺？」

「我家。」鄭楚仁揉揉太陽穴，嘆了口氣。

許至清看著他浸在微涼空氣中赤裸的身體，實在看不順眼，便跑到浴室又拿了條浴巾，披在鄭楚仁肩上。現在的他身形看起來有那麼點單薄，骨架其實並不窄，但身上只覆蓋著恰好能撐起骨架的肌肉，肋骨線條依稀可見。

許至清在他對面坐下來，猶豫了好一會才問出口：「你現在用的是你本來的聲音嗎？」

鄭楚仁瞥向他，視線透過低垂的睫毛和許至清對上，「什麼算是本來的聲音？很早我就搞不清楚了。」

許至清有點疑惑，「就是最放鬆的時候用的聲音吧？」

「我現在就很放鬆。」鄭楚仁勾勾唇，「我曾經因為聲音不夠『男人』被罵過，『這樣你底下的人怎麼會尊重你？你需要學會展現自己的權威』。什麼權什麼威，不過是個連煎蛋也不會的廢物，但人在屋簷下，我也只能學著改變說話方式。」

他頓了頓，用平時低沉而有磁性的聲音說話：「這方面我還滿有天賦的，不少人曾說我這樣的聲音就適合在他們枕邊說晚安。這算是我本來的聲音嗎？我不知道，但這是我最習慣的聲音。」

「然後我遇到了一些讓我打從心底感到自在的人，在他們身邊我不是用自己的身分，也不是用這個方式說話。」鄭楚仁再次改用今晚許至清第一次聽見的嗓音，「這不是我本來的聲音，但這是我這輩子感到最自由的時候用的聲音。說實在，我已經不記得自己一開始變聲之後是怎麼說話的。」

這是許至清沒有料到的答案。他在不算長的生命中也曾偽裝過、扮演過，在這個社會大概沒有多少人能夠完全作為真正的自己活下去。但連自己的聲音也忘記了是什麼感覺呢？許至清看著鄭楚仁沒什麼表情的臉，他看起來並不需要別人同情，這只是他自己已經接受的事實。

也是啊，許至清也知道現在的自己和過去已經不同，但他還是許至清，總有些東西是不會改變的。「你很厲害。」許至清說：「改天能教我變聲的技巧嗎？」

鄭楚仁眉毛一揚，訝異隨即融進了從雙眼開始蔓延的笑容，「先跟我要烤肉醬配方，現在又要跟我學變聲，怎麼沒聽說過你除了好動之外還是個好奇寶寶？」

他父母到底都和這個人說了什麼？許至清抹抹發燙的臉，撇著嘴說：「那你教不教？」

「教，等我酒醒了就教。」鄭楚仁嘴角微勾，「總不能白當你叔叔。」

這個人喝醉了怎麼那麼喜歡戲弄他。他們安靜地對坐了一會，耳邊都是洗衣機翻動衣物的嗡嗚聲，許至清早先被打斷的思緒再度浮現腦中。怎麼做才是正確的，是非界線應該畫在哪裡，如果他們的武器只有真相，又該怎麼面對謊言。

鄭楚仁也曾為了這個問題掙扎嗎？Caroline的其他人呢？許至清的父母是否也曾面對過這樣的兩難，被迫在自己相信的正義和家人的安全之間抉擇？他其實早就知道答案了，答案一定是肯定的。

「一整天了。」鄭楚仁說：「不，不只今天，你看起來一直有話要說。」

許至清摸摸臉頰，「我不確定自己該不該有這個疑問。」

「有疑問就是有疑問，沒什麼該不該的。」鄭楚仁的視線很平靜，「因為小霜的事情？」

許至清點點頭。

「我沒有答案可以給你，我只是做了自己認為最好的決定。」鄭楚仁說：「但思考是好事，至清。你是不解也好、生氣也好、挫折也好，永遠不要停止思考、停止質疑。如果你反對我的做法就說出來，想罵我卑鄙就罵。我不一定會因此改變行動，但會聽你們每個人說話。」

「……你怎麼霸道起來也那麼理直氣壯？」

鄭楚仁聳聳肩，「我一向如此。」

但許至清心裡還是輕鬆了一點，把紛亂的思緒整理成疑問似乎也沒那麼困難，他問：「其他人也質疑過你嗎？」

「當然，在你剛加入的時候不就聽到了嗎？他們五票反對，被我一票否決了。」

「有一個人投棄權票？」

「鈴鐺心裡有點包袱。」鄭楚仁嘴角一歪，「Sandy大概很想揍我。」

「但你還是堅持這樣做了。」許至清心裡沒有氣憤，只有好奇，「你怎麼能確定自己做的是對的？」

「我不能確定，但要在確保他們安全的前提下把你拉進來，我認為傷害你的感情是可以接受的惡。」

「就算這樣可能讓我心裡有疙瘩，甚至是在未來對你們不利？」

「那麼我就只能讓那段監視錄影畫面派上用場了。」鄭楚仁的語氣軟化了些，「但我不認為你會這麼做，至清，你做不出傷害別人的事情，更別說是背叛自己的伙伴。」

「可是你不能確定。」

「嗯。但我有說錯嗎？」

許至清搖搖頭，「沒有，我確實做不出這種事，也已經沒有能被人拿來威脅的把柄。」

鄭楚仁盯著他好一會，伸手摸了摸他的頭。這下Caroline全員都摸過他的頭了，許至清在鄭楚仁遲遲沒有抽回手時狐疑地看向他，鄭楚仁露出許至清沒見過的尷尬表情，清了清喉嚨，

「你以後會有把柄，除了我手上那支錄影以外的。」

許至清被逗笑了，「老大，你這是在安慰我還是威脅我？」

他們在輕鬆起來的氣氛中等待衣服洗好，鄭楚仁因為許至清的詢問，說起他的父母到底都提過他什麼事情。許至清的父親顯然是個八句不離兒子的傻爸爸。「我對自己真正的晚輩都沒那麼了解。」鄭楚仁說，不明顯的笑容讓整張臉泛著暖意。

即便在過世兩年後，許至清的父親依舊擁有讓他尷尬到想把頭埋進地板的能力，「是不是很可愛？」可以說是父親的口頭禪，許至清不管做什麼——從洗壞了爸爸的表演服因而大哭，到換牙時因為講話漏風不願意開口，再到遇上追到家附近的粉絲時試圖用小小的身體擋住父母，父親提到他時總是會接著說：「是不是很可愛？」

母親的情緒比較沒有那麼外顯，和鄭楚仁的接觸也沒那麼多，但她還是會用驕傲的語氣說起許至清，像是他為了抗議導師對成績吊車尾學生的態度，最後交了白卷的事情；像是他在周遭的人都在說父親閒話時沒有發脾氣，而是冷靜反駁的事情。母親口中的他就像是許至清理想中的自己，不曾膽怯、不曾遲疑，永遠都會試圖做出對的選擇。

許至清又是想哭又是想笑，他的父母果然永遠都是他的父母，「抱歉，他們很少跟我提到你，應該是習慣幫你保密了……」

「我知道。」鄭楚仁擺擺手，在後陽臺傳來電子音時轉過頭，「哦，洗完了。」

兩件衣服晾起來不到兩分鐘，之後許至清便催促鄭楚仁早點休息，在床頭留了一杯水。怕沒穿睡衣會著涼，許至清為他多蓋了一條被子，房門沒有關起來，確保只要喊一聲，睡在對面客房的許至清能夠聽見。

整個過程中鄭楚仁的嘴角都微微翹著，像是覺得他的操心很好笑。這大概就是百步笑五十步？許至清認真覺得鄭楚仁過度保護的傾向比他要嚴重多了。

「有事情就叫我，我很容易醒。」許至清補上一句，「畢竟我的工作是防止你摔死。」

鄭楚仁如許至清預期地翻了個白眼，「晚安，至清，快睡吧。」

許至清在房門口暫停腳步，回了聲「晚安」。

夜裡他夢到了一切發生之前的父母，他被包裹在兩個溫暖而有力的臂彎中，像是小時候那樣接受他們的安慰，不用想自己必須支撐起的重量。那是很久沒有做過的好夢。

看著搬家公司的人把一個個大型家具搬下卡車，鄭楚仁揉揉太陽穴，雖然不後悔昨晚的放縱，但人果然都得承擔自己行為帶來的苦果。

其他人大概都還在睡吧，他們一早起來送小霜出門，之後便痛苦地爬回套房，在沙發床上睡成一團。霸占了客房的鈴鐺根本沒醒，顯然前一晚沒怎麼睡。許至清是唯一的例外，他在鄭楚仁醒來之前就已經出去跑完步回來，買了方便加熱的粥當早餐。

呂教授真是養出了個無比自律的孩子，鄭楚仁感嘆。他知道這肯定不是許老師的影響，這位溺愛孩子的父親只會毫無底線地讓許至清再睡十分鐘、三十分鐘、一個小時，睡到中午再醒來都沒有關係。

在許至清把他和小霜載到她和母親即將入住的社區之後，鄭楚仁就讓他先離開，免得引起不必要的注意。自己則是藉著拜訪生意伙伴的理由上門，帶著名貴的茶葉短暫作客，接著便在社區中庭的花園坐下來，拿著平板裝作在辦公。

小霜今天看起來心情不錯，她母親的氣色也比鄭楚仁第一次見到時要好很多，兩個人站在社區A棟的門口和當值管理員寒暄。從這個距離鄭楚仁聽不大清楚他們的對話，但從表情來判斷應該沒有需要擔心的地方。

鄭楚仁確認過這個社區目前的住戶，雖然有幾個來自演藝圈或是其他藝文界的名人，不過和政界的關係都不親近，就他所知也沒有社運組織的成員。未來小霜也許會有相關的計畫，這個鄭楚仁管不到，但至少在這段最為敏感的時期，她和母親能在安全的環境下找回自己的生活。

同一層樓其他套房都已經有住人了，鄰居短期之內應該不會變，一對醫生夫婦、一位獨自居住的三級鋼琴家，還有孩子才兩歲，父母都是大學教授的一家三口，沒有鬧事或和其他住戶起衝突的記錄，未來就算關係不親近，至少也能互相尊重。更何況關於醫院強制關押人的新聞未曾讓小霜露過臉，她也並非報導的重心，只要小霜不說，他們不會知道她和這件事有關。

還有什麼遺漏掉的？鄭楚仁跑過腦中的清單。小霜以前有幾個同事和朋友知道她被強制就醫的事，不過這不是什麼問題，小霜不會再回到原本的公司工作，就算再次和知情者產生交集，她也只是無辜的受害者，處境比被認為有精神疾病時要好——這是悲哀的現實，能洗去這個記錄對小霜而言是好事。

現在她已經找到能在家做的工作，健康狀況也趨向穩定，也許需要擔心的是心理上的問題，少了這段時間一直很關心她的洛基在旁支持，是否會有影響？但Caroline接下來和她保持距離也是為了她的安全，也許偶爾可以透過諮商師了解她的狀況，但還是得循序漸進地脫離她的生活，至少要等整件事的風波平息後一兩年的時間⋯⋯

「鄭先生。」社區管理員遠遠地喊了他一聲，手上拿著一個精緻的小盒子。鄭楚仁透過大門向裡頭看，正好看見小霜和母親並肩走向旁邊的電梯，小霜用有點不自然的姿勢伸手攬住母親肩膀，抬起前臂揮了揮，回頭和鄭楚仁短暫對上視線。

「今天搬進來的住戶說您剛剛幫了她們一點忙，希望能夠感謝您。」管理員把盒子遞給鄭楚仁，「是最近很紅的西點店賣的餅乾，聽說還要一早去排隊才搶得到。她們也給了我一盒，我剛才試了一塊，還滿好吃的。」

「等等看到她們幫我帶聲『不客氣』。」鄭楚仁勾起嘴角，「老樣子要留給孫女？」

「哎，我也想，但小蓓最近蛀牙，我被女兒勒令不准帶甜食給她。」年紀並不比鄭楚仁大多少的男人搔搔頭，露出憨直的笑容，「不過我老婆也喜歡吃甜的。」

「小蓓今年四歲了吧？」

管理員點點頭，「您記性真的很好，小蓓剛升中班，她媽媽也在念大學了，不過對我們來說都是小孩子，起碼現在她們的生活都上了正軌，也是托您的福。」

「言重了，只是舉手之勞。」鄭楚仁打開手中的盒子，自己留了兩片，「這些也都給你家人吧，我甜食吃不多。」

「這怎麼好意思——」

「你這是在幫我避免浪費食物，有什麼不好意思的？」鄭楚仁把餅乾塞給他，拍拍褲子站了起來，「對了，我剛剛過來的時候看到幾個帶著相機的人坐在車裡，不知道是不是狗仔，看來最近你又有麻煩要處理了。」

「我會特別提醒保全的，謝謝鄭先生。」

「不會，工作辛苦了。」

鄭楚仁離開之後走了一段距離才撥出許至清的電話，等待三秒之後掛斷，接著便走到他們事先說好的會合地點，等待許至清出現。他從外套內袋撈出其中一支手機，開機之後看到有一則新訊息，來自XGF。鄭楚仁點開查看，只有短短的一句**「我會看著他們」**。

說不出心裡是什麼感覺，鄭楚仁沒有回覆，抽出手機裡的SIM卡和電池，打算回去處理掉。許至清來得很快，鄭楚仁坐進副駕駛座，就發現中間的置物架多了兩杯飲料。「咖啡是你的。」許至清說：「美式一包糖一顆奶精。」

經過一個多月的相處，鄭楚仁依舊會為許至清的體貼感到吃驚，他的注意力似乎都放在要如何照顧身邊的人，默默記下觀察到的細節，像是誰對什麼過敏，誰會忘記吃東西，鄭楚仁習慣喝怎麼樣的咖啡。他拿起依舊溫熱的咖啡抿了一口，雖然無助於舒緩宿醉，但熟悉的香氣讓他精神好了不少。

怎麼就讓自己成了咖啡因的奴隸了？鄭楚仁無聲自嘲，小時候他很討厭咖啡，不明白怎麼會有人喜歡這種苦得要命的飲料，但逼著逼著，也就漸漸習慣這種味道了，到現在甚至是喜歡而且依賴。

「我這裡有兩片餅乾，要嗎？」

許至清好奇地瞥了他一眼，「哪裡來的？」

「小霜。聽說是很有名的店，巧克力燕麥口味。」

許至清想了想，「回去給Phi跟洛基吧。」

因為Phi喜歡吃甜食，而洛基早上還在為小霜的離開感到失落？鄭楚仁了解他相處好幾年的伙伴，而才加入沒多久的許至清也迅速地和大家打成一片，對他們的喜惡和需要有了一定的認知。鄭楚仁不知道這源自於許至清天生的性格，還是他在過去幾年漸漸養成的習慣，或者兩者皆有。

「他們可以分一片。」

「其他人也不討厭甜食吧？也許他們會想吃。」

「一早開車接送我的是你，不是他們。你喜歡還是不喜歡巧克力？」

許至清眼睛微微彎了彎，「放在餅乾裡我喜歡。老大你呢？」

「現在吃不習慣。」鄭楚仁沒有接著說「我以前曾經很喜歡」。

許至清看了他一眼，「不習慣不是不喜歡，你跟我分一半我就吃。」

他總是會說出讓鄭楚仁驚訝的話。「好。」鄭楚仁撕開一片餅乾的包裝，掰下一半直接塞進許至清嘴中，端詳著剩下的那一半。

除了離家出走那段時間，他從來沒有真正經歷過貧窮，但這樣的甜食對以前的他來說是奢侈品。當時父親是怎麼說的？對了，「男孩子喜歡甜食會被取笑」。鄭楚仁不知道父親是否真心這麼相信，也許現實也確實是如此，畢竟現實總是和他認為的「應該」背道而馳。

他咬了口餅乾細細咀嚼，巧克力很香，但甜度對現在的他來說有一點膩人，他喝了口咖啡，中和口中的甜味。真的是老了，他自嘲，不過這樣配著吃還不錯。

「好吃。」許至清說，在鄭楚仁只吃了一口的時候就已經把那半片餅乾吃完，臉上掛著心滿意足的笑容，「改天我多買一點，讓大家都試試看。」

又想到大家了？鄭楚仁咬了口餅乾配著咖啡，心不在焉地說：「聽說要一大早排隊，不過對你來說沒差。」

許至清點點頭，「反正我都是要出門跑步的。」

這種勤奮鄭楚仁是真的學不來，他能夠每天早起辦公，卻沒辦法每天一起床就出門運動。

回到 Caroline 基地的時候其他人也都回家了，Sandy 坐在一樓的會客區，在鄭楚仁進門之後自動自發地交代小霜的套房已經整理好的事。鄭楚仁記下等會要找人來徹底清理過，接著便和他們一起進了電梯，「老樣子，東西收拾好一起拿到我那邊處理。」

他獨自搭到五樓，進門把碎紙機搬出來，接著拿了個水桶裝水，在其他人過來之前先把手機和SIM卡處理掉——手機撬開，電路板和SIM卡用微波爐微波過。通常他不會做到這種程度，最多就是把塑膠殼剪開，再拿把刀刮花表面。但他用這支手機聯絡過黃庭安的母親，還是小心為上。

先過來的是鈴鐺和許至清，他們都只有幾張拍攝時程的筆記要處理。接著是Phi和小小——鄭楚仁知道Phi習慣把播出後需要銷毀的東西放在一起，也會幫他姊這麼收拾。洛基作為這次的提案人，有不少跟小霜或製作有關的文件和物品，當然還有拍攝時使用的記憶卡。Sandy也有不少筆記，Sue則是除了筆記之外，還有剪接用的電腦硬碟要處理。

「畫得真好。」許至清看著Phi為了片尾手繪的畫稿，惋惜地嘆了口氣，「要是能留下來就好了。」

鄭楚仁也經常有同樣的感受，但這是為了所有人的安全。雖然每部作品都冠上Caroline的名字，但只要沒有這些證據，鄭楚仁就可以宣稱這是個一人團隊，每次都會雇用不同的人幫助他完成製作。

Phi如同往常一點也沒有心疼的樣子，乾脆地把畫送進碎紙機。旁邊的小小忍不住皺起眉頭，洛基像是被燙到一樣不斷發出嘶嘶聲，許至清更是一臉心碎，抿著嘴唇垂著視線，鈴鐺則是專注地看著被碎成小塊的紙張，伸手拍拍Phi的頭。

「我沒事。」Phi說：「這本來就是為了小霜畫的，故事說完就沒有存在的必要了。」

他們之中最年輕的成員總是會展現出了不起的清醒，鄭楚仁拿出剩下的那塊餅乾，掰開之後給了Phi一半，剩下的遞給洛基。

Phi嘀咕著「我又不是小孩子」，但拿到餅乾就立刻往嘴裡送，瞇起雙眼露出滿足的表情。洛基則是先湊到許至清旁邊問了什麼，接著才小口小口地吃著餅乾，一絲寂寥在環視過周遭之後散去，嘴角微微彎起。

文件全都碎成細小的紙片，之後被倒進水桶，接著Sue拆開硬碟，直接用鐵鎚物理超度了裡頭的碟片，洛基帶來的記憶卡也以同樣的方式被破壞，這下只有鄭楚仁還留著成品的檔案。

「大家都辛苦了。」Sandy說：「從一開始的救援計畫，到接下來陪著小霜復健的過程，再到最後的播出，每個人都付出了很多心力，包括我們的新成員蝦仔。」

洛基起鬨地尖叫出聲，以只能用三八形容的姿勢拍手。其他人一邊嫌棄一邊縱容地配合他，許至清則是紅著臉咳了聲。

Sandy吹了下拍紅的掌心，用溫和的聲音繼續說：「我知道每次製作結束大家心情多少都會有點低落，我也是這樣的，尤其是這段時間和小霜親近起來的人，但為了彼此的安全，還是要聽老鄭的話，和對方保持距離。」她指著Phi，「就像我們小Phi說的，我們已經說完了這個故事，接下來能做的就是放下它。」

「一兩封信還在容許範圍內，我可以請駱小姐轉交。」鄭楚仁開口：「她作為諮商師的專業可以信任，不用太擔心。」

洛基嘆口氣，微笑比平時要安靜，「我知道，小霜可厲害了，她會沒事的。」

「她比我們都厲害。」Sue繞到洛基身後，按著他的嘴角往上推，「人家今天搬進新家，喬遷之喜知道嗎？大喜的日子得開心一點。」

洛基一哼，「說的好像她要結婚了。」

「誰知道呢，也許過幾年她真的能結婚。」Sandy深邃的眉眼因為笑容柔和起來，「到時候你要去當她伴娘嗎？」

「嗯……我這會是男伴娘還是女伴郎？伴囊？」

「好好的有『儐相』這個詞怎麼不用？」Sue吐槽。

「『儐相』這個詞多硬啊，感覺就不適合去搶捧花。」

「你恨嫁啦？」

「為什麼不是娶？」洛基頓了頓，「欸，我突然想到，我是活生生的法律漏洞耶，沒有人知道要拿我怎麼辦，所以官方記錄裡我的性別還是問號。這樣我不就跟誰結婚，性別就得記錄成異性嗎？愛情決定性別，這是什麼少女漫畫的劇情？」

Sue把下巴靠在他肩上，「哪來這麼前衛的少女漫畫？」

「以前有啊，小霜很喜歡的漫畫家就畫過。」洛基做出一副困擾的表情，「該怎麼辦呢，為了維持我嬲神的身分，就只能不給對方名分了。」

「洛基你不是沒有對象嗎？」Phi困惑地問。

小小插嘴：「他跟好多人都有一腿，你以後別學他。」

「小Phi！你怎麼這樣拆我臺！還有什麼叫跟好多人都有一腿，小小妳汙衊我，我們明明就是純純的伙伴情，蓋一條棉被都只是在聊天！」

鄭楚仁壓住想要上揚的嘴角，清清喉嚨打斷他們愈扯愈遠的對話。等到所有人的注意力都轉到他身上，他開口宣布：「照往例，接下來一個月低調行事，好好放鬆。對下次計畫有想法的人把提案交到我這裡，一個月之後開會決定。明白？」

「Yes, Sir.」Sue五指併攏行了個不像樣的軍禮，Sandy搖搖頭指正「應該說Your Majesty.」。洛基聽著咧開嘴，「好的，鄭皇叔。」靠著許至清的肩膀笑軟了自己的骨頭。小小和Phi忍不住跟著彎起嘴角，一臉無奈的鈴鐺也掛著柔和的表情。

「記住，安全第一，遇到問題來找我。」鄭楚仁頓了頓，「晚上過來吃飯，我下廚。不准帶酒，昨天已經喝太多了。」

在眾人的歡呼聲中，許至清笑得很開心，也很難過。

鄭楚仁移開視線，他明白，太明白了。

Film No. 002

Title　蔚藍大海

第 6 章

新製作

下跳後向前翻滾來化解衝擊，順勢起身繼續向前跑，撐著柵欄從上方躍過，接著跳到另一個屋頂的圍牆，前空翻直接落地。這是這座城市為數不多較為老舊的區域，尚未被拆除重建成整整齊齊的方格子，聚集在一塊的老公寓高度錯落，外牆被歲月斑駁，樓頂有不少違建被打掉之後沒清除乾淨的痕跡，還有上油漆抹去卻做得不完全，還能隱約看見輪廓的塗鴉。

不諱言這確實是治安較為混亂的地方，強硬的更新計畫下能保留原本樣貌不被找麻煩，不過是因為黑道勢力和地方政府的默契，反而成全了他人眼中頑固的釘子。他們各自都有什麼樣的故事？許至清一直很好奇，對一般人來說，還是生活上的安穩重要吧，雖然沒有補償，但能得到翻新後的住處，他們為什麼不願意接受呢？

「蝦仔。」Sue單膝跪地，雙手疊在一起給了他一個立足處。許至清輕巧地踩著她的掌心，抓住兩個人高的牆緣，翻上屋頂之後向下伸出手，讓Sue能夠跳起來抓住，在他的幫助下爬上來。

這大概是這個區域最高的建築了，當然比不上更加繁華街區的辦公和商業用高樓大廈，但能夠俯視整齊劃一的住宅區，這樣看起來就像是蠶食了原本錯落多變的城市。一個個一模一樣的方格，一個個意圖把人變成同樣形狀的箱子，就算是有錢人也只是住在比較高級的箱子裡，依傍著的河流帶來開闊自由的假象。

「呼。之前一個人的時候這裡有夠難爬。」Sue伸展著手臂，走到屋頂邊緣，「有一次我不小心摔裂手臂，被洛基罵了好幾天。」

許至清笑了聲，「我還沒聽過他罵人。」

「喔，那太可惜了。他罵人可有創意了，說我就像是被真菌寄生的蒼蠅，只想著要爬到最高的地方死掉，把孢子散播出去。」Sue頓了頓，「洛基就喜歡這種奇奇怪怪的東西。」

許至清愣了會，「這是恐怖片劇情吧？」

「你出生之前的恐怖片？」Sue歪起嘴角，「走吧，現在回去時間差不多，還可以先洗個澡。」

「嗯，應該是跑吧。」

Sue斜了他一眼，「你和洛基混在一起太久都學歪了，蝦仔。」

許至清哈哈笑出聲。

他們分兩段跳到下方比較低的樓頂，接著連跑帶跳到了釘子區的邊緣，翻下陽臺再落到巷子裡的回收箱上，安全回到地面，之後就只能像一般人那樣跑馬路和人行道了。許至清在過去幾年已經習慣一個人跑步，沿路觀察人群倒也不是太無聊，但多了個伴感覺很好。

「呼、呼。」Sue的呼吸比平時要急促，不過很穩定。他們的腳步在不知不覺中同調，呼吸也漸漸重疊，並肩跑在人漸漸多起來的街道上。

「就是那間高中？看起來有點眼熟。」許至清輕喘著問，側頭看向幾條街之外被圍牆圍住的ㄇ字型建築。圍牆上方為了防止學生翻越，甚至加裝了帶刺的鐵絲網，這是許至清學生時代沒有見過的措施。

「觀察力不錯嘛，《心聲》有去那邊取景。」

「啊，是張芯語導演的電影。」說到這個，許至清便想起第一次見到Sue時對方對張芯語的評價，聽起來不像是單純作為觀眾的不喜。現在他們關係比較近了，許至清開口問道：「妳是不是認識她？」

Sue看過來，嘴角勾起自嘲的弧度，「很明顯嗎？其實曾經跟她關係最好的是老大，不過在五年多前他們就拆伙了。」

五年多前……許至清有點詫異，心中有了猜測，不過在外頭不好說這些，他便先壓下更多的疑問，一直等到跑回基地進了門之後才追問：「張芯語歸順之前和老大是同伴？」

「Bingo.」Sue說：「張芯語有個一直合作的團隊，這你知道吧？最一開始她其實在做和我們現在差不多的事情，她團隊裡的人就是當時的伙伴，之後跟著一起『從良』。」她用手比了對引號，輕輕哼了聲，「老大是幕後的資助者，也幫他們擺平了很多麻煩，我和鈴鐺是比較後期加入的幫手。他們決定向政府投誠，進入官方體制的時候我們兩個跟著老大退出了，之後才有現在的Caroline。」

許至清張著嘴，一時之間不知道該說什麼，思忖了好一會才理清思緒，「這樣張芯語和她團隊的人不是很容易就能猜到Caroline是你們建立的嗎？」

「嗯，不過他們自首的時候沒有提到我們三個，就當從來不認識。老大也請人確認過了，我們不在特別監控名單上。」

「老大到底都認識些什麼樣的人？」許至清對此感到疑惑有一段時間了，「之前也找人確認過小霜的逮捕記錄。」

Sue聳聳肩，「他只說年少輕狂的時候經歷了不少事情，好像還有長輩介紹給他的人脈吧。」

許至清想到之前借攝影棚給他們用的前雜誌編輯，還有鄭楚仁和許至清父母的關係，安靜地點了點頭。

他和Sue分別回家沖澡休息，之後到五樓工作室和大家會合。客廳桌面已經擺滿了披薩，還有特別為鈴鐺買的一大碗沙拉。Sue從沙發後方直接翻過去，坐在Sandy和洛基中間，咬了一口洛基手上的披薩。

「連招呼都不打很失禮耶。」洛基說，轉頭看向許至清，「哈囉，蝦仔，跑得怎麼樣？沒受傷吧？」

「如果受傷了你也要罵我是被寄生的蒼蠅嗎？」許至清開玩笑地說，走到桌邊拿了塊披薩，接過Phi遞來的冰水，「謝謝。老大跟鈴鐺呢？」

「鈴鐺今天一大早接到那位家長的電話，老大跟著他去了，剛才說已經在回來的路上，讓我們先開始吃。」洛基一邊咀嚼一邊說：「什麼被寄生的蒼蠅，我怎麼可能說出這種可怕的話，我也沒有說過這種真菌會讓被寄生死掉的雌蒼蠅吸引雄蒼蠅交配，進一步把孢子散播出去——」

「洛基！」小小一邊罵一邊摀住Phi的耳朵，「就算是成年人也不想在吃飯的時候聽到戀屍癖蒼蠅的事情！」

「妳總結重點的能力真的很好呢，不過也不能說是戀屍癖，畢竟雄蒼蠅迷戀的是——哇靠！」

洛基歪頭閃過被小小當砲彈丟的一小塊鳳梨，在碰到沙發之前被反應迅速的Sue抓住。「明明知道我鳳梨過敏，妳這是想殺了我嗎？」

「你是吃鳳梨過敏，又不是碰到鳳梨就過敏。」小小用紙巾擦了擦手，裝模作樣地抹過眼角，「對不起，小Phi，姊姊沒能保護你。」

「那個，」Phi遲疑地開口，「介紹文章是我貼給洛基的。」

好幾雙眼睛震驚地看向他，Phi急著解釋：「我做通識課報告的時候剛好看到，不覺得很有趣嗎？之前就有科學家發現雄蒼蠅會試圖和感染了這種真菌的雌蒼蠅交配，之後他還做了對照實驗，發現被寄生的屍體對雄蒼蠅的吸引力是一般雌蒼蠅的五倍——」

他愈說愈小聲，說到最後比蒼蠅的嗡鳴還要微弱。「抱歉。」他清清喉嚨，「我不說了。」

「小Phi你別理這些人！」洛基說：「明明就很有趣，大自然超硬核的！」

被勾起好奇心的許至清湊到Phi旁邊，低聲問：「所以吸引雄蒼蠅的是被寄生的屍體，還是真菌本身？」

「是真菌本身喔。」Phi同樣壓低聲音回答：「沾了孢子的紙張對雄蒼蠅也是有吸引力的。」

許至清發出一個小小的「wow」，Phi咧嘴笑著，「是不是很酷？」

許至清不知道自己會不會用「酷」這個字來形容，但大自然是真的很硬核。

不久之後鄭楚仁和鈴鐺就來了，前者的臉上看不大出情緒，後者則是明顯地心情沉鬱。Phi一看就捧著沙拉跑過去，把塑膠碗和叉子塞進鈴鐺手中，接著把手探進鈴鐺外套的口袋，像是在檢查什麼。

「菸在這裡。」鄭楚仁說，把紙盒丟給Phi，「這段時間麻煩你多看著他一點了。」

鈴鐺無奈地說：「鄭哥……」

「不要逞強。」鄭楚仁捏了下他的肩膀，「你能做到多少就做多少，其他的我可以處理。」

「雖然還不確定你們在說什麼，」Sandy插嘴，「但我們也都會一起分擔。」

「我們是Team嘛，T—E—A—M。」洛基轉過身，趴在沙發椅背上緣對鈴鐺說話，「我家大門隨時為你敞開喔，叮叮噹，只要按響門鈴……嘿，鈴鐺按門鈴！叮叮噹，鈴鐺多響亮——」

他是唱著說出最後一句話的，唱完就笑了起來，被Sue用手肘頂了下腰，誇張地「唉唷」一聲繼續哈哈笑。鈴鐺哼了聲，臉上多了點笑容，大步走向沙發之後像摔角選手那樣把洛基的頭夾在腋下，威脅道：「你到底取了我多少綽號？怎麼就沒聽到你這樣對其他人？」

「誰叫你給自己的綽號這麼好玩？叮叮噹、大叮噹、袂叮噹、莫叮噹——」洛基掙扎地拍了拍鈴鐺的手臂，「你知道自己身上有老男人的汗臭味嗎，鈴鐺？快放開我！蘇蘇、蝦仔，救命！」

「哼哼，原來你背後都叫我老男人？」鈴鐺拳頭抵著洛基的頭頂轉動，「是誰的笑話才像老男人？」

「噢噢噢別別別，你怎麼可以因為自己髮線後退就想弄禿我？」

Sue嘆口氣，「你真的太會說話了，洛基。」

等鈴鐺放開洛基，他的頭髮已經翻得亂七八糟，額頭還出了點汗。注意到許至清的視線時他眨了下單邊的眼睛，證實了許至清的猜測：洛基是故意在逗鈴鐺開心，鈴鐺大概也知道這點。

所有人都默契地沒有立刻問起剛才的事情，或是這次由鈴鐺提出的計畫，而是輕鬆地吃吃喝喝，不著邊際地閒聊著，從各種能寄生並操控昆蟲的真菌聊到Phi寫過各種主題奇葩的報告，再聊到他們之中有上大學的幾個人都遇過哪些雷包組員。洛基意外地是個認真的大學生，Phi則是雖然聰明，但想法太過天馬行空，人又固執，經常選擇一些可能被直接打零分的報告主題。

許至清大學的時候就是個中規中矩的學生，成績不好不壞，未曾做過任何會吸引他人注意的事情。畢竟那時他有家人需要照顧，不好惹出麻煩。

等午餐吃得差不多了，他們收拾好桌子，挪出空間讓鈴鐺和鄭楚仁解說。兩個男人對看一眼，鄭楚仁低聲問：「你可以嗎？」鈴鐺點點頭，往桌面上放了幾張照片。

「這是我上次開會提到的學校。」照片裡是許至清稍早經過的學校，「這是林紹翔，高三學生，昨天晚自習時被發現死在樓梯間，學校對外表示他是意外失足跌死。」年紀不大的男孩子笑得很燦爛，臉頰上有淺淺的酒窩，「這些是晚自習和他一樣有留校的同學。」每一張證件照看起來都有些肅穆，旁邊照片中的男人看起來和過世的男孩有幾分相似，「這是死者的父親，林承軒。」

「林同學原本是很開朗的個性，喜歡也擅長交朋友，和父親感情很好。但最近愈來愈焦躁封閉，不願意和父親交流。林先生原本是想和他好好談談，但這陣子工作比較忙碌，兒子在晚自習結束回家之後又經常直接回房間沖澡睡覺，沒有和父親溝通的意願，他猜測兒子大概是課業壓力比較大，也就沒有多打擾。

「昨天晚上林先生等不到兒子回家，跑去學校找人，發現警方已經拉起了封鎖線，沒有人願意讓他進去，也沒有人回答他的問題。等到留校的學生一個個被家長接回家，他才從其中一個家長口中聽到兒子的死訊。

「一整個晚上他都在打聽消息，求警方讓他見兒子最後一面，可是對方的態度很強硬。等老大想辦法問到他兒子的去處，我們趕到殯儀館的時候，遺體已經被火化了。」

鈴鐺的聲音沙啞起來，緩了一會才繼續說：「這已經不是這所學校第一次有類似的事情發生，一年前才有一位女同學被發現陳屍在游泳池的更衣間。官方說法是她滑倒撞到地面，但沒有被及時發現而不幸身亡，她的家長同樣沒有見到女兒，屍體就被處理掉了。」

「林先生懷疑兒子也許是霸凌的受害者，不過就他所知兒子人緣一直都不錯，和同班同學也處得很好，最近這段時間雖然有點反常，但身上看起來也沒有帶傷，他不確定到底兒子可能因為什麼理由被欺負。」

房裡的空氣無可避免地沉了下來，Phi的反應尤其明顯，抓著膝蓋的手都顫抖著，青澀的臉龐因為憤怒而扭曲。小小伸手抱住他，眉頭皺得很緊。

許至清穩住呼吸，輕聲詢問：「我們要查出真相對吧？」

鄭楚仁點點頭，果斷地做出指示，「林紹翔和班上幾個同學上同一間數學補習班，Phi，我會安排你去當助教，你先做好準備，小小妳就藉著探班的機會和補習班的人套套交情，也許有人聽說過什麼。Sandy和Sue，上一位死者的父母是開麵店的，妳們去打探當時的狀況。洛基，你去聯絡大學同學，看他們有沒有人知道公正高中的底細。鈴鐺負責繼續和林承軒聯絡，不要和他提Caroline的事，作為一個朋友幫他排解煩惱就好。」

「蝦仔，」鄭楚仁轉頭看向許至清，「你是林紹翔的網友，雖然沒有見過面，但經常聊天。前陣子他和你提到在學校遇到困難，覺得壓力很大但又不敢跟身邊的人說。後來你因為好幾天聯絡不上他，擔心發生什麼意外，循線找到他的學校。因為林紹翔曾經和你說過的話，你不相信學校說詞，決定親自調查這件事。」

「林紹翔和你說過什麼，就從我們調查得到的資訊去充實，資訊足夠的時候請你出面質問可能牽涉其中的人。請想個和現在的你反差比較大的外型、肢體語言和說話方式，外型的部分鈴鐺可以幫你。」

最後鄭楚仁對著所有人說：「同樣以自己和伙伴的安全為優先，用自己身分的Phi和小小尤其注意不要暴露意圖，就算得不到線索也沒關係。鈴鐺你也多注意，預設隨時都有人在竊聽你和林先生的對話。有任何問題隨時找我幫忙，我同時也會用其他方法調查。」

他的視線輪流停在每個人臉上，「不要急，不要逞強，盡力而為就好，天要塌了我扛著。」

眾人的情緒在鄭楚仁清晰的話語中漸漸平復，許至清再一次清楚認識到其他人對他的信任從何而來。鄭楚仁似乎沒有無措的時候，感覺就算天真的要塌了，他也會像現在這樣，有條有理地告訴他們該做些什麼，讓他們看見未來的路。應該很累吧，許至清忍不住想，他曾經光是肩負照顧父母的責任就已經筋疲力竭，更別說是要對這麼多人負責。

靜默持續了幾秒，許至清是第一個開口的，「你是不是還搞不懂Team是什麼意思，鄭叔叔？」

「就是說嘛！」洛基附和，「老大，就算你是我們老大，是那棵最粗最長的樹，也不要忘了身邊有座林子啊。」

Sue挑起眉毛，「你這話說起來怎麼這麼詭異呢？」

「因為他是洛基。」Sandy說：「如果是蝦仔說這些，我們就不會覺得哪裡不對。」

「你們對蝦仔是不是有什麼誤會？」Phi聽起來已經收拾好自己的心情，「他都成年多久了，還是個黑心的打牌高手。」

「小Phi啊。」小小說：「在場唯一還能夠吸引獨角獸的就只有你了。」

「喂！」

會議最後以鄭楚仁的白眼作結——是二號白眼，代表他想吐槽也想笑，但習慣性維持形象。總有一天，許至清大逆不道地想，總有一天他會讓鄭楚仁丟掉老大的包袱。

許至清的髮型從小到大都沒怎麼變過，國高中因為髮禁剪了平頭，大學之後雖然有稍微留長，但也沒有長到超出耳下過，這樣戴上微鬈的假髮，說實在看不大習慣。鈴鐺看著鏡子裡的他端詳了一會，接著動作俐落地把一部分的頭髮向後梳，用髮圈綁在後腦，「鬍子留得起來嗎，蝦仔？」

許至清搖搖頭，「留起來像沒拔乾淨的雞毛。」

鈴鐺「哈」了聲，把他的臉往側邊挪動，手指順著臉部的輪廓比劃，「沒關係，我幫你把五官畫得濃重一點。戴過耳夾嗎？我等等拿個大一點的給你，可以一眼就抓住注意力的那種。衣服也換成張揚的風格，我這邊有幾件之前老大穿過的，雖然你身材比較結實，但那些衣服相對寬鬆，穿起來應該還算合身。喔，對了，還有雙眼皮膠，會用嗎？」

問完他又立刻自己回答：「不，還是我幫你吧，我怕你把自己黏成水腫的樣子。」

許至清很有自知之明地沒有反駁。

單眼皮黏成雙眼皮之後就像是換了半張臉，接著化妝讓他眉眼更加深邃，稜角更加分明。許至清配合地換上紫紅色的高領毛衣，一隻耳朵夾上了銀色的耳飾。搭上長鬈假髮，他看起來就像是上個世代的男明星。現在一般人很少會做這樣的打扮，畢竟學校和工作場合不允許，而且在公共場所很容易受到側目。

許至清有點恍然地看著全身鏡裡的自己，在思考過後換了個站姿，背不再挺得這麼直，脖子稍稍前傾，重心放在左腳上。

「不錯。」鄭楚仁的聲音從身後傳來，許至清轉過身，坐在旋轉椅上的鈴鐺也轉了一百八十度，對著門口揮了下手。「衣服買新的吧。」鄭楚仁說：「我穿過的這幾件是為了遮掩身形，不是最適合這個妝容的打扮，尺寸也跟他有點不合。這個錢不用省，只是幾件衣服。」

鈴鐺看起來像是吞下到嘴邊的話，許至清大概可以猜到他想說什麼，所以替他說了：「那老大你先替自己買幾雙新襪子。」

鄭楚仁頓了一下，「你這是為了正事的治裝費。」

「如果有人看到鄭老闆鞋底是用黏的，襪子有好幾個補丁，不會懷疑銀樓經營不順嗎？」

鄭楚仁白了他一眼，沒有回答這個不需要回答的問題，「到時候你要怎麼說話，讓我聽聽看。」

許至清閉上嘴，回想鄭楚仁的指示還有自己加上的細節設定。一個和周遭格格不入的人，一個見識過環境壓迫導致的悲劇，因此感到無力的人，一個曾經袖手旁觀，不想再自我催眠下去的人。有點像是許至清，但不是認清了要做什麼的他，也不像過去的他因為家庭支持有足夠的自信做出反抗，而是徬徨許久，現在終於看到了為過去的冷漠贖罪的機會。

一隻初次豎起尖刺的刺蝟，因為心中散不去的愧疚而顯得更有攻擊性。許至清調整著自己的表情，壓低眉毛，垂著眼睛看人，動著繃緊的嘴說：「你是林紹翔的同學？」

鄭楚仁抱著雙臂說：「表情和姿勢可以，嗓子不要壓著，不然你說不了幾句就啞了。」

「二十五號晚上你也在學校對吧？」

「放鬆，共鳴位置向下沉，從胸腔說話。」

許至清把手放在胸口，「紹翔和我說過他擔心自己會出事，我不相信他的死是意外。」

「再放鬆一點，『我不相信他的死是意外』。」鄭楚仁用許至清的音調說。

「你一定知道些什麼。」許至清藉著他的引導找到了調整聲音的目標，加入一點不明顯的顫抖，「那天晚上到底發生了什麼事情？」

「很好。」鄭楚仁點點頭，「你還有一些時間適應，記得和鈴鐺去買適合的衣服。」鄭楚仁一直站在玄關，鞋子都沒脫，事情交代完便直接退回門口，「我走了，午餐記得吃。」

「啊，路上小心。」許至清連忙說：「你大概幾點回來？」

鄭楚仁看起來有點驚訝，「晚餐之後，大概九點多。」

「如果十點前回不來跟我說一下，不方便傳訊息或打電話就撥通之後掛掉。」

鄭楚仁沒說好還是不好，帶著難以解讀的神色揮揮手，關上了門。

許至清不大滿意，但他之前就注意到鄭楚仁對道別還有等待這兩件事奇怪的態度，他從來不單純地說「再見」，出門時不曾跟其他人交代自己去了哪裡，什麼時候回家。對此許至清有些未經證實的猜測，但還沒有當面問過鄭楚仁。

「你對鄭哥的態度很大膽啊，蝦仔。」

許至清回過頭，看著鈴鐺臉上有些怪異的表情，「會嗎？」

「只有Sandy和你會直接要求鄭哥做什麼。」鈴鐺搖搖頭，「大概是因為我們多多少少都欠他人情，就你們的狀況不大一樣。」

欠人情……許至清目前只知道小小和Phi當初是怎麼加入Caroline的，Sue和鈴鐺之前就跟著鄭楚仁，也不知道是什麼原因，洛基認識鄭楚仁的途徑他也不清楚，看來和自己的狀況有不小區別。「嗯，他欠我一次。」許至清說：「老大應該不希望你們把自己放得比較低。」

「這個我們都知道，只是心態上沒那麼容易轉過來。」鈴鐺抓亂後腦的頭髮，按著膝蓋站起身，一邊往廚房走一邊說：「好了，你午餐想吃什麼？吃完我們去買幾件衣服。」

「我幫你。」許至清跟過去，和鈴鐺一起煮了頓兩人份的午餐。

飯後他們出門買了幾件衣服，職業病發作的鈴鐺讓他試了各種不同的顏色和風格，把一套衣服的外衣和另一套的內裡搭起來，還在結帳之後當場改起不夠合身的剪裁。許至清不確定自己比較像是肯尼娃娃還是當紅男星，或者當紅男星在遇到服裝化妝師時也只是個任人擺弄的人體模型，難怪父親經常抱怨寧願穿著白T和牛仔褲上臺。

Sue和Sandy回來的時候許至清和鈴鐺正在試不同的配件，許至清可以從她們陰沉的表情看出來今天大概收穫了什麼消息，不過是沒有人想聽的話。Sue在看見他時露出不明顯的笑容，幾個箭步縮短他們之間的距離，然後伸手碰了碰他微鬈的假髮。「意外地適合你。」她說：「這算是搖滾風？要不要讓老大借你重機騎？」

「他送你了就是你的。」Sandy說，上下端詳著許至清，「要不要讓小Phi幫你設計個刺青？畫在領口，偶爾會露出來就好。」

「妳這是在增加我的工作。」鈴鐺咕噥，「問到什麼了？」

Sandy和Sue對視一眼，「坐著說吧。」

她們從麵店的常客那裡得知老闆女兒以前經常到店裡幫忙，不幸過世後老闆和老闆娘一直沒有請人幫忙外場工作。因為店不大，還算忙得過來，老顧客也都很體諒他們，但最近老闆娘身體狀況不大好，在常客的建議下終於考慮要招新員工。

隔天Sue便去應徵，編造出和家人決裂，結果證件提款卡都被扣留的故事，成了麵店的臨時工。Sandy則是時不時會去吃飯，找自己的朋友Sue。

休息時間她們聊到學生時代被排擠的事，過了幾天老闆娘便把Sue帶到一旁，想了解霸凌受害者可能有什麼表現。

「他們女兒的狀況跟林紹翔不大一樣，很可能已經被霸凌一段時間了，制服經常弄髒弄破，她都說是同學之間打鬧造成的，偶爾帶傷回家就說是不小心跌倒，或是體育課撞到。她父母很擔心，找過導師詢問，但導師說陳同學在學校表現都很正常，之後透過其他學生家長打探，得到的也是一樣的回答。沒想到之後就出了『意外』，他們也不是沒有懷疑過，但官方的調查結果都出來了，他們不相信也做不了什麼。」

「可是前陣子他們找到女兒藏起來的日記，裡面寫了很多次『我只是不想做錯的事情』，讓他們懷疑是不是放棄得太早了。」Sue握著自己的手腕，臉上沒什麼表情，「她母親說女兒還曾經託夢給她，希望真相水落石出，不然她死不瞑目。」

許至清身旁的鈴鐺突然屏住呼吸，顫抖地吐了口氣。「人的潛意識總是對自己最狠。」他說，嘴角翹著不帶笑意的弧度，「他們不會再接受『意外』這個解釋了。」

許至清有點擔心，但他並不清楚鈴鐺過去發生什麼事，不確定是否有資格給予安慰，所以只是往鈴鐺的方向挪動一些，裝作不小心讓他們的膝蓋撞在一起。鈴鐺敲了下他的肩膀，無聲接受了他的好意。

「Sue會繼續在那裡打工，留意這對父母的狀況，我會去蒐集陳羽心以前同學的資料，看能不能發現什麼。等我確認人選就要交給你了，蝦仔，用追查林紹翔死因的名義，陳羽心的同學應該會比較敢開口。我這個長相太顯眼，不適合跟關係人有太多直接接觸。」

「好。」許至清鄭重地點點頭，「辛苦了。」

Sandy嘆口氣，用刻意輕鬆起來的語氣說：「我們還好，最辛苦的是小Phi，上完課還要幫高中生解數學題。」

「太慘了。」Sue說：「要是我就每天翹課。」

「別讓老大聽到。」許至清開玩笑地說：「他會翻妳白眼的。」

「嘶，你這才要小心別讓老大聽到。」

到晚餐時間洛基也回來了，他剛和以前的同學吃完下午茶，打聽到了一點關於公正高中的消息。「先說，這些都是沒有經過證實的傳言，不過這種事情本來就很容易被掩蓋。」洛基癱在沙發上說：「實習老師的圈子在流傳，這所學校很多導師都會洩題給學生，希望能提升班上的平均成績。」

洩題，這就是陳羽心提到「不想做錯的事情」嗎？林紹翔呢？不過他一直到這陣子才出現異樣，情況似乎和陳羽心不大相同。

「唔，這樣就比較有方向了。」Sandy說：「聽起來事情比我們想像的複雜，如果是真的，也可以解釋校方為什麼手段這麼極端。」

因為經不起查，許至清想，最後卻是欲蓋彌彰。

「你還有其他門路可以打聽清楚這件事嗎，洛基？」Sandy接著問。

洛基搖搖頭，「我大學跟同系的同學大多感情不怎麼樣，有保持聯繫的就那幾個，突然聯絡其他人有點可疑，何況我也從來沒參加過同學會。不過我有在報社工作的朋友，也許他聽說過什麼。」他抓抓頭，「不一定會願意和我說就是了。」

「沒關係，就在不引起注意的前提下試試看。」

「OK。」洛基靠到許至清肩上，「話說回來，我們蝦仔今天是走Bad Boy風格嗎？我都要戀愛了，真是羨慕長頭髮還是可以很帥氣的人。」

「你帥氣不起來應該不是頭髮的問題。」Sue說。

Sandy點點頭，「化妝也沒用，你一開口就破功了。」

洛基比出又長又直的無名指，「妳們就是嫉妒我出眾的幽默感。我們不跟她們好，蝦仔。來，你需要黑色指甲油嗎？還是要編條辮子看看？啊，我好像還沒有跟你互相塗過腳趾甲，這樣可不行，這是我每個密友都要經過的儀式。晚上洗完澡記得來我房間，我也會洗好澡等你的。」

Sue嘆氣，「你這張嘴真的是……」

許至清笑著說了好。

他塗趾甲的技術就跟化妝一樣糟糕，不過洛基顯然並不在意。「重點是要經過這個儀式。」他說：「就算你塗出了抽象派立體雕塑也沒關係。」塗完之後他們並肩坐在床上，背靠著床板，兩雙腿向前伸直，比他要高一截的洛基腿也長他一點。被這個視覺效果給逗樂了，洛基笑了好一會才冷靜下來，靈活地動著腳趾頭。

「我原本是想當老師的。」他說：「但沒有家長會願意讓我接近他們的孩子。」然後他開始細數每一次被罵「變態」的經驗，還有更久以前被笑「畸形」、「怪物」、「噁心」的時候。

「小孩子一開始還是很可愛的。」他說：「是這個環境的錯，讓他們學壞了。蝦仔，我不知道該慶幸自己提前離開了火坑，還是後悔太早放棄走這條路。我沒有信心，不知道如果順應他們的規則成為『正常』的老師，是真的能幫到需要幫助的孩子，還是會逐漸忘記自己的初衷。」

「你現在就在幫助人。」許至清不知道自己還能說什麼，「我很高興能夠認識你。」

洛基笑嘻嘻地抱了他一下，「這次也一起加油。」

等初步情報蒐集得差不多，就是該許至清上場的時候了。

Film No. 002
Title　蔚藍大海

第 7 章

作弊

「莊旭平？」

外表還處於青少年和成人之間的男孩轉過身，在看見許至清時表露出明顯的狐疑，還有對他這副模樣的詫異。

現在是補習班下課時間，學生們成群結隊地走下樓梯，大多數湧出大樓的玻璃門，有一部分走向連通一樓大廳的速食店。肩膀相互摩擦，腳步拖過地面，一張張青澀的臉帶著不同程度的陰影，已經可以看見一點被現實蹉磨的成人散發出的疲憊。

學校是社會的縮影。這句經常出現的陳腔濫調浮現許至清腦海。如果連狹義的「社會」都在這幾年變得愈來愈壓抑，本該單純的校園環境又會有什麼改變？

「莊旭平。」許至清站在樓梯口，任由人流擠著他離開，就像是河裡的木樁動也不動，抬頭盯著身在人群中，但明顯落單的男孩。「我有事情要問你。」許至清說，指著速食店的方向，「借我幾分鐘。」

莊旭平奇怪地看著他，扭頭就要離開。許至清抓住他的肩膀，湊到耳邊說：「聽說三班林紹翔的事了吧？失足『意外』，家長看不到遺體，事後什麼新聞都沒有，是不是很耳熟？」

莊旭平瞪大了眼睛，使勁抓住肩上的書包背帶退開一步，結果撞上身後的幾個學生，被怒罵幾句之後重重往許至清的方向推。許至清扶住他，瞪著看起來還想找碴的幾個男學生，直到他們冷哼著離開，接著繼續低聲對莊旭平說：「我是林紹翔的朋友，不打算問你一年前的事，只想知道你們學校的狀況。」

許至清看著對方依舊戒備的表情，用輕柔的語氣補充，「不然我就只能到你們學校堵人了，這是下下策，我也不想害你被誤會。」

莊旭平張著嘴，過了好一會才發出乾澀的聲音：「我不能太晚回家。」

「放心。」許至清拍拍他的肩膀，「給我幾分鐘就好。」

速食店地下室人不是太多，許至清挑了個離洗手間和垃圾桶都有些距離的座位，點了兩份薯條和汽水。等對方吃點東西，稍微冷靜下來之後說：「抱歉耽誤你休息的時間，我是中央藝術大學導演系的學生，最近在找我們期末作業的演員。」同時在餐巾紙上寫下：**你們學校有作弊的傳統對吧。**

「我、我沒有演過戲。」莊旭平垂頭盯著餐巾紙上的字看，拿過原子筆回覆：**那只是畫重點。**

「沒有經驗沒關係，大家一開始都是這樣。」**一定會考的重點不就是洩題？**

莊旭平抿著嘴丟開筆，許至清冷靜地接過，「不會很困難，只要本色演出就好。」同時寫道：**重點怎麼畫的？**

光是畫課本上的重點確實不算什麼，但從莊旭平的反應來看，他們班導絕對不只是告訴他們重點而已。要怎麼用畫重點的方式洩題？許至清思考著這個問題，同時把先前想好的臺詞拿來用，「我們要拍的正好就是高中生的故事，你看過《心聲》嗎？就是在你們學校取景的，我和同組同學想拍那樣的短片，不過更著重在友情上。」

莊旭平依舊沒有寫下回應，這時許至清有了猜測——陳羽心提到不想做錯的事情，如果她是因為拒絕幫忙洩題而被霸凌那就說得通了，也許老師是把特定學生作為洩題管道。要怎麼做得隱晦，許至清想像得出來。他拿了張新的餐巾紙，迅速寫下：**畫的是平時考的考卷吧，讓你們知道哪幾道題會在段考出現。**

看到莊旭平動搖的神情，許至清就知道猜對了。他把筆塞進莊旭平手中，手指敲了敲桌面。

「……我看過，但我不行的。」莊旭平說，壓著眉頭寫道：**是小老師圈的題目。**

「沒有試過怎麼知道？」**洩題占實際考試多少比例？**

「我不會演戲。」**七八成。**

「每個人都會演戲。」**如果小老師不願意？**

莊旭平動作一僵，呢喃著說：「可是大家都這麼做，不這麼做就輸了，為什麼不願意？」

這下許至清不用問洩題的情形有多氾濫了，也能夠猜到當時陳羽心的抗拒。「你不用被我的話牽著走，沒有意願就算了。」他說，同時寫道：**三班的狀況你知道多少？**

莊旭平慌張地搖頭，寫下「**不知道**」，動作急躁得都要把餐巾紙刮破了，「沒有意願，我可以走了嗎？家人會擔心。」

陳羽心和林紹翔也有會擔心的家人，他們最後卻沒能回到家。許至清想這麼說，但最終還是沒有繼續逼迫莊旭平，這樣沒有好處。「薯條可樂記得帶走。」他說，把寫了字的餐巾紙塞進口袋裡，默默看著莊旭平小跑步著上樓，像是在逃離一場惡夢。

許至清坐在位子上，靜靜把自己那份薯條吃完，收拾好托盤才起身離開。他突然很想跑步，吹風冷卻一下腦袋，不過這身裝扮實在不適合，而且他還得趕下一個場子。

透過該科目的小老師間接洩題，聽起來很多班級都是這麼做的。許至清一邊整理思緒，一邊往林紹翔生前的數學補習班移動。這間補習班出名地晚下課，經常把學生留到晚上十點多才放人，許至清在九點五十分抵達，進對面超商買了顆茶葉蛋坐在靠外的座位吃，等著林紹翔的同學出現。

「我建議你先找李郁寧，他那天沒有留晚自習，但至少會知道班上的狀況。」Phi在稍早和許至清這麼建議，「他很自來熟，又藏不太住心裡想的事情，和我閒聊時好幾次被朋友提醒。但你也要小心不要問太多，不然他可能會把有人在調查的事情也都洩露出去。」

為了降低風險，許至清決定在和對方談話時改變一下說詞。這次先不要問得太深入，等到情況更明朗之後如果還有需要，可以再回頭找李郁寧問話。

皮膚偏黑，手長腳長，但長著一張圓圓的娃娃臉。李郁寧走出來了，身邊跟著幾個穿同樣制服的同學。許至清把垃圾收在口袋裡，維持著一定的距離跟在李郁寧身後，兩個同學在公車站停下腳步，其中一個往不同的方向離開，就剩李郁寧和另一位男同學。等他們兩個也互相道別，許至清邁開步伐撞上李郁寧的肩膀。

「嘶——搞什麼？欸，先生，你撞到人應該道歉吧？」

許至清盯著他制服上的學號看，啞著聲音說：「公正高中三年級的？」

「你怎麼知道？喔，對，有學號。真不知道為什麼要在制服上繡這種東西，這不是超危險的嗎？」李郁寧嘀嘀咕咕地說著，歪頭看著他，「你有什麼事？」

「我妹妹讀你們學校的。」許至清有意頓了頓，「我已經不知道該問誰了，她什麼都不願意告訴我，也不准我找她的朋友。你們段考到底是怎麼回事？為什麼她壓力會這麼大，還一直說考試根本不公平？」

李郁寧瞪大眼睛，支支吾吾地說：「我又不認識你妹妹，我哪知道她為什麼會這樣說？而且考試本來就不公平嘛，人跟人智商又不平等……」

「我一直聽到她在罵他們班導。」許至清說，瞇著眼睛盯著男孩看，「說他們老師這樣會讓他們輸在起跑點。」

李郁寧顯然想到了什麼，許至清繼續追問：「她這是什麼意思？跟考試不公平有什麼關係？難道你們有老師洩題？」

「你怎麼猜——我是說——沒有，我什麼都沒說，我要走了——」

許至清拉住他，「我只是想知道我妹妹是怎麼回事，她的狀況真的很不對勁，我怕她又像以前一樣傷害自己。」

李郁寧的嘴巴張開又閉上又張開，獨自糾結了好一會，「你得保證不會說出去。」

「我能跟誰說？」

「跑去檢舉？報紙投書？」

許至清嘲諷地笑了，「你以為檢舉會有用？報紙敢刊登這種消息？」

李郁寧緊皺眉頭，又過了好半晌才開口：「你妹妹運氣比較差——」

「等等。」許至清拉著他往巷口走，「我們換個地方。」

站在監視器的背側，李郁寧交代了他們學校考試的亂象，比他想像的要再複雜一些。許多學生會拿著從班導那裡得知的題目，和其他班交換不同科目的考題，有些班級是個別學生憑著自己的本事交換資訊，有些班級則是將這個責任交給特定學生，讓他們為了班上集體的榮譽去和其他班進行交易。

導師洩題洩得多的班級有更多籌碼，至於導師不洩題的班級，少數人完全被蒙在鼓裡，不清楚全年級的段考背後隱藏著這麼多弊端，大多數人則是想盡辦法消弭和其他班的差距，用其他方式得到考題。

許至清不禁感到頭皮發麻，難以想像單純的考試會演變成這樣爾虞我詐的談判遊戲。成績真的有這麼重要嗎？在這種情況下重要的還是成績嗎？

他已經很久沒有關注過升學的問題，從李郁寧的抱怨判斷，以平時成績為標準的推薦入學重要性與日俱增，許至清大概可以猜到為什麼。這樣一來申請人的學校還有接受申請的學校都會有更多操作空間，推薦和招生名額能夠作為利益交換的商品，也能用以威脅優秀但不聽話的學生或家長，最終依舊是操縱大眾的手段。

「這樣考試還有意義嗎？」許至清呢喃。

「考試有過意義嗎？」李郁寧說：「就算成績好，可以擠進好學校又不能幹嘛。」

「那為什麼要為了好成績拚了命作弊？」

「……不這樣做還能怎麼辦？」

許至清把人送走，不知道自己還能說什麼。

他回到不減熱鬧的大街上，在走入人群時脫下外套，接著把長髮捲在腦後綁好，戴上塞在側背包裡的鴨舌帽，順勢拔下耳夾。駝了一個晚上的背和脖子，現在終於能挺直背脊，用習慣的方式走路，許至清多少覺得放鬆了點，稍嫌擁擠的騎樓也給了他安全感。現在他不再那麼醒目，能夠融入下班下課的人潮，慢慢走向約好的會合地點。

這些學生都在想什麼呢？就如同並非每個公正高中的老師都會洩題，許至清相信並非每個學校都有如此氾濫的作弊問題。但大環境如此，競爭在愈來愈激烈的同時也變得愈來愈不公平，就如同已經成為一灘死水，只有「適合」的人能夠出頭的藝文界。

「唷。」鈴鐺在他開車門時揮揮手，「還好嗎？」

還好嗎？許至清暗自苦笑，他從未把這個問句當作真正的問題，也經常不確定自己的答案。他只是點點頭，安靜地繫上安全帶，等鈴鐺開了好一段距離之後才開口：「老大為什麼那麼堅持要Phi繼續上學？」

鈴鐺瞥了他一眼，「這個年紀的孩子不就應該把注意力放在學東西上嗎？」

「學校不一定是最好的學習環境。」許至清頓了頓，「現在的學校不是學習的環境，學到的知識也未必是正確的。」

「你這是受了什麼刺激？確認洩題的消息了？」

許至清應了聲，簡短和鈴鐺解釋今晚蒐集到的情報。「如果是要學著怎麼在這個社會生存，那這樣的學校教育確實很有效。」他這麼總結，「前提是要能撐過這個過程，要接受這套遊戲規則。」

鈴鐺有好一陣子沒有開口，注意力放在車流人流都不少的道路上。他開車很小心，在Caroline之中是最平穩的駕駛，煞車總會提前減速，慢慢踩到底，每個路口都會確實查看左右才繼續前進。許至清側頭看著他，鈴鐺的臉上沒什麼表情，如果內心有什麼情緒，他沒有表現出來，也沒有在開車的動作中流露。

然後鈴鐺緩緩吐出一口氣，「去兜兜風？開到河邊繞一圈再回來。」

「有點遠。」

「我經常心血來潮這樣繞路，大家都習慣了。」

許至清看著鈴鐺的眼睛，確認他是認真的。許至清自己確實也需要調適一下心情，沒辦法跑步，在車上吹風也好。

「謝謝。」

「謝什麼？」鈴鐺笑笑，「坐好了。」

他們開車離開了商業區，橫跨有秩序到單調無比的一般住宅，通過河岸邊成群的高級公寓大樓。許多是封閉式的社區，小霜的新家就在其中。

不知道她最近過得怎麼樣了，既然鄭楚仁沒說什麼，應該就是沒有問題。洛基說要寫信的話最好再等一兩個月，在小霜站穩腳步的這段時間，她不需要來自他們的鼓勵，他們只需要等她生活步上正軌時再為她感到開心就好。

「那個時候我沒想過自己還能快樂起來。」紀錄片裡的小霜說過：「我以為自己會在這個房間裡腐爛，就算有一天能出去，出去的我也不再是我，幸運的是有人在我忘記自己是誰之前把我扛了出去。」

只是有些人沒有機會看到事情好轉起來，有些人等不到能把自己從困境裡救出去的人。

許至清望向窗外，路燈和車燈點亮了蜿蜒的道路，大樓的燈光錯落地亮起，終於打破白日過度整齊的樣貌。「我知道老大是想給Phi一個退路，沒有學歷的人要自己活下去太辛苦了。只是明明知道這是個會吃人的火坑，卻還是得一個個跳下去，順應不合理的遊戲規則……」複雜的情緒最終化為一句太過簡單的話，「真的很討厭。」

鈴鐺沒有笑他過於簡單的用詞，「確實很討厭。也許真正一勞永逸的辦法只有不要把新生命帶到這個世界吧，已經在這裡的人永遠擺脫不了束縛，我們只是仗著有人保護，才能不做自己不想做的事。」

「Phi也說過類似的話。」

「人出生在這個世界就是來受苦的？」

「對。」許至清帶著笑意輕嘆，「其實滿有道理的。」

「他是個很聰明的孩子，要是出生在別的國家能夠過得很好。」

「他想過要藉著念書出國嗎？」

「就算能爭取到名額，小小也出不去，他不可能丟下小小一個人離開。而且你也知道他的個性，他不會逃的。當初他學校那樁爛事，他在被問話的時候什麼都敢說，從同學罵到老師罵到更上層的人再到整個體系。要不是鄭哥幫他假造了被利用的故事，也許後果不只開除學籍這麼簡單。」

許至清聽說過不少恐怖故事，「矯正班？」

「或是直接讓矯正官住進他們家，你應該也知道那些垃圾都是什麼德性。」

藉著職務之便虐待傷害的例子層出不窮，這些陌生人會入侵矯正對象的生活空間，藉著矯正思想的名義要求對方服從命令。說是為了引導誤入歧途的青少年走上正確的路，但最終不知道毀了多少人。

「……幸好。」

「嗯。」鈴鐺說：「幸好。」

他們都安靜了一會，接著同時開口，許至清說的是：「你不用回答我，我只是好奇——」

鈴鐺則是說：「我還是學生的時候——」

他們都等著對方繼續說話，結果等來一小片有點尷尬，但也讓人發笑的空白。

原本存在他們之間的距離感消弭了一些，許至清對鈴鐺笑了笑，鈴鐺也咧開嘴角，厚實的嘴唇被拉平些許，單手比了個請的手勢。

「你跟Phi和小小好像特別親近。」許至清說：「我只是有點好奇，但你如果不想說就當我沒有問。」

鈴鐺搖搖頭，「不是不能說的事情。」

但顯然提起這個過往對他而言並不容易，過了半晌他才用平和的語氣說：「小Phi正式加入之前，我和他們姊弟倆同住過一段時間。算是……某種程度上的監護人吧，不過我作為一個大人並不合格，經常讓他們反過來擔心我。」

「是在小Phi差點被開除學籍之後？」許至清小心地問。

「嗯，鄭哥怕有人找他們麻煩。」鈴鐺狀似無意地挑開座椅之間的置物架，單手探進去摸索，在發現裡頭是空的時動作一頓，「他們家的狀況有點複雜，基本上是小小一個人帶大小Phi的，她還沒成年的時候至少能從親戚那裡拿到一點錢，等成年之後就只能靠自己。那時她不願意收鄭哥的錢，但再那樣身兼多職下去，遲早會把身體搞壞，而且小Phi雖然早熟，一直讓他自己待在家也不是辦法。」

他不知道想到了什麼，聲音變得有點啞，「就算是大孩子也需要家人關注，有時候一不注意，人就突然沒了。」他搖搖頭，「一開始我只是住他們隔壁，小Phi放學之後會來我這吃飯，等小小工作完回家。其實要說是我陪他，不如說是他在陪我，鄭哥大概也是故意安排這個任務給我的，我……」

他沒說出口的話突然卡在喉頭，「總之要不是他們，也許你加入的時候已經見不到我了。」

許至清想到Phi的反應，「菸是那時候戒的嗎？」

「對，還有酒。其實之前也戒過，但沒有成功，這是我維持最久的一次。」鈴鐺的神色溫柔起來，「我不想讓他們失望。」

許至清沒有繼續追問，不管是小小和Phi的家庭背景，還是鈴鐺心理狀態似乎不大好的原因，他希望是對方主動想提的時候再和他說，何況許至清都還沒讓大家知道自己是誰——這是另一個屬於Caroline的默契，他們似乎都對彼此知道許多，知道彼此曾經歷過什麼，但又從不交換真名，從不試圖以所知的資訊找出對方的社會身分，在Caroline之外像是在避嫌那樣保持距離。

「你剛剛原本想說什麼？」

鈴鐺沉吟了好幾秒，「好問題。」

「你還是學生的時候。」許至清提醒。

「喔，對。我是想說……我那個時候學校環境還沒有那麼糟糕，度過了相對來說單純的幾年，這是我的幸運也是不幸。我沒有想過校園原來可能成為這樣可怕的地方，等意識到的時候已經來不及了。當然讓孩子在這樣的環境長大不是好事，但如果在這個階段有人告訴他們這是錯的，也許會有更多人能夠清醒地長大，而不是被溫水煮青蛙，最後才以最糟糕的方式意識到這個社會的現實。」

「但有很多人沒有機會長大。」許至清說。

「所以我才說這不是好事。」鈴鐺微微苦笑，「只是一個中年人突如其來的有感而發。」

他們在彼此安靜的陪伴下開在河岸邊，鈴鐺搖下窗戶，讓初冬的夜風吹了進來。許至清想了很多，想到失去孩子的父母，想到失去父母的孩子，想到大環境裡不斷擴散的病，想到年齡愈來愈輕的受害者，想到面對這樣的潮流，他們能做的有多麼少。

不要停止思考，但也不要因此被消磨鬥志，這遠比許至清想像的要困難。

「有什麼訣竅嗎？」許至清沒頭沒尾地問：「要怎麼在接觸這麼多現實之後還保持樂觀？」

「樂觀。」鈴鐺一邊搖頭一邊笑，「你怎麼會覺得我們懂這個？從我這個低標到洛基那個高標，其他人的樂觀指數都落在我們之間，而且洛基和一般人比起來也沒樂觀到哪去，只是對自己的事情比較豁達。」

「但你們一直沒有放棄改變世界。」

「你把我們想得太偉大了。除了Sandy之外我們都是鄭哥撿來的，每個人留在Caroline的理由都不大一樣，但要說我的話，我只是不知道自己還能怎麼樣活著，不是Caroline需要我，是我需要Caroline，和改變世界這種志向沒有關係。」

許至清想了想，「不過結果是一樣的，你和大家都在努力把世界變得更好。」

「你這是粉絲濾鏡，蝦仔。」

「我說的是實話。」許至清很認真，「每個人都有私心，但這不會抹消他們為了正確的選擇做出的努力。」

「爸爸不是英雄。」父親在被逮捕之前說過。「爸爸只是希望這個世界溫柔一點，我們至清才可以活得輕鬆快樂一點，也希望爸爸幫助過的人，以後能回過頭來幫助你。」

「我們都不是當壞人的那塊料，至清。」母親在處處尋求協助卻屢屢碰壁時這麼說。「要是用不好的手段，要是為了你爸爸傷害到別人，那會成為我們心中永遠的疙瘩，也會成為未來可能被拿來利用的把柄。」

他們都是許至清心目中的大英雄，是他會永遠追逐下去的理想。

「你有時候跟鄭哥真的有點像。」鈴鐺說。

許至清奇怪地看向他，不確定他是什麼意思。

「沒什麼。」鈴鐺揉了他的頭一把，「我們也差不多該回去了。」

他們回到家的時候已經是深夜，鈴鐺先是接受Phi和小小的聯合搜查——每個口袋都檢查過，衣領被拉起來聞，確認沒有菸味或酒味，之後被兩個人好好念了一頓。許至清則是在鄭楚仁的挑眉和洛基的嘮叨下心虛地垂著頭，試圖找到能夠道歉的空檔。

「蝦仔你別跟鈴鐺學壞了，如果是平時兜風幾圈沒問題，但這是出任務之後啊，你們兩個的手機又都關機了——我知道這是為了預防被追蹤，但好歹先報個平安。」

「我——」

「上次不知道是誰要我晚回家記得先說一聲。」

「那——」

「叮叮噹是前科累累沒錯，但我們還是會擔心啊，這次也會擔心你們，唉，我都在想像要怎麼肉身劫車了。」

「我不是——」

「你會擔心其他人，難道我們就不會擔心你？」

許至清用擁抱堵住兩個人的嘴，囁嚅著說「抱歉」，和同樣被念到抬不起頭的鈴鐺交換了一個眼神，同時露出不好意思的微笑。

「下次還敢不報平安嗎？」鄭楚仁問。

他們兩個立刻搖頭，但許至清低聲補上一句「老大你也一樣」，結果被鄭楚仁敲了腦袋。

一個星期內，許至清接觸了八個學生，三個是陳羽心高二時的同學，四個是林紹翔的同學，還有一個是另一班的學生。他們說「不然我們還能怎麼辦」，說「能夠爭取到其他考題也是一種能力」，說「大家都這麼做」。這都是許至清預料中的說詞，但他依舊為此感到難受，他已經在這些學生身上看見了悲觀的世故，他們在正式步入社會之後想必能適應得很不錯。

「你們班是林紹翔負責換考題？」許至清把人堵在公車站邊，「換考題的時候是不是出了什麼意外？」

被他質問的男學生臉色蒼白，雙眼不斷驚慌地四處瞟。許至清不用問也知道他們都被下了封口令，用成績或是學籍要脅。撐到高中最後一年的考生，大多都不會願意冒著未來被阻斷的風險回答他的問題。

「你不用說話，只要點頭或搖頭，這裡的監視器拍不清楚。」

他就這樣和對方「玩了」一場海龜湯，據這位年輕學生的說法，林紹翔負責換的是化學考題，結果換到的卻是考古題拼湊出來的考卷。他也表示自己並不知道那天晚上發生了什麼事，但班上很多同學確實因為那次失誤對林紹翔有怨氣。

在許至清逼問有沒有看到林紹翔為什麼離開教室，是不是有誰跟著他的時候，男孩拚命地搖頭，不過許至清八成確信答案是肯定的。對方不願意開口，許至清也沒辦法讓他開口。他和其他同班同學聊了聊，找出了林紹翔交易對象的身分。

那是個長相很清秀的女孩子，外表看起來不像是會說謊的人。在許至清說出林紹翔的名字時，女孩立刻紅了眼眶，哽咽得說不出話。許至清有一瞬間懷疑這會不會是演技，但不管怎麼樣他都得做些什麼，這個社會冷漠的人確實占多數，但總會有人在看見成年男性弄哭一個女高中生時見義勇為。

「我只是想知道真相。」許至清讓自己的眼眶也蓄積起淚水，「我不能接受意外這個解釋，如果真的只是意外，為什麼你們學校要封口？為什麼他的屍體會這麼快被處理掉？連徵詢林叔叔的意願都沒有，就這樣火化了。」

「火化？」她瞪大了眼睛，手緊張地握在胸前，「你、你是真的想要找到真相？」

「當然是真的。我們才約好考完試要見面的，我不能接受這樣的結果。」許至清抹著眼睛，「如果妳知道什麼，拜託告訴我。」

「我不知道——」她左右瞟著周遭。許至清明白了她沒說出口的問題，眼神示意她跟上，同時確認和鄭楚仁的通訊，萬一這是為了釣魚設下的騙局，鄭楚仁能即時幫忙。

他們來到附近的公園，走到魚池邊找了個遠離監視器的角落。許至清在她面前拿出防竊聽的偵測器，掃過整個區域之後確認沒有其他錄音錄影的裝置，接著要女孩把手機關上。

「你不是一般人吧？」女孩的表情在看見他手中的偵測器時亮了起來，那是讓人看了就痛心的希望，「還是有政府的人發現這件事，讓你幫忙調查真相？是怕學校的人在竊聽，才給了你這個嗎？」

許至清沉默了一會，沒有解釋這樣徇私枉法的行為不管上報到哪個層級，會被處理的都不是問題，而是發現並試圖揭穿問題的人，「我想為林紹翔還原真相，妳只要知道這點就好。」

她的名字叫蘇寧禕，班導是化學老師，也是整個年級少數沒有洩露任何題目的一位班導。班上同學都很慌，覺得吃了大虧，最後是蘇寧禕想出這個主意，用沒有價值的考古題換取真正的段考題。

「我那時候、我沒有想到接下來會發生這種事。」她結結巴巴地解釋，帶著壓抑不住的鼻音，「我只是不想輸給其他班的人，大家都提前知道題目了，就我們什麼都不知道，這樣不公平。但我真的沒有想要害他，我不知道他的同學反應會這麼大。」

「妳那天晚上在場？」

「我回家了。但我知道他從那之後就一直被針對，他——」蘇寧禕吸吸鼻子，「前一天來警告過我，說同學想知道當初騙他的人是誰，他沒有說，但他們也許會從其他人那裡打聽到消息，要我小心保護自己。要是……要是他直接告訴同學真相，是不是就不會出事了？」

「我不知道。」許至清壓住嘆息，「他有提到要妳特別小心誰嗎？」

蘇寧禕搖搖頭。

「謝謝妳告訴我這些。」許至清笑了笑，「對了，妳知道陳羽心嗎？」

蘇寧禕遲疑了一會，「我聽過她的事，但不知道具體狀況。這和林同學有關嗎？」

「也許有。」

「小偉——我們班導——好像知道一些事情，之前我聽到有同學說陳同學閒話，被他罵了一頓。」她慌張起來，「拜託不要跟他說是我讓你去找他的，還有他雖然很嚴格，但是個好老師，請你不要把他捲進麻煩裡。」

「我會小心的。」許至清正要轉身，在踏出一步之後停下來，提醒蘇寧禕：「要是還有其他人跟妳說他想幫林紹翔，問妳這些問題，不要隨便相信對方，尤其不要相信公家單位派來的人，這是他們慣用的手法之一。」

蘇寧禕一臉無措地看著他。許至清揮揮手，在離開之前說：「好好保護自己，蘇同學。回家路上小心。」

許至清一邊走一邊戴上耳機，聽了他們整場對話的鄭楚仁開口道：「方俊偉，化學老師，和洛基同一所大學畢業，是大他幾屆的學長，我會讓洛基去打聽一下。」他在許至清走到路口時接著說：「這邊左轉，轉角有一家蛋糕店，去買一條起酥蛋糕和一塊巧克力蛋糕。」

許至清連忙拐了彎，「給林先生的？」

「起酥蛋糕給林先生，巧克力蛋糕給你。」

許至清有點困惑，「我沒有低血糖的問題。」

「讓你轉換心情用，不喜歡巧克力蛋糕就買別的，他們的提拉米蘇和乳酪蛋糕也很有名。」

許至清正想回沒有這個必要，鄭楚仁就像是能遠距離感應到他的想法一樣，加上一句，「到時候你不吃可以給Phi。」

許至清沒有再說什麼，在蛋糕店買了起酥蛋糕和巧克力千層，他記得Phi喜歡。

等待的同時鄭楚仁在耳邊替他整理思路，首先是林承軒的基本資訊。單親家庭，在廣告公司工作，經常需要加班。這段時間一直沒有放棄調查兒子的死因，分別去學校和警局鬧過幾次，上司因此要求他請假在家整理一下心情，等想通了再回去——雖然沒有直說，但基本上是想不通就別幹了的意思。

他雙親都已經過世，還有在來往的親屬就只有一個妹妹，林紹翔過世之後妹妹北上幫忙他打理後事，鈴鐺說她好幾次勸林承軒不要把事情鬧大，兄妹兩人因此關係變得有點僵。林承軒從其他家長那邊沒有打聽到什麼有用的消息，他們都說自己的孩子跟林紹翔沒有衝突，而且他在班上人緣好，沒有理由被欺凌。

倒是有個年輕警察看林承軒可憐，透露了一點內幕。他們到的時候現場沒有屍體，校方聲稱是為了急救把人帶走，林同學不幸在入院前死亡，之後又發現救護車同時載運的另一名病人有傳染病，才會緊急將死者火化。至於為什麼會一車多載，又為什麼沒有照程序先聯絡家屬，校方沒有主動說明，警方也沒有詢問，案件在調查之前就已經被定調為意外。

校方會急著處理屍體，應該是因為屍體上有不符合意外失足的線索。不能指望學校的監視錄影畫面，他們得想辦法找到目擊者證人。陳羽心也是類似的狀況，一年前的事件若有什麼證據也應該都被銷毀了，不過陳羽心被霸凌的時間長，曾經的目擊者應該更多。

接下來先試探蘇寧禕提到的班導方俊偉，也許能從他那裡得知更為具體的消息。

「這次談話的目標是穩住林先生。」鄭楚仁說：「讓他不要再出面。」

「他不會放棄的。」

「只是不讓他出面，不是不讓他幫忙。他已經上特別監控名單了，再這樣下去不只是丟掉工作那麼容易，到時候我們就得做點什麼，把注意力吸引過來了。」

「我可以。」許至清用氣音說。

「你可以什麼？別亂來，先盡可能說動他，做不到我再想辦法。」

「我們再想辦法。」

鄭楚仁輕輕哼了聲。

林承軒的住處離公正高中不遠，走路差不多十多分鐘，位於六層樓公寓的四樓，門牌恰好是四之四。

許至清按照大門口電鈴上的指示，連通四之四的對講機。「林先生您好。」許至清用頭髮擋住半張臉，「我是紹翔的朋友，昨天和您聯絡過。」

「……門幫你開了。」

假日管理員沒有上班，不大的一樓空間除了管理員的座位就只有兩張靠牆的座椅，還有放在信箱邊讓住戶丟傳單的紙箱。緊急逃生門設在電梯兩側，現在都是鎖著的，需要鑰匙或是從裡面打開，後門落地窗通向和另一棟公寓分隔的防火巷，看起來放了不少雜物。

電梯門一開，許至清走了進去，在重複播放的「管制已暫時解除」中隔著袖口按下四樓。抵達樓層時林承軒已經站在門口等著，鬍渣不知道幾天沒有刮，略微浮腫的眼睛流露出濃濃的疲憊。

許至清這個「網友」出現得突然，但昨天這位父親沒有問太多，此刻也只是拋來一個眼神便側身請他進門。

許至清笑了笑，把剛才買的起酥蛋糕遞給他，「紹翔和我說過您喜歡吃這個。」

林承軒無神地盯著他手中的蛋糕好半晌，默默接了過去。

許至清第一個注意到的是餐桌上好幾天份的便當盒，然後是沙發邊被摔得螢幕粉碎的手機，還有亂糟糟丟在地上的髒衣服。林承軒隨意地把便當盒推到一邊，拉開椅子坐下，對許至清比了個請的手勢。

許至清拿出偵測器，沒有搜出針孔，但在客廳茶几下找到了一個竊聽器——之前鈴鐺拜訪時偷偷確認過，沒有發現任何發信設備，應該是這幾天裝的。許至清對一臉震驚的林承軒搖搖頭，制止他上前，語氣直接地說：「伯父，我希望您不要再查下去了。」

林承軒張了張嘴，神色依舊恍然，看起來還沒有從發現竊聽器的驚嚇中恢復過來。

「紹翔很愛您，要是他知道您為了他快要丟了工作，還可能招來危險，他會很難過的，請您為了他多想想自己吧。」

林承軒嗤笑了聲，拇指和食指捏著鼻梁頂端揉按，指尖像是會直接插進眼角裡。「那是我兒子。」他說：「那可是我兒子啊。他——」顫抖的氣息從鼻子呼出，「我答應過寒假要請假陪他旅遊，假都請好了，他不喜歡溼冷的天氣，我們說好要借住他姑姑家，他好久沒看到他姑姑了。」

「逝者已逝，伯父，您得想想活著的人。」

「碰。」椅子翻倒在地，許至清被一把揪住了衣領。他認得這樣的憤怒，那曾出現在母親臉上，曾滲透進許至清的聲音裡，曾讓他在寒風中跑了一整晚，耳邊都是蒼白的勸慰，說著「你們別把事情鬧得更大」、「已經發生的事情改變不了」、「我們在外面的人只能想辦法不要被拖下水」，還有最常聽到的「想想妳的兒子」。

想想你的孩子，想想你的父母，想想你的伴侶。很卑劣的手段，但很有效。

「我會查出真相的。」許至清在林承軒耳邊低語：「請照顧好自己，替紹翔目睹水落石出的那天。」

林承軒眉頭皺得死緊，不解地看著他。

許至清笑了笑，用力捶了下地板驚呼：「林先生！您怎麼了？哪裡不舒服嗎？」沒有等對方回過神，他立刻跑向廚房，拖鞋在地面上磨出聲響，同時說：「低血糖？您不能再這樣子下去了。坐吧，先喝一點甜的，我去做點簡單的食物給您。」他打開冰箱，對林承軒招招手，「啊，下個水餃可以嗎？」

林承軒在許至清打開抽油煙機時意識到他這是在做什麼，出聲道謝之後來到許至清身旁。在抽油煙機運轉聲的掩蓋之下，許至清附在林承軒耳邊說：「已經有人在監視你了，繼續查下去也查不出什麼，只會打草驚蛇。請先和你妹妹待在一起吧，最好和她一起回南部避風頭。」

林承軒沉沉地看著他，「你到底是誰？」

「紹翔沒有人知道的朋友。」許至清說：「監視你的人還不知道我是誰，我行動上的自由度更大。你留在這裡沒有什麼幫助，倒不如暫時離開，讓掩蓋事實的人放鬆警戒，我也比較好做事。事實上我已經找到幾條線索了，這不是這所學校第一次出這種事，我知道他們在隱藏什麼。」

「那是……？」林承軒嘶啞地問。

「請你先和妹妹離開這裡，到時候會有人讓你知道真相的。」抓住對方動搖的時候，許至清接著說：「我不會說能理解你的感受，林先生，但我也失去了重要的家人，好幾次都做好玉石俱焚的準備，可是我不想隨便揮霍家人保下來的人生，至少要等到能確實帶來改變的時候。」

此刻的他不需要偽裝，只需要讓對方看見真實的自己。

林承軒的眉梢壓了下來，眉頭擠出幾道皺褶，「一個月，我只離開一個月，而且也不會停止打聽消息。」

許至清點點頭，這樣已經夠好了。

「有人來了。」鄭楚仁在許至清正準備離開時說：「兩個成年男性，正在研究門口的電鈴。」

許至清連忙拿出剛剛看到的冷凍水餃往鍋裡倒，直接從水槽注水之後放在瓦斯爐上開火加熱。「有人來找你了。」許至清說：「他們如果問起我的事，不用替我保密。照顧好自己，林先生。」

說完他就轉身離開，同時間房裡的電鈴響了起來。林承軒接通對講機，詢問對方的身分，和跑到門口的許至清對上視線。許至清在關上門前對他揮手道別，轉過身快步走向停在三樓的電梯。

「電梯按上去，你從樓梯走。」

「知道。」

電梯門打開，他閃身按了頂樓的按鈕，接著立刻往逃生門的方向拐。這時另一部電梯已經開始往一樓移動了，許至清推開逃生門，沿著樓梯下到一樓，停留在門邊，直到鄭楚仁告訴他兩個男人都進了電梯，他才推門回到一樓大廳。

「回家吧。」鄭楚仁說，然後不知道是第幾次叮囑：「注意安全。」

許至清勾勾嘴角，從後門離開。

Film No. 002
Title　蔚藍大海

第 8 章

Team

「不用緊張，方老師。」

方俊偉揉揉太陽穴，看向坐在他對面的許至清，「你們這副超商搶匪的樣子，要我怎麼不緊張？」

許至清、洛基和小小都戴著口罩和帽子，他們又身處在尚未完成裝潢，照明只來自裸露燈泡的店面中，也難怪方俊偉覺得不安，要是自己也會懷疑是否問完話就要被滅口了。

他遞給方俊偉一瓶礦泉水，「畢竟我們才第一次見面，這是必要的保護措施。」

「我的腦子理解，但不代表心臟能冷靜下來。要是我再膽小一點，這時候都要叫警察了。」

「這裡沒有訊號。」

方俊偉吐了口長氣，「我知道，叫了警察也不知道是誰會被抓。哎，算了，開始吧。我要說什麼？先自我介紹？哦，不對，你們的訪談都是匿名的吧，事後還會幫我調整聲音是嗎？」

「是，如果有可能洩漏你身分的資訊，我們也會斟酌不要剪進成品。」許至清說：「請先從陳同學的事情說起吧。」

計畫趕不上變化，在他們和方俊偉接觸之前，對方就已經主動找上了陳羽心的父母，坦白他們女兒曾遭受嚴重霸凌，還有當時被霸凌的原因。這位老師一年間一直在低調地進行調查，當初也主動找警方提過陳羽心命案的疑點，但被以案件已經結案為由拒之門外，學校知情後先是警告接著利誘，原本他一直因為證據還不足夠而隱忍著，可是又一次的「意外」讓他忍不下去了。

鄭楚仁在方俊偉直接衝上警局時請人幫忙攔下，告訴他Caroline有意替他說出真相，要他先別衝動，要鬧就由Caroline直接把事情鬧大。

聽說他的回答是：「什麼Caroline？偶像樂團嗎？」

雖然知道不是每個人都看過Caroline的作品，許至清還是有那麼點震驚，也有那麼點屬於死忠粉絲轉為成員的鬱悶。

「陳羽心不是特別聰明的女孩子，但上課很認真。我看過她的筆記，元素表和重要的化學式都抄了好幾次，她不懂得怎麼偷懶，念書都是拚命念拚命背。高二重新分班她進了一類組，我就不是她的老師了，但她學習上有煩惱還是會來找我聊，至少一開始是這樣。

「但不知道從什麼時候開始，她就很少踏進教師辦公室，應該說連進辦公室看起來都像是要踏上行刑臺一樣。我那時候也不是沒有懷疑過，是不是他們班導對她……做過什麼不好的事情？可是從他們的互動看不出端倪，主動詢問時陳羽心也不願意正面回答，『不是你想的那樣』她只是這樣說。

「不是老師，那是同學嗎？我在課餘時間觀察過，也詢問過其他老師，他們都說沒有發現異狀，也要我不要多管閒事。接著我改詢問其他同學，大多數都不願意和我說話，你們應該也知道學生群體的心態，『打小報告』是被排擠的捷徑，是社交上的自殺。」

「大概是引起誰的注意，不久後我就被約談了。」方俊偉嘲諷地笑了聲，「『有人檢舉你和女學生有不當關係，方老師。』黑函附上似是而非的照片，都是我和陳羽心談話時被拍下來的，明明我們不是在人來人往的走廊上，就是在根本沒有私人空間的辦公室，但在有心人的鏡頭下，任誰站在一起都能被拍出一千種曖昧。我知道這是個警告，要我在課堂外和學生保持距離，不要再關注這件事。」

他捏捏鼻梁，吐了口長氣。

「有一天陳羽心突然來找我，帶著一大疊小考考卷，還有段考期末考的考題。我擔心又有人盯著我們，當下就帶著東西離開，午休時間才到車上拿出來看，陳羽心畫出了所有被提前洩漏的題目，還有一張他們班導指著考卷的照片。這些要說是證據其實說服力並不高，剛好指到後來考出來的題目又怎麼了？考題論述方式又不完全相同，也許只是老師針對自己認為的重點，潛意識出了差不多的題目，而且小考這麼多，學生哪能全部記起來，這算什麼洩題？

「班導都是一邊和她交代事情，一邊指著考卷讓她做記號的，錄音也錄不到什麼，除非能回到老師第一次向她洩題的時候。只有那一次，老師說了『這幾題是重點』，不過就連那也無法成為關鍵性的證據。」

方俊偉閉上眼睛，雙肩頹喪地垂下，「等回到學校，就聽到陳羽心『意外』過世的消息，除了我手上那疊效果有限的證據，我也想不到其他可能讓她被攻擊的原因。可笑的是在她告訴我之前，我完全不知道身邊的同事原來有人在做這種事，還不只一兩個，而是大多數，我也沒有想過這所學校為了掩蓋事實能做得多過分。」

「之後我和交情不錯的朋友談過，她前陣子才發現任職的學校有嚴重的收賄問題。明明身在其中，我們怎麼會什麼都不知道？她說『你現在知道了想怎麼做？這就是我們被蒙在鼓裡的原因』，原來做該做的事情在這些人眼中是『冥頑不靈』。現在我班上大多數的學生也對我很不滿吧，在他們眼中我是個正義魔人，不洩題是在害他們，而不是為了他們好。」

「『大家都是這麼做的。』」他搖搖頭，「這是我最討厭的一句話。」

許至清側頭和洛基對上視線，洛基眼神比什麼時候都要認真，眉頭蹙起，眉梢微微下壓成不明顯的八字形。他整理好自己的思緒，看了眼手中的筆記，「當下你沒有和陳羽心的父母提過這些。」

「我怕他們做傻事，在證據不足、毫無勝算的時候告訴他們這些有什麼用呢？現在想起來是我太一廂情願了，不該剝奪他們的決定權。都一年了，我不也什麼都沒做到嗎？也是我覺悟不夠吧，一直沒有做好讓自己過去的努力毀於一旦的準備。」

「但現在不同了。」方俊偉扯扯嘴角，「如果我再不做些什麼，就不是自己最初想當的那種老師了。」

他蒐集了更多的小考和段考考題，並且彙整不同學生的成績做分析。有不少學生特定科目的成績從一年級到二年級有不正常的飛躍，九成九都是二年級班導教授的科目。這些老師帶的班級平均成績大多也高過年級平均，和方俊偉自己的導師班差距尤其明顯。

但這些都無法作為決定性的證據，無法排除某些老師確實比較擅長教學和帶班的可能，有問題的老師也沒有笨到把洩漏的考題原封不動地放在同一張考卷上。

「我沒有教過陳羽心二年級的班級，不知道她的同學都是怎麼樣的人。林紹翔我倒是有教他們班化學，不過沒有發現什麼，他們班感覺還滿團結的吧，起碼有年級活動或是競賽的時候都很認真，得了不少名次，連掃除工作也經常得到嘉獎。」

他搖搖頭，「要是我念書那個年代，能帶到這樣的班級都要燒香感謝老天了。不過在這種環境下，還真不知道團結和聽話是不是好事。」

答案大概是否定的。

訪談結束之後許至清替鄭楚仁轉達實為指示的建議：先低調行事，在藏好自己的前提下提供資訊，剩下的就由Caroline負責。方俊偉表情有點不爽地答應了，「我知道我一個人很難做到什麼。」他扯著頭髮說：「哈……真是窩囊。」

「可是有只有你能做到的事。」許至清說：「方老師，請保護好你的學生。」

方俊偉的神色銳利起來，「什麼意思？」

「可能有林紹翔的同學會找你們班的人麻煩。」

「為什麼？」

「我答應當事人不讓你知道。」許至清搖搖頭，「麻煩你多花一點心思了。」

方俊偉皺著眉頭，過好半晌才哼了聲，「我本來就會保護我的學生。」

他們是裝作裝潢工人來到這裡的，離開時也搭著同一臺卡車，半路放下方俊偉之後換車回家。平時總是第一個開啟話題的洛基反常地安靜，看著窗外不知道在想什麼。剛剛一直在車上等他們的鈴鐺拍了下小小，讓她從副駕駛座前方的置物箱裡拿出一把棒棒糖，「要嗎？」

許至清道了聲謝，自己咬住一根，也撕下另一根的包裝，湊到洛基嘴邊。

「什麼口味的？」洛基舔了下，整張臉立刻皺起來，「好酸，明明是橘色的怎麼吃起來像檸檬，這是詐欺！」

熟悉的聲音和語氣讓許至清放鬆了一點，「我這根是甜的，要交換嗎？」

「哇，蝦仔，你這樣我都要愛上你了。」洛基捧著胸口說，和許至清交換了棒棒糖，在一口含住時露出被背叛的表情，「蝦仔你變了！你bad bad！難道是這段時間演壞男孩入戲太深了嗎？快把我們家善良的蝦仔還來！」

許至清笑了好一會，「我那邊還有巧克力餅乾，回家之後分給你吃。」

「你覺得這樣我就會原諒你嗎？」洛基哼了聲，「沒錯，我會！誰叫我人美心善有容乃大呢？」

小小噗哧一聲，「你好像沒有奶吧，洛基，鈴鐺奶都比你大。」

「我們有誰奶比鈴鐺大的？」洛基回嘴，「Sandy都沒有他有料。」

鈴鐺翻了個白眼，「你們夠了，我這是胸肌懂嗎？胸肌。」

「胸肌就不是奶了嗎？奶是超越性別的，鈴鐺，男孩女孩嬲孩都有奶，不然要是我練出你這樣的胸要叫奶還是胸肌？」

「你再奶來奶去我都要不認識奶這個字了。」

「奶奶奶奶奶奶——」

「回收場！」小小喊：「洛基又壞掉了！我們得換個新的！」

許至清手臂抵著嘴，笑得全身發顫。洛基給了他一個笑容，把頭靠在他肩上，略長的頭髮落在眼前，怎麼吹也吹不開。許至清看著他掙扎了一會，出手替他撥開瀏海。

「接下來該怎麼做呢？」洛基說：「洩題的事情知道得差不多了，陳同學和林同學發生了什麼事大致上可以猜出來，不過都沒有證據。雖然這樣也不是不能播……最好還是找到願意說話的目擊證人，之後還得考慮該怎麼揭露這整件事情。」

「老大最近在接觸殯儀館的人。」許至清說：「警戒心很強，不過老大幫他解決了一個麻煩，對方好像態度鬆動不少。」

「你怎麼知道的？」小小詫異地問。

「我問他的。」許至清歪著頭，「他沒告訴你們嗎？」

「鄭哥一向都是有結果才會讓我們知道。」鈴鐺解釋：「以前問他也只會說『到時候告訴你們』。」

「嗯……以前是以前，現在你們再問看看？」

洛基拳頭敲在掌心上，「啊，畢竟老大還在學 Team 是什麼意思嘛，以前學不到一成，現在懂了三成，從良不當蛤蜊攻了，很合理。」

「……蛤蜊攻是什麼鬼東西？」鈴鐺問。

「不說話 clam up 的 clam 不是蛤蜊嗎？上面的蛤蜊就是蛤蜊攻啊。」

許至清被逗得止不住笑，洛基也跟著笑了起來。小小回過頭，一臉一言難盡地看著他們兩個，「洛基啊，你看蝦仔這麼一個好好的人都被你帶歪成什麼樣子了？」

「什麼叫帶歪？」洛基忿忿地說：「而且他本來就是幽默感跟我一樣有sense的人好嘛？」

鈴鐺插嘴道：「這話題怎麼又歪到太平洋去了。」

「只要有洛基在不是每次都這樣嗎？」小小搖搖頭，「總之老大那邊也許能問到屍體火化的狀況，其他也只能繼續查了。我跟小Phi有問到公正高中幾個學生這陣子一直沒有去補習，說是身體不大舒服，也許是那晚看見了什麼，所以精神狀態不好也說不定。」

「方老師也可能得到更多線索。」許至清說：「要是林紹翔班上真的有人去找他們班的麻煩，那些人很可能就是跟林紹翔產生爭執的人。」

洛基嘆口氣，「希望Sue那邊也有更多發現，陳羽心的父母現在還滿信任她的。」

他們好像做了很多，又好像什麼都沒做到。許至清撇開內心的氣餒，「再不行我還可以去堵陳羽心跟林紹翔的班導。」

「鄭哥要是聽到就要罵你了。」鈴鐺嘖了聲，裝出嚴厲的語氣說：「安全第一，這四個字你是哪裡聽不懂？」

「任務再怎麼樣都沒有大家的安危重要。」小小答腔。

洛基也加入，「你們都是我的人，不准隨便冒險。」

「老大會說『我的人』嗎？」許至清忍俊不禁，也用鄭楚仁平時的語調說：「要是做不到保護自己，就給我留在家裡打雜。」
「嘶——蝦仔你也學太像了。」洛基搓了搓手臂，「想當年我就被老大禁足過，幫大家丟了一個禮拜的垃圾。」
「那是你活該。」小小頓了頓，「我好像洗了一個禮拜的碗。」
許至清看向鈴鐺，鈴鐺後照鏡裡的眉頭揚了揚，「我就是個負責化妝跟開車的，本來就沒什麼冒險的機會。」
「除非是半夜兜風被我跟小Phi罵。」小小插嘴。
「哎，下一次一定提前交代。」
小小哼了聲，「你哪次不說下一次？」
許至清彎彎唇，他其實可以理解鄭楚仁對這群伙伴的保護欲從何而來，如果是為了這些人，許至清也沒有什麼是不願意付出的。
「我們在這邊煩惱這些，」鈴鐺搖搖頭，「說不定鄭哥早就有計畫，只是還沒告訴我們。」
洛基和小小都一臉同感的樣子。許至清皺起眉頭，完全可以想像這個可能性，「那我就要念他了。」
車內其他三人同時「哇噢」了聲。

「聽說你被蝦仔壁咚了。」

「……什麼？」

「不會吧，老鄭，你不知道壁咚的意思？」Sandy 邁著長腿走到鄭楚仁面前，一雙手臂把他困在流理臺邊，「如果這邊有一面牆，這就叫壁咚。」

鄭楚仁皺著眉，「別妨礙我做事。」

「嘖，林大小姐比你可愛多了。」

鄭楚仁翻了個白眼，沒有理會她，回過頭繼續剪他的菜。

他知道 Sandy 指的是哪件事，許至清確實昨天意外把他壓在牆邊，這個意外的名字就叫「洛基」。這兩個年輕人已經成了無比親密的朋友，也不知道是洛基還是許至清個性的關係，或者是他們恰好處得來。

「鄭叔叔！我們有事情要問你！」那時洛基一邊喊他一邊推著許至清跑過來，結果剎車不及撞上了許至清，許至清連忙伸手撐住鄭楚仁背後的牆，額頭差點和他撞在一起。

結結巴巴道了半天歉，許至清才解釋清楚是想問殯儀館那邊的進度，還有鄭楚仁接下來的計畫。鄭楚仁意識到自己再次習慣性把尚未確認的想法都藏在心底，沒有讓身邊的伙伴知道，他答應在今天開會時告知大家，接著洛基就搭著許至清的肩膀離開了。

總之就是場平凡而無傷大雅的小插曲。

鄭楚仁拌開平底鍋裡的油，熱了之後把蛋包的配料丟進去。Sandy 喜歡在她的蛋包裡加黑豆、墨西哥辣椒和酪梨。說實在鄭楚仁不大能習慣這樣的口味，也依舊吃不慣做成鹹食的紅豆和綠豆，不過這些都是Sandy在外頭吃不太到的菜餚，也就鄭楚仁會做給她吃了，因此他們兩個人吃飯時經常坐在同一張桌子吃完全不同的食物。

「妳有想法了嗎，」他問：「這次應該怎麼呈現。」

「為什麼你問問題的時候語氣這麼不像問句？中文的問句語調不是應該更上揚一點嗎？」

Sandy搖搖頭，「你也真夠厲害的，監視錄影畫面都能一個人偷回來。」

她的重音放在「一個人」，鄭楚仁知道她是在責怪他，不過還是說：「剛好有機會，錯過了可惜，我知道自己在做什麼。」

Sandy投降地嘆氣，「你什麼時候不知道自己在做什麼了？」

「妳還沒回答我的問題。」

「你這個人真的很不可愛。我是有點想法，知道轉描動畫嗎？這次偷拍畫面占多數，影像品質也只算是堪用，跟攝影機拍攝的效果差太多。我和Phi聊過，他前陣子在研究用機器學習輔助的轉描動畫，只要畫幾個關鍵影格，剩下的可以交由機器跑，把影片變成動畫，看起來效果不錯，也能保護拍攝對象的身分。」

「等等讓我看看。」鄭楚仁點著頭說，端著兩盤蛋包往餐桌走，「陳羽心父母那邊怎麼樣？」

「他們讓Sue幫忙搜索陳羽心的手機和電腦，一年前警方還回去的時候說沒找到什麼，他們又不大懂電子產品，最終相信了意外的解釋，就沒有再請人查下去。」Sandy嘆口氣，「說真的，我不確定是希望他們找到線索還是不要找到。」

鄭楚仁理解地點點頭，要是知道因為提前放棄而錯過了真相，他無法想像他們的罪惡感會有多重。「Sue呢？」

「她？就跟平時沒有兩樣，你也知道她的個性，逞強第二名，有煩惱也不會說出來。」Sandy吞下一口蛋包，動了動眉毛，不用明說鄭楚仁也知道她心目中的逞強第一名是誰。他沒有給Sandy把話說出口的機會，直接換了個話題，「妳最近很常廣播。」

Sandy斜了他一眼，「畢竟大家都很忙，就我不大適合蒐集情報的工作，多做做電臺節目轉移注意力也好，這個環境也不怕沒有東西可以聊。」

「注意分寸。」

「我知道。」Sandy擺擺手，「就是追蹤一下小霜那件事的後續，還有最近加強取締禁書的新聞。這下學校又要開始天天搜學生的書包了，實在是沒完沒了。」

鄭楚仁高中時候也遇過幾次這樣的搜查，那時他家中比外頭更沒有隱私，要看不被允許販售的書本不是在陳晏誠他們的據點，就是在學校和同學偷偷交換著看。他還記得學校第一次突擊檢查時同學慌亂的反應，當時是張芯語當機立斷，跑到教室後陽臺搬出紙類回收箱，讓大家趕緊把違禁品都丟進去，才平安度過了危機。

高中時張芯語是全班最主要的違禁品供應人，禁書、漫畫、電影光碟，從「不符主流價值」

到「違反公序良俗」到「煽動反叛情緒」的內容都有。班上還有傳言說她家是走私商，才拿得出這麼多違禁品，不過鄭楚仁知道事實是什麼——張芯語的父母在內容審查機關工作，照理說不能把審查標的帶回家，審查結束之後也應當銷毀，但規定是一回事，執行面並沒有那麼嚴格，也就給了張芯語鑽漏洞的機會。

鄭楚仁一直都覺得荒謬，這些審查員應該要是體制中最清醒的一群人，看到的反主流言論比一般人都要多太多，但他們卻一直在當思想的守門員，將可能傷害現狀的內容都拒於門外，寧可錯殺不願錯放。

幾年之後張芯語和他解釋過，一個出版品會有兩個人審查，要是另一個人認定該作品不應該流通，也能找到足夠的理由，而你卻給出了通過的判斷，不僅會扣薪，也會在記錄中記下一筆。上頭還會不定期抽查底下通過的作品，被抓到放水的人同樣會被記警告——很顯然這並沒有具體的判斷標準。記錄多了丟飯碗事小，嚴重的還可能被徹查過往的審查記錄，最後因危害國安被判刑。

在這樣的氛圍下，審查標準自然會變得愈來愈嚴格，張芯語好幾次勸父母離職，但這鐵飯碗一旦拿起來就很難脫身，太容易被懷疑是否產生了異心。現在回想起張芯語後來的決定，鄭楚仁是感慨多過憤怒，他們需要考量的事情畢竟不同。

「最近銀樓那邊怎麼樣？」

「老樣子。」

「喔，所以不大需要你。」

鄭楚仁輕哼，「本來就沒有需要過。」

「家裡呢？有麻煩嗎？」

「沒有交集。」

「你還是很不會聊天。」

「是妳問的問題沒有意義。」

Sandy的回應是又長又直的中指。第一次見到她是在許老師的新歌發表活動，「欸，那位外國來的朋友。」主持人在歌迷互動時間時這麼說，讓Sandy上臺玩歌詞克漏字。然後在許老師的演唱會、跨年表演活動、簽唱會、綜藝節目現場，「那位外國來的朋友」幾乎總是會被注意到。鄭楚仁會記得她一部分是因為羨慕，她不知道已經和許老師握過幾次手了，還有一部分是因為Sandy不屬於華人的面孔和身高確實顯眼。

「不覺得困擾？」鄭楚仁在和她熟識起來之後問過。Sandy說她因此得到許老師的擁抱，平時煩一下又怎麼樣呢？炫耀的語氣讓鄭楚仁都想打她了，但在往後的日子，他漸漸意識到這張臉為Sandy帶來的麻煩。

從同圈子的粉絲到現在的同伴，鄭楚仁很感激有她補足了自己沒辦法做的事情。他是這個團隊的領導者，但會在現場盯著拍攝，會和Sue一起通宵剪片，會想像成品該有樣貌的都是Sandy。鄭楚仁沒有足夠的時間，真要做也不會有Sandy做得好，如果她願意像張芯語那樣違抗自己的內心，也許早已在藝文圈中站穩腳跟。
不過用她自己的話來說，她寧可去清水溝也不想和審查體制玩這種遊戲。
「跟你說話就像在跟鱷魚打架一樣。」Sandy嘆氣，「要是你不想開口，根本撬不開你的嘴。」
鄭楚仁沉默了一會，「妳也會覺得不受我信任嗎？」
「我習慣了。」Sandy擺擺手，「我知道你不是不信任我們，只是隨時隨地都做好了出事的準備。要是其他人出事，你會不計代價把人救出來；要是你自己出事，你只會盡你所能不讓我們牽扯進去。你沒有傻到看不出問題，老鄭，只是你對自己太不重視了。蝦仔也有這個毛病，但他好歹還會依靠其他人。」
這不是她第一次說這樣的話，也不是第一次有人對鄭楚仁說這樣的話。「我在試著改了。」他說：「能讓你們知道的事情，我會儘快讓你們知道。」
Sandy翻了個白眼，「『能讓我們知道的事情』，你這叫改？」
鄭楚仁聳聳肩，被Sandy踢了一腳。
中午過後Caroline其他人過來開會了，先是各自總結這一星期的調查進度，接著是鄭楚仁承諾要說明狀況的時間。許至清在聽到他自己去偷監視錄影畫面時看了他一眼，更準確地說是用眼神刺了他一刀。接著他說明監視錄影畫面在林紹翔被火化那天曾經中斷過，中斷時間差不多就是火化一具遺體所需的時間，而且門口有拍到一輛廂型車在同一時段離開的畫面。

至於遺體狀況的問題，當時負責火化的員工沒有留下證據，也不是鑑識專業人員，分辨不出意外摔死和被推下樓梯的差別，只說最主要的傷在後腦勺，還有腹部看起來有瘀傷。

「拍到的不是救護車而是廂型車，很可能是殯儀館直接開接體車把人載走的，我看能不能問出當時搬運屍體的是誰，還有殯儀館到底和學校有什麼利害關係。至於你們就繼續做現在在做的事，拜訪請假在家的學生這個線索可以嘗試。

「陳羽心的電腦和手機會是重要的線索來源，Sue妳看看她父母願不願意讓妳把東西帶走，小小好幫妳查，如果不願意，就讓小小教妳該怎麼做。小Phi找個理由辭職，有人在追查林紹翔命案的消息差不多要傳開了，你先從前線調查退出來，開始實驗影片轉成動畫的效果怎麼樣，等等讓我看看。」

鄭楚仁頓了頓，一邊用手指敲著桌面一邊問道：「有問題嗎？」

Sandy哼笑了聲，許至清則是像個乖學生一樣舉起手。

「蝦仔？」

「我們出去都會帶著後援。」許至清說：「老大你去問話的時候也該帶上我們，至少要有一個人在附近。如果遇到可能有問題的情境，最好能和跟著你的人保持通話。」

「我一個人可以脫身。」

「要是有人追著我跑，我比老大你要能甩掉對方。」

「多的是不用跑也能脫身的辦法。」

許至清用審視的眼神盯著他看，板起一張臉，「有人在附近待命也不會妨礙到你，你這樣堅持自己來，是不是因為要是出事了，我們根本不會知道？知道的時候也太晚了，你要不是已經解決了麻煩，就是惹上連你都無法解決的麻煩，而你希望我們躲得遠遠的。我說的對嗎？」

鄭楚仁忍不住笑了，許至清的說法和他想的八九不離十，也不知道是什麼時候意識到這件事的。他看著房裡暗自交換眼神的伙伴們，小Phi每聽許至清說一句就點頭一次，小小掩著嘴在偷笑，鈴鐺看上去有些心不在焉，Sue和洛基湊在一塊說著悄悄話，Sandy則是明目張膽地對許至清比出兩個大拇指。

「要是你不願意，我們就輪流跟蹤你。」許至清說。

這樣的話也能用如此真誠的語氣說出口，鄭楚仁實在拿他沒有辦法，只能點頭同意。

Film No. 002

Title　蔚藍大海

第 9 章

天真

鄭楚仁沉默地看著螢幕上一張張照片，記錄著數個月的欺凌和傷害，就算是再沒有專業知識的人也能認出背後的惡意，這不是能用意外解釋的結果。為什麼不去驗傷呢？為什麼不求救呢？曾經的他也許會問這樣的問題，但現在的他太清楚惡意的環境能如何教會一個人求救的徒勞。

他看向坐在身旁，神情覆蓋著寒霜的Sue，他想自己永遠也忘不了第一次見到她的那天。「這個他們說是被油燙到的。」當時還未成年的她指著手背上被菸燙出來的痕跡說，接著撩起衣襬，露出鈍器砸出來的瘀青，「這個他們說是摔出來的。」然後是臉上尚未完全癒合的燒傷，「這個他們說是小孩子好奇弄出來的。」

他們怪罪小孩子不小心、怪罪小孩子貪玩、怪罪小孩子沒有大人照顧，像是無法想像成年人可能對自己的孩子抱持著這樣的惡意，或者應該說是刻意忽視了這樣的可能性。

「不要讓小Phi和鈴鐺看到。」Sue低聲說：「他們受不了的。」

那麼妳呢？鄭楚仁沒有問，而是用沉靜的語氣說：「她會這樣自己記錄這些證據，也許是最初帶著傷找過大人，卻沒有受到重視。她的父母不知情吧？」

「嗯，她應該也不會找自己的班導，可能是學校其他師長？保健室？」

「我會問一下方老師。」鄭楚仁按著膝蓋起身，「要喝點什麼？」

Sue癱在沙發上吐了口氣，「如果我說酒呢？」

「現在才早上九點。」

「那就熱可可。」

「好。」

鄭楚仁打開櫥櫃，從各種不同的茶葉和咖啡之中找出可可粉的罐子，接著倒了些牛奶用微波爐加熱。他和Sue都不是善於談心的人，才會讓身邊圍繞著把心臟繫在袖口上，將關心寫入本能的同伴，像是洛基，像是小Phi，像是許至清，他們毫不掩飾的在乎也許無法直接治癒傷痕，卻能讓療傷的過程變得容易一些。

「陳羽心的父母情況怎麼樣？」

「不好。」Sue簡單地說：「我會看著他們。」

「什麼時候要告訴他們Caroline的事就由妳判斷，到時候讓方老師和他們說。」

「好。」

「需要幫忙就告訴我。」

「知道。」

「可可要加棉花糖嗎？」

「我要小顆的那種。」

「妳自己看要加多少。」

她往熱可可撒了一把每顆只有小指甲大的棉花糖，雙手捧著杯子，抿著杯緣小口小口地喝，蒸騰的熱氣升起一抹氤氳的紗。鄭楚仁拿著平板，再次審視過每一張照片，施加在陳羽心身上的暴行隨著時間流逝愈來愈大膽，最後一次記錄是她死前的晚上，也就是她把收集起來的考卷交給方俊偉的前一天。

游泳課之後就是午餐和午休，幾個人缺席不會太明顯。是故意挑這個時間找陳羽心麻煩嗎？也許負責游泳池的清潔人員會知道些什麼，他們的人不容易問到這些資訊，是否要找方老師幫忙？還是找個不同的名頭？有可能偽裝成環保局的人去進行稽查嗎？不，這段時間公正高中的人員管制只會更加嚴格，他們連要進門都很困難。

先和方老師聊聊，評估一下風險。鄭楚仁這麼決定。不需要直接找出真相，只要問問負責游泳池清潔的有誰，還有陳羽心死後是否有人被解雇或離職，剩下的就由他來。

「我的直覺告訴我，你又在想會被蝦仔罵的事情了。」

鄭楚仁輕嗤，「他那也叫罵？」

「他板起臉其實還滿有威懾力的，你不覺得嗎？」

被許老師的故事荼毒多年，他實在很難把許至清和威懾這兩個字扯上關係，畢竟這位炫兒狂魔好幾次說過：「我們家至清曾經因為我受了傷還繼續表演（或是感冒繼續工作，或是熬夜為歌迷簽名）跟我鬧脾氣，眉毛都擠在一起了，像是這樣（他捏住自己的眉心向下壓），是不是很可愛？」

要是許老師還在，他大概也會說：「你看，至清都氣到說不出話了，是不是很可愛？」

「好吧，你不覺得。」Sue慢吞吞地說，看起來快要睡著了，「畢竟你才是臭臉王……或是白眼王？」

鄭楚仁眉毛一挑，他倒是很少聽到Sue這樣和他說話。

「睡眠不足，說了什麼我都不負責。」

鄭楚仁在下意識翻白眼之前頓了頓，忍住拍她頭的衝動，免得她打翻手裡的熱可可。「想睡就睡。」他說：「我出門一趟，妳是要待在這裡，還是去洛基那邊？」

「沒有回自己家這個選擇？」

「需要有人看著妳，讓妳不要睡沒多久又爬起來整理素材。」

Sue「哈」了聲，懶散地站起來，「我要跟蝦仔告狀，說你又要一個人出去，不知道是去做什麼。」

鄭楚仁擺擺手，「隨妳。」

這就是為什麼鄭楚仁在一身林小姐的裝扮去找陳晏誠的外甥時，負責開車的會是許至清。這是許至清第一次看到他這副扮相，等紅燈時視線忍不住頻頻往副駕駛座飄，讓鄭楚仁都有點在意是否哪裡露了餡。等許至清第十多次看過來，他終於開口問：「怎麼了？」

許至清明顯恍惚了一會，還需要鄭楚仁提醒他注意開車。

「很奇怪？」

「不會！」許至清連忙說：「你……這樣子很好看。」

鄭楚仁難得起了逗人的念頭，也許是年少時當林大小姐的時間比鄭小少爺要多，這種時候他的心態總會變得和當時的自己接近一點。「你喜歡這種的？」

「不——我不是那個意思。」

「我平時就不好看了？」

「你平時也好——」許至清耳朵倏地紅了，「老大你別鬧我了，再怎麼化妝不都是你嗎？」

鄭楚仁輕笑，這種時候他不得不同意許老師說的話，許至清確實是個可愛的人。

在陳晏誠的茶館一個街區外停車，鄭楚仁要許至清一個半小時後再回頭接他就好。往茶館的方向走去，蕭郁書已經在門口了，注意到他時揮了揮手，喊他：「林姊。」

「你不用在外頭等我。」鄭楚仁說。

蕭郁書搖搖頭，「剛剛在抽菸，才沒有直接進去。」大概是注意到鄭楚仁皺起的眉頭，他連忙解釋：「我偶爾才會抽一兩根。」

鄭楚仁沒有在外頭多問，「走吧。」

他們對這裡的環境都很熟悉，進包廂之後不用看菜單便點了一壺茶和一份麻薯。蕭郁書是陳晏誠妹妹的兒子，和他長得很像，都是一副容易讓人信任的老實臉。不過蕭郁書的輪廓要再更有稜有角一點，身材也比他舅舅要高壯。

「最近怎麼了？」鄭楚仁問：「壓力很大？」

「就老樣子。」蕭郁書抓抓頭，「朝令夕改，紅線一降再降，我不知道什麼時候會輪到我們報社。」

「你舅舅就是這樣才反對你當記者。」

「那他自己就能當情報頭子？」

鄭楚仁微微苦笑，「說得有點誇張了。」

「蒐集把柄，理清政府內部的關係網，幫助自己人打入權力中心，這不是情報頭子是什麼？」

陳晏誠一開始打算完全把外甥蒙在鼓裡，但偏偏蕭郁書生性固執，調查和問話的能力又和母親一樣出色，先是發現許多地方官員在茶館進行地下交易的證據，忍著怒氣繼續追查下去，又發現社運組織成員同樣會在這裡會面。最後他帶著自己的發現跑來逼問陳晏誠，陳晏誠才向他承認了真相。

據說這對甥舅因此冷戰了一個月。要是陳姊還在，也不知道是會覺得欣慰，還是會為自家大哥和兒子之間的溝通障礙感到無奈。

「他已經盡可能在保護自己了。」鄭楚仁說。

「我也不是完全不在乎自己的安危。」蕭郁書說：「何況我們主編也不想被抄家，多少會權衡一下報導的力度。」

「你們心裡有數就好。」

茶和茶點送過來，蕭郁書便主動接下泡茶的工作。鄭楚仁並不算是個講究的人，起碼在這樣儀式意義大過實質效果的事情上是如此，最多注意一下水的溫度和泡茶的時間，未曾依循過正統的作法。不過陳晏誠很喜歡茶，也喜歡圍繞著飲茶這件事的各種文化，在耳濡目染之下，蕭郁書對這些儀式也相當熟悉。

聞香杯斟滿了金色的茶水，沒等鄭楚仁反應，蕭郁書就替他把茶倒進較為寬口的茶杯中，嘴角微微勾起。鄭楚仁第一次和陳晏誠喝茶時直接用了聞香杯喝，即便是在知道自己的錯誤之後，他依舊經常這麼做，就為了看陳晏誠那張總是笑咪咪的臉變得扭曲。

「今天找我有什麼事嗎？」

「我就不能是為了敘舊？」

「像你這樣的大忙人，就算要敘舊也會是做正事的時候順便。」

鄭楚仁沒有否認，「有幾個問題想問。關於公正高中的上層你了解多少？」

蕭郁書的反應一如往常地快，「最近有學生死後屍體立刻被火化的那間學校？」

「是。」

「如果我沒記錯，雖然校長本人在學校之外沒有什麼影響力，但他女婿家裡有錢有勢，背後有來自政界的支持。」

「做什麼的？」

「房地產開發。如果你有接觸的必要，我會建議從他們的基金會下手。不過就我個人立場來說，我不希望你調查到他們身上，風險太高了。」

鄭楚仁沉吟了聲，「謝謝。最近加強取締禁書的事情呢？你知道多少？」

「不多。目前只知道是走私違禁品引起的風波，暫時無法確定影響會有多大，也許打壓國內媒體的力度會因為人力分散而減低，又或許打壓力度反而會為了以儆效尤而變強，只能持續追蹤了。」

「違禁品……現在還有官方以外的人能帶違禁品進來？」

蕭郁書聳聳肩，「也許就是官方的人？也不是沒發生過這種事。」他的視線落在鄭楚仁下意識開始敲桌面的手指上，「怎麼了嗎？這樣的事情每幾個月就會來一次，目前看起來，這次取締應該沒什麼不同的地方吧？」

鄭楚仁眉頭聚攏起來，強迫自己停下手指的動作，「官方媒體太安靜了，要是平時，現在電視上應該鋪天蓋地都是譴責非法流通違禁品的新聞。」

「你懷疑這件事不簡單。」

「嗯。」鄭楚仁嚴肅地補充，「你們報社多注意一點，先不要碰這個故事。」

「那你呢？」

「我們盤子上已經夠多東西了，沒有心力多做什麼。」

蕭郁書對上他的眼睛，像是在確認話語的真實性，接著才滿意地點點頭，替鄭楚仁又斟了一杯茶。

「談得怎麼樣？」許至清在他上車時問。這次鄭楚仁沒有像過去習慣的那樣坐在後座，方便直接換裝，而是如同過來的時候坐在副駕駛座，只把衣服背後的固定鉤弄鬆了一格。

即便這樣許至清還是紅了耳根，視線定定地落在前方。鄭楚仁沒有再調侃他，敲著膝蓋說：「還可以。」

許至清的視線瞥向他的膝蓋，鄭楚仁按住手，怎麼一個兩個都發現了他這種無意識的小動作？鄭楚仁有點懊惱，要是在談判桌上也任由情緒這樣洩漏出來可不行，即便是在能夠信任的自己人面前，他都不該養成這樣的習慣。

「剛才確認了一點事情。」鄭楚仁主動說：「一個和我們在做的事情有關，等這次製作完成，在後續安排播映的時候也許用得上。另一個和我們在做的事情不算有關，我也希望Caroline不會被牽扯進去，只是先有個心理準備，如果真發生什麼事，也比較好應對。」

「你知道自己這樣有說和沒說一樣吧，老大？」

「知道。」

「說好的信任伙伴呢？」

「能告訴你們的事我會盡量讓你們知道。」鄭楚仁想了想，「我擔心的是播映之後學生的反應，就算沒能罪證確鑿，公正高中這次推薦入學的名額勢必會受到影響，很可能會有學生接受不了，也許還會展開獵巫行動，試圖找出洩密的人，被牽扯進去的老師也可能在背後推波助瀾。」

許至清安靜了半晌，沉著聲音說：「我沒有考慮過這些，只想著要讓林紹翔和陳羽心過世的真相水落石出，他們的父母才好繼續走下去。」

「那樣想也沒錯，作弊就是作弊，參與或漠視了霸凌發生的孩子都不無辜，每個人都需要為自己的行為負責。不過總會有沒做錯事情的人受到波及，我也不希望沒有鑄下大錯的人在群情激憤下做出不可挽回的事。」

「……那要怎麼做？」

「你大概不會喜歡。」鄭楚仁笑了笑，「讓公正高中的教職員檢舉其他學校，把更多人拖下水，影響的對象多了，今年推薦入學不是直接取消，就是連公正高中的份也繼續照常舉行，只對個別老師和學生開刀。到時候，他們才是『少數』。」

許至清不需要說話，鄭楚仁也能從他身上感覺到纏成一團亂麻的情緒。他總是認真地在思考，這是鄭楚仁很欣賞他的一點。

「要是推薦入學照常，不就只是每個人打了一下手心嗎？」許至清說。

「就算是這樣的環境間接造成了兩個學生的死亡。學校會淪落成這副模樣，不也是因為大環境的問題？繼續追究下去能追究到多靠近源頭？何況我並沒有說要放過害死林紹翔和陳羽心的人。」

許至清臉上出現頓悟的表情，「又要讓幾個人被推出去承擔全責了？」

「不然你想怎麼做？」鄭楚仁問，並不是在質疑許至清，而是真的想知道他的想法。

「我……」許至清沒有立即回答，等車子開進Caroline基地的地下停車場，才開口繼續說：「我知道如果不這樣分散責任，也許還會有學生因此受傷，甚至更糟。但如果大多數犯錯的人沒有面對相應的後果，他們不用多久就會繼續做一樣的事情，不是嗎？至少……如果推薦入學全數取消，作弊的學生就得靠實力面對大考，沒有作弊的學生多少會有點優勢，學校也會更看重洩題的問題。」

「至於學校掩蓋學生死因的事情，我知道沒有確切證據很難做什麼，也知道就算有了鐵證，要是應該負責的人位高權重，我們還是沒辦法真的做什麼。只能盡量調查，把真相公布出去，保護好提供我們資訊的人。但未成年人的死……就算是現在的社會，應該還是能引起足夠的批評聲浪吧？在乎孩子的家長還是占多數，如果學校不做點改變，他們怎麼敢把孩子送去上學？」

鄭楚仁點點頭，「我知道了。」

許至清嘴角微翹，「知道了，但不一定會採納？」

「得看看實際狀況，最終還是——」

「——安全第一。」許至清替他接話，「你的安全也是，老大。」

「不然你和其他人就要當我的跟蹤狂，我知道。」真有需要的時候他總有辦法讓他們跟不過來，鄭楚仁想。「午餐一起吃嗎？我昨晚做的滷肉還剩不少，再炒個菜就可以了。」

「好。」許至清將車子熄火，「菜我來切。」

鄭楚仁翻了個白眼，「我不是每次用刀都會切到手。」

許至清不算大的眼睛彎成兩道新月。還是笑起來比較順眼，鄭楚仁想。

線索和證據是他們需要的，在大家的努力下一個個取得時感覺卻不像是勝利，只是再一次看清了善意的敗北。

陳羽心的電腦給了他們肢體霸凌的證明——不過是簡單地將資料夾設為隱藏，畢竟真正用以加密檔案或限制存取的軟體都需要特別申請才能購買使用，一般學生不容易取得。她的手機在經過檔案復原之後，則是發現了無數辱罵的訊息，不堪入目的用詞讓人難以相信來自高中生，或者應該說是讓人不想相信，汙言穢語中唯一的安慰來自「樓樓」。

一則則關心的訊息被複製存在備忘錄中，像是手機的主人想要隨時回顧，最後卻被全數刪除，不是在陳羽心死後，而是死前。應該是她自己刪的，也許是怕把朋友拖下水。

詢問過方俊偉，他還記得這個和陳羽心感情很好的女孩子。樓筱雯是陳羽心高一的同學，在陳羽心出事之後休學了半年，官方說法是「健康因素」。方俊偉曾經私下拜訪過她，想詢問關於陳羽心的事情，但樓筱雯不願意和他談話，連見也不願意見他。

陳羽心出事時負責游泳池的清潔人員也找到了，其中有兩位五十多歲的女性清潔人員已經提前退休，一個在前幾個月重病過世，另一個則是到外縣市定居，曾經的同事只知道她搬到哪個縣市，並不知道確切的住所。

然後是請了好幾天病假的幾個學生，離職前Phi藉著幫補習班送教材的藉口和其中幾個人接觸過，最後鎖定了一位林紹翔隔壁班的學生。「他看起來很害怕。」Phi說：「他媽媽說他這段時間除了拿外賣之外基本上不出門，她很擔心兒子是不是壓力太大，但也問不出什麼。」

至於殯儀館那邊，鄭楚仁不知道用什麼辦法問出了底細，原來負責人因為收賄被逮而受到威脅，抓住他把柄的稽查人員屬於和公正高中校長有裙帶關係的勢力，除了收到的賄賂被要求上繳部分，長年來也被威脅著做了不少虧心事。隨著一次次收拾爛攤子，負責人也愈陷愈深，現在已經難以脫離對方的掌控。

也許有線索的故友，也許看到了什麼的潛在目擊者，助紂為虐的幫凶。也從方俊偉那邊得知了可能牽涉其中的保健室校護的身分，他說對方最近一直有意無意在接近他。「我總覺得心裡毛毛的。」他說：「感覺像是要被仙人跳了。」

許至清和Caroline的伙伴在開會之後決定好接下來的計畫。雖然如同往常九成照著鄭楚仁的指示走，但起碼他有先問過大家的意見。首先接觸樓筱雯還有林紹翔隔壁班的學生，同樣由許至清出面，其他人支援。同時間其他人也會去找搬走的前清潔人員，並且開始整理素材。

這段時間鄭楚仁又開始忙得見不到人了，有時候會帶上他們，有時候不會。許至清問起時他只說是鄭老闆的交際應酬，沒有危險性，也和Caroline沒有關係。許至清不確定該不該相信他，畢竟鄭楚仁是個還沒完全從良的蛤蜊攻。

……這個綽號真的太洗腦了。許至清敲敲自己的腦袋，做好找樓筱雯談話的準備。

樓筱雯在休學之後重讀二年級，沒有補習，沒有參加社團，放學後通常會直接回家。就樓筱雯一年前面對方俊偉的反應來看，她對整件事情的警戒心很高，鄭楚仁認為許至清最好找個藉口先和對方搭話，許至清則認為開誠布公會是比較好的選擇，最終鄭楚仁讓他臨場做出認為適當的判斷。

放學時樓筱雯是一個人走出校門的，低著頭腳步倉促，中途在一間自助餐店買了晚餐，接著便繼續往住處走。許至清確認過街道上監視器的死角，在樓筱雯走過來時叫住她。女孩的眼睛睜得很大，手上提著的便當直接甩了出去。許至清連忙幫她接住，就發現樓筱雯跑了。

糟糕，許至清有點懊惱，他沒有想到樓筱雯反應會這麼大。等他提著便當追上去，樓筱雯已經跑到路口，正要闖黃燈直接跑到對面，慌亂中沒有注意轉彎的來車。許至清連忙撲上前攬住她，另一手抓著電線桿止住向前的動能，立即帶著樓筱雯退了幾步。差點撞上他們的司機按了一聲長喇叭，手伸出窗外比了個中指。

「那個，」許至清看著驚魂未定的女學生，抬起掛在前臂上的塑膠袋，「妳的晚餐。」

總之這大概不是一個很好的開始，但也不算太壞，至少樓筱雯沒有再次逃跑。「剛才嚇到妳了，抱歉。」許至清指著鄰近的小公園，「妳願意給我幾分鐘解釋嗎？」

樓筱雯抱緊背在身側的書包，大步往公園走，在走到魚池邊之後，許至清同樣用偵測器先確認過附近沒有竊聽設備，樓筱雯打量的視線落在他手上，但她沒有說話。

「妳應該也聽說了三班林紹翔的事情，我在調查這場『意外』，過程中發現了陳羽心的案子。」

樓筱雯看起來沒有絲毫放鬆，反倒更加戒備了。許至清拿出塞在口袋內袋的幾張紙，展開之後交給樓筱雯看，上頭印著陳羽心傷勢的照片。她張了張嘴，過了好半晌，低啞的聲音才從喉嚨擠出來：「你怎麼會有這個？」

「這些是陳羽心拍的照片。」

「我知道。」樓筱雯死死盯著紙面上的照片看，「所以你怎麼會有？」

許至清考慮自己應該說多少，樓筱雯臉上的防備和悲傷不像在做假，剛才逃離他的反應應該也是出於直覺，是擔心學校會派人來找她麻煩吧？

「我拿到了她的電腦。」許至清模糊地說，要是樓筱雯反應不對勁，他還能用別的說法解釋過去。

不過她警戒心高歸高，卻不是什麼心機深沉的人，下意識問出「你去找她爸媽了？」才摀住嘴，瞪大了眼睛盯著許至清看。一瞬間流露的驚恐迅速被固執的反抗心取代，像是隨時準備好攻擊他，讓許至清想到父親被帶走時母親抱著他的模樣——被逼到了死路，只能揮動著受傷的爪子，挺身面對比自己大上許多的掠食者。

「妳一直很擔心他們。」

樓筱雯咬著嘴唇，沒有說話。

「我和幾個伙伴是真的想找出陳同學和林同學死亡的真相，也想揭發學校為了掩蓋事實做出的行為，這段時間我們已經找到一些間接證據，還有可能的人證，希望妳也能提供一些線索。」

「什麼線索？」她繃直的背脊像是隨時會斷裂，「你們是誰？」

許至清仔細端詳樓筱雯有意控制的表情，明明是張還很青澀的臉，一雙眼睛背後卻彷彿住著蒼老的靈魂，沒了年輕人該有的鮮活。或者該說是想像中年輕人該有的鮮活，許至清不無自嘲地想，這段時間他接觸到的孩子沒有一個是快樂無憂的，那不過是他們這些成年人的妄想而已，妄想著回到沒有煩惱的過去，卻忘了那樣的童年也許早已不存在。

「妳知道Caroline嗎？」

既然鄭楚仁都說讓他靈機應變，那許至清就照做了。

樓筱雯的表情……垮了，小心翼翼豎起的高牆悄然倒塌，露出藏在其中讓人不忍直視的痛苦。許至清耐心等待，看著樓筱雯按著脖子吸氣吐氣，想控制住自己的情緒卻怎麼也做不到。他沒有說什麼，繼續等著樓筱雯開口。

「你和你的伙伴……」樓筱雯拚命穩住聲音，「說的是Caroline？」

許至清點點頭，「我很難向妳證明，畢竟Caroline一直都是匿名行動，我只能請妳相信我。剛剛我說的都是真的，我們想揭露真相，想幫受害者討回一個公道。」

「彩虹之上，」樓筱雯啞聲說：「彩虹之上的攝影是誰？」

許至清愣了愣，沒有預期到這個問題，但還是開口回答：「鵩神。北歐鵩神。」

「服裝化妝？」

「仙女不會長胖？不對，是仙女不會長肚子。」

樓筱雯摀著臉，淚水從手指之間溢了出來，肩膀微微顫抖著。「你們怎麼——」她的聲音染上了哭腔，「你們怎麼現在才來？」

許至清鼻頭一酸，想到樓筱雯先前的戒備、對許至清的質問，還有一年前，她將方俊偉拒之門外的表現。他多少猜到發生過什麼事，畢竟他還算了解那些人的手段。

「是不是有人騙過妳？」他輕聲問：「打著幫陳羽心討回公道的名頭，從妳這裡騙走了證據。」

樓筱雯抓緊肩上的書包背袋，眼神狠戾起來，「我以為可以相信她。」

樓筱雯是一個人來到這個城市求學的，她一向聰明，很擅長考試，只是不喜歡念書，會稍加努力考到這所學校，也只是為了脫離讓她感到窒息的家庭。在每個人都如此在乎成績的環境下，樓筱雯和周遭顯得格格不入，雖然沒有被明目張膽地欺負過，卻默默地被排斥在班上一個個小圈圈之外。

樓筱雯並不介意，她覺得同學都是笨蛋，都高中了還這麼幼稚。陳羽心是唯一會主動找她聊天，也是分組時唯一會提出要和她同組的人。樓筱雯一開始懶得理她，但陳羽心固執得令人難以置信，鍥而不捨地想要和樓筱雯打好關係，就算因此被牽連，漸漸成為班上的邊緣人，她也沒有和樓筱雯保持距離的打算。

樓筱雯沒有遇過這麼死腦筋的人。她不討厭死腦筋的人。

她們成了好朋友，不是會手牽手一起上廁所的那種朋友，那是小女生才會做的事情，她再幾年就成年了，沒有那麼幼稚。陳羽心不擅長念書，樓筱雯在嫌棄完她死背的笨方法之後會教她解題的訣竅；樓筱雯討厭各種被逼著參加的班級活動，經常因為不合群被罰站罰默寫罰掃廁所，陳羽心每次都會陪著她受罰。

「我想和妳上同一所大學。」陳羽心曾這麼說。「可是妳那麼聰明，一定能夠考到很好的學校吧，我也要努力一點才可以。」

樓筱雯毫不留情地吐槽她幼稚，就算能考上同一所大學，誰知道她們會不會繼續當朋友呢？男女朋友都可能在環境改變之後分手，朋友當然也可能漸行漸遠，也許過了一年，她們就會變成路上遇到也只會打聲招呼的關係。

她笑陳羽心想得太遠，卻沒有發覺自己同樣設想著可能的未來。她從沒有真的想過陳羽心有一天會消失不見。

她不是個觀察力敏銳的人，但也沒有遲鈍到沒有發現陳羽心在分班之後的改變，還有鄰近第一次段考時身上開始出現的傷痕。樓筱雯問過她是怎麼一回事，可是陳羽心不願意說，她們因此大吵了一架，或者應該說是樓筱雯單方面地發脾氣，陳羽心只是被動地承受著。

段考結束那天，陳羽心在晚上八九點突然出現在樓筱雯獨自居住的套房門口，全身衣服都是溼的，臉色蒼白地像是死人。樓筱雯嚇得要帶她去醫院，但陳羽心不願意，說是不想要驚動父母，希望樓筱雯能收留她一晚，就當考完試想要放鬆一下，明天就回家了。

陳羽心發了一整晚高燒，醒來時依舊裝出一副什麼也沒發生過的樣子，要樓筱雯不要擔心她。她怎麼還敢這麼說？樓筱雯怎麼可能不擔心她？她的腦袋真的是石頭做的嗎？

樓筱雯討厭死腦筋的人。

她不願意說，樓筱雯就自己查，人緣太差沒辦法靠打聽找出真相，就緊跟著陳羽心，親眼看看到底都是誰在欺負她，又是為什麼欺負她。然後樓筱雯打了人生中第一次群架，結果反倒被打斷一隻手臂。陳羽心哭得像是兩隻眼睛都被蜜蜂螫過。那是樓筱雯第一次見識到學校睜眼說瞎話的能力。

「霸凌？怎麼會呢，一定是哪裡有誤會，大家都是好孩子，不會做出欺負同學的事情。監視錄影畫面？廁所沒有監視器，陳同學是和幾個同班同學一起進了廁所，但女孩子就是這樣嘛，什麼事都喜歡結伴一起。樓同學以後別那麼衝動了，陳同學也是，怎麼不把話說清楚呢？下次不要再犯了。」

樓筱雯只想罵這幾個衣冠禽獸祖宗十八代，但陳羽心死死摀著她的嘴，不讓她開口說話。

「我在蒐集證據了。」等病房只剩她們時，陳羽心湊到她耳邊這麼說。說等到蒐集到足夠的證據，就直接去警察局報案，現在還不行，她只有幾張自己受傷的照片，沒辦法證明傷勢確實是同學所為，這樣報案也不一定能成功立案，反而可能讓處境變得更糟。

樓筱雯總覺得有哪裡不對勁，一時卻分辨不出來問題到底在哪裡。她一點也不聰明，連保護朋友的辦法都想不到。

他們在進校門時都得交出手機，書包也隨時可能被搜查，陳羽心說自己已經因為私藏手機被盯上了，班導甚至會無預警地蒐她的口袋，確認她沒有藏東西在身上。到底該怎麼蒐證呢？體積要夠小能夠藏在身上，手機就算了，錄音筆也許還有辦法偷渡進學校。

樓筱雯用生活費付了一半的錢，和陳羽心一起買了一支小小的錄音筆。她們計畫著錄到證據之後要怎麼脫身，又要怎麼去報案。接下來交給警察就好，她們天真地想。欺負陳羽心的人會被抓走，學校不敢再繼續欺壓她們，只要再撐個一年，一切就海闊天空了。

一開始聽到陳羽心的死訊時，樓筱雯是不相信的。

他們怎麼敢，怎麼敢做到這種程度？她趕到游泳池的時候根本進不了門，不管求誰都沒有用，不管問誰都得不到答案。等陳羽心的父母終於接到通知，在校門口哭著說只想看女兒最後一眼，樓筱雯依舊不相信陳羽心不在了。

「明明連屍體也沒看到，一個人怎麼可能死得這樣無聲無息？」

她這麼對陳羽心的父母說時，被陳爸爸罵出了門。他們才剛收到一罈骨灰、陳羽心當天穿的衣服，還有他們買給陳羽心當生日禮物的手錶。

陳羽心不在了。隔天樓筱雯打了人生第一次群架，同一隻手又斷了一次，保健室的校護對她露出憐憫的笑容，說她也不相信陳羽心的死是意外。樓筱雯以為自己可以相信她。

「……把羽心給我的證據交給她的隔天，我就被叫去校長室罵了一頓，質疑怎麼能這樣汙衊同校同學，還拍了這種亂七八糟的照片，是不是和羽心有不正當的關係？然後他們架著我回家，拿走手機和電腦，當場打給父母說我犯了錯，校方念在我還年輕，只讓我休學半年，希望半年時間足夠我改過向善，不然就只好開除學籍。

「你們去精神病院救人的影片我看到了，但還是太晚、太晚了。要是羽心需要幫助的時候能找你們幫忙，要是有其他選擇，要是我們都沒有聽信那個女人的話——」

「都？」許至清梗著喉頭問。

「對羽心說證據不足的時候不要報警，不然情況可能更糟的就是校護。」樓筱雯尖銳地笑了聲，「說什麼鬼話，找證據不就是警察的工作嗎？他們領公帑領假的？還要被害人自己找到足夠的證據？」

許至清低垂著眼，安靜地說：「報警確實不一定能成功，但不會是因為證據不足。」

樓筱雯的嘴唇開始顫抖，嗚咽聲被強硬地吞下，呼吸也成了斷斷續續的抽氣和吐息。許至清輕輕摟住她，壓抑住幾乎要衝破胸膛的怒火，這樣瘦弱的肩膀，這樣年輕的心，到底為什麼非得承受這樣的痛苦？

「妳回家有大人在嗎？」許至清問。

婁筱雯搖搖頭，穩著聲音說：「之前和矯正官住，前陣子矯正官搬走了，說是我表現不錯，夠安分。」

壓抑不住的情緒傾瀉而出，許至清盡他所能地控制住環著婁筱雯肩膀的右手，左手狠狠掐著大腿，「之前整整半年……？」

婁筱雯應了聲：「她人其實還可以，雖然說話不怎麼好聽，但至少不會體罰，最多就是要我面壁思過，或是晚上不准我上床睡覺，相較之下反而是裝乖比較難熬。」

「對不起。」許至清說：「對不起。」

「為什麼你要道歉？」婁筱雯抹抹眼睛，「是我不夠聰明，明明考試隨便念也能拿高分，真正有需要的時候卻一直做錯事情。」

「妳沒有錯。」許至清想到小霜在訪談中說過的事，想到洛基見到她時說的第一句話，「妳一點錯也沒有，錯的是傷害妳們的人，是冷眼旁觀的人，是這個世界。」

婁筱雯看了他一眼，「你哭起來好像下一秒就要提刀砍人一樣，好凶。」

許至清吐出一團溼潤的氣息，用手臂按住眼睛，「走吧，我送妳回家。」

Film No. 002
Title 蔚藍大海

第 10 章

壞日子

「蝦仔，真的不用換我來嗎？」

「嗯。」許至清對洛基笑了笑，「這是我的工作。」

對街公寓大樓的門打開，高高瘦瘦的男孩子穿著短袖和棉褲走了出來，在冷風中抱著手臂搓揉，看向單行道的路口。許至清對洛基揮揮手之後下車，橫越沒什麼車流的街道，看著周子正走向騎著機車出現的外送員，伸手接過外賣。

許至清跟著他走進門，在周子正奇怪地看過來時彎彎唇，和他一起進電梯。周子正按著開門鍵說：「你先。」

警戒心很高，許至清想，拿出鄭楚仁給他的磁釦，在感應過後按下四樓。周子正看上去放鬆了一些，刷了自己的磁釦按下五樓，之後退一步拿出手機，讓許至清站在門邊。這反倒給了許至清用鑰匙打開電梯操作盤的機會，他撥動緊急停止開關，接著是照明。

電梯應聲停下，整個空間頓時隱沒在黑暗之中。「砰」的一聲悶響，周子正似乎是嚇得撞上了身後的牆，「怎、怎麼回事？停電了嗎？」

「不用怕，我只是有點事情想問你。」許至清趁著他沒有防備取走了他的手機，直接關機之後繼續說：「林紹翔出事那個晚上你也有留晚自習，對吧？」

「你你你想做什麼？」周子正聲音都拔高了幾個全音，「我什麼都沒有看到，也什麼都沒有說！」

警戒心高，但不擅長說謊。許至清抓住他胡亂揮過來的手，心中湧現並非完全針對周子正的怒氣。他們全都什麼也沒有看到，全都什麼也沒有說，這樣的事情才會再三發生，明明只發生一次就已經太多、太多了。

「為什麼在變成故事之前，沒有人在乎他們的處境？」Phi這麼問過。同樣的問題此刻也在許至清腦中迴響，只是他走不出去，脫離不了這個不是沒有答案，卻沒有他想要的答案的問題。

「如果什麼都沒有看到，你會有什麼可以說？我不是你們學校派來的，周同學，我是來尋找事實真相的。你什麼都不用做，只要告訴我你那天看見了什麼就好。」

「我沒有看到，我沒有——」

「林紹翔的父親連他的人都沒見到，你知道嗎？養了這麼多年的孩子，就這樣突然不見了，只剩下一罈骨灰。」

「我——」

「其實我多少也知道發生了什麼事，他們班的人很生氣吧，明明讓他去換考題，結果卻換到了魚目混珠的考古題，問的時候又不願意供出騙他的人是誰。為什麼要這樣保護對方？那是他的誰？會不會是換到了卻想要私藏，所以才編出換到假貨的故事？他們在晚自習把他叫到樓梯間逼問，一氣之下動了手，結果導致林紹翔的死。他們可真幸運，這所學校從根源就腐敗了，果斷地替他們收拾了爛攤子。」

周子正被他抓著的手在顫抖，並不纖細的手臂顯得如此無力。許至清緩緩吐出一口氣，鬆開他的手腕，放柔了聲音說：「這個祕密會永遠跟著你，周子正。不管過了幾年，不管跑得多遠，你永遠都會想『如果那時候我能鼓起勇氣就好了』，這種可能性會從內部蠶食掉一個人。」

「我……那個時候……」男孩已經變聲的嗓音因為翻湧的情緒碎了，「我不知道會發生這種事，我以為他們只會揍他幾下，只要他不反抗，他們很快就會失去興趣了，就算受傷也不會太嚴重。我不知道——」

剩下的話語被嗚咽卡在喉頭，他艱難地繼續說：「他就只是……被踢了一腳，然後就掉下去了。流了好多血，順著樓梯一直往下流，他的脖子——他的脖子看起來——」

許至清輕嘆口氣，安撫地捏了下周子正的肩膀，「你懷疑我是對的，畢竟我沒有給你信任的理由，接下來我會告訴你我打算怎麼揭露這件命案的真相，你一邊聽一邊想想要告訴我什麼，可以嗎？」

不要心急，不要傷害到不該傷害的人。許至清等到黑暗中的周子正點了頭才簡短說明了他們的意圖，他們完成製作後可以怎麼樣躲過審查，把記錄了真相的成品公開播送出去。如果能夠激起一定的輿論，至少能讓直接和這個命案有關的人付出代價，讓更多人意識到接受現狀可能帶來怎麼樣無法挽回的後果。

「我不知道滴水是不是真的能穿透這座牆，但總得試試。」許至清低聲說：「我沒有要讓你冒險的意思，周子正，你不需要出面，不需要在鏡頭前說出真相。可是如果你有任何用得上的線索，請告訴我，林紹翔的死不應該成為不久之後就會被遺忘的數字。」

「我有、我有證據。」周子正一邊禁不住抽泣一邊說：「以前我也被、被……可是沒有證據，學校沒有處理。我一直想拍下來，拍下來讓他們沒辦法說『這是不小心弄傷的吧』，說『男孩子就是比較莽撞』。我不敢幫他，我不知道他會……我想說這樣拍下來，等那些人離開之後就帶他去保健室，給他我拍下來的證據，這樣學校就不能說他是不小心的了，我不知道……」

他摀著嘴抽著氣，「出事之後我就直接跑回家，他們不知道我藏著手機，他們不知道我都拍下來了。我只是……不知道該找誰，我、我不敢去找警察，爸爸已經被抓走了，我怕他們把媽媽也帶走，我不是故意——」

「是我錯了，對不起，是我錯了。」許至清抱住周子正，也不知道這個擁抱是為了這個男孩，還是為了自己，「你很勇敢，你做到了很多人都做不到的事情，剩下的交給我們就好。對不起，讓你害怕了。」

「真的能夠讓大家看到真相？」

「嗯。」

「讓夠多的人看到，消息沒辦法被壓下來？」

「對。」

「他們沒辦法再扭曲事實，沒辦法擺脫責任。」

「我會盡我所能。」

「好。」周子正吸了吸鼻子，「好。」

上車之後許至清做的第一件事，就是用腦袋狠狠撞了旁邊的門框。

「嘩，嚇死我了！欸，記得繫安全帶！」洛基穩住方向盤，擔憂地瞥了他一眼，「怎麼了嗎，蝦仔？」

「……我是個爛人。」

「蝦仔啊，你知道自我厭惡的時候罵到的是所有比你要爛的人嗎？而且如果你都算爛人，這個國家九成的成年人都應該去當堆肥了。」

即便是在這樣的情況下，許至清還是笑了聲，只是這並沒有讓他覺得好受一點。「至少今天的我是爛人。」他說：「我不該對他發脾氣，他沒有做錯什麼。」

「我還沒有看過你發脾氣的樣子。」

許至清沒有接話。他應該接話的，平時他不會就這樣晾著別人，更別說是過了好多年終於允許自己結交的朋友。但他張開嘴的時候卻不知道該說什麼，腦袋裡的聲音不斷罵他「笨蛋、笨蛋、笨蛋」。

「你以為自己是誰？」那個聲音質問。「你有什麼資格評斷他，有什麼資格在還沒了解事實之前就認定他膽小怕事？」

許至清不就這麼做過嗎？裝作看不見周遭環境的惡化，裝作心中毫無怨恨，對那些恨不得生吞活剝的人陪笑，說「辛苦了」、「對不起」、「請放心，我會看好他們的」。像是個孬種，像是個奴才，像是個走狗。因為他得讓那些人對他們一家人放下戒心，因為他得保護他的父母，因為他要是被抓了，父母會不計代價試圖把他救出來，相應而來的報復會殺死他們。

因為、因為、因為。每個人都有好多因為，好多人都覺得自己身不由己，他們就在相信自己手腳被綁縛住的狀態下互相撕咬喉嚨，或是躲在角落緊閉上眼睛，希望自己和在乎的人能夠逃過一劫。

他並不勇敢，一點也不，只是早已失去了自己的軟肋。現在他能夠放心地去愛身邊的伙伴，也只是因為有個人在保護他們。

「蝦仔……」洛基的聲音帶著遲疑，「你想聊聊嗎？」

許至清不知道，也許連思考也不想，但這是他唯一能做的事情了——思考、反省、質疑，無論是針對這個環境，還是針對自己。

「我曾經對一個朋友說過很不好的話。」洛基像是在喃喃自語那樣，不需要許至清回應便繼續說了下去，「事後回想起來我也想撞破自己的頭，原來我是說得出這種話的人嗎？為什麼任自己被情緒左右，惡毒的話沒經過腦袋就說出口了呢？他只是害怕，就算他有做錯的地方，也不是我傷害他的藉口。」

「我道歉的時候他也哭著向我道歉了，說其他人一直在給他壓力，他一時承受不住，就被動地加入了圍觀的行列。以後不會了，他對我說，不會再向那些人屈服了，不希望成為那樣的人。那時候我其實不怎麼相信他，說自己會改就真的改變了的人有多少呢？」洛基頓了頓，「之後他原本的朋友成了敵人，沒過多久他就轉學了。」

「扯遠了。」他笑了聲，「我想說的是……我們都有壞日子，都有犯錯的時候。錯事當然還是錯事，但這不代表我們沒辦法變好。」

持續好幾年的壞日子還算是壞日子嗎？許至清不知道。他頭抵著冰涼的窗，看著吐息在玻璃上暈出一團白霧。他用指尖劃出一道直線接著抹去，說出口的話和謊言不同於在霧氣上寫下的字，那些話語收不回抹不去，也許會在另一個人的記憶裡留下傷疤，在自己心中留下疙瘩。

「有些傷害是一輩子的。」許至清終於找回了自己的聲音。

「那也只能盡可能去彌補了。」洛基把手伸過來，拍了拍他的頭，「大家都看得出來你最近狀態不大好，蝦仔，你需要休息一下。」

「這種時候休息？」

「不管是什麼時候，該休息就是要休息。」

許至清揉了揉太陽穴，他確實失去了冷靜，這對他們的任務沒有幫助。

「好啦，我們先回家再說。老大應該也差不多要回來了，不知道他和那位阿姨談得怎麼樣。」

許至清扭過頭，「是那時候的清潔人員？老大自己去了？」

「我們也是事後才知道的。」洛基垮著臉說：「他突然寄了回到火車站的時間過來，根本沒有人知道他去了外縣市，應該說我們連他找到辭職清潔工的事都不知道。明明幾天前，我們都還只是得出了幾個可能的地點而已。你說他是不是該罵？」

許至清拍拍臉頰，讓繃緊的肌肉放鬆一點。「是該罵。」

「既然你今天這麼累了，就由我來罵吧！」洛基語調一轉，可憐兮兮地說：「雖然很想這樣說，但我看著老大那張臉實在罵不下去，所以還是交給你了。」

「那張臉？」

「畢竟是在危急時刻拯救了我的臉嘛，我有點雛鳥心態。」

「這好像和雛鳥沒有關係。」

「英雄、鳥爸爸，都一樣啦。」

「老大好像生不出你這麼大的孩子。」

「難說，搞不好老大過早生育。」

「……七歲都還沒性成熟。」

洛基又揉了揉他的腦袋，許至清試著勾起嘴角，有一點困難，不過不是完全做不到。希望回去的時候會有……不能說是好消息，但希望會有進展。

鄭楚仁拉上羽絨衣的拉鍊，內側口袋裡的錄音筆幾乎沒有重量，感覺卻很沉。

火車站接送的人車很多，一個個或是背著或是拖著行李，一輛輛車爭先切進內側停靠，穿著螢光色制服的交通警察叼著哨子，指揮棒夾在腋下，看起來卻沒有重整交通秩序的打算，無神的雙眼落在遠方。鄭楚仁順著彎曲的道路往外走，穿越過幾次馬路，走天橋到了另外一端，轉進一條較為狹窄的街道，這才停下腳步，等著說要來接他的伙伴。

這是他們慣常的會面地點之一，附近大多店面倒掉之後一直沒租出去，連路燈壞了都沒修，不過至少路口開了家便利商店，在夜晚提供了足夠的光源。鄭楚仁的步伐出現難得的遲疑，然後一隻腳夢遊般往便利商店踏，另一隻腳接著跟進。他放棄堅持，走進去買了一杯熱拿鐵。

他是想點熱可可的，說出口的時候卻成了熱拿鐵。真是好笑啊，直到現在都脫離不了過去的制約。不過至少點的是拿鐵不是黑咖啡，比平時多加一包糖。回到街道上，鄭楚仁捧著咖啡小口喝著，試圖驅散侵入骨髓的冷意。即便到了現在，有些事情他還是無法習慣。也許本來就不該習慣。

在看到車之前他就認出了熟悉的聲音，從車子轉彎和停下的方式，鄭楚仁可以知道開車的是鈴鐺。很穩、很舒緩，從來不會有驟停產生的反作用力和噪音。鄭楚仁進了後座，抿著杯口默默喝著咖啡。等終於能夠相信自己的聲音，他才開口問：「蝦仔那邊？」

「已經在回去的路上。」鈴鐺透過後照鏡看了他一眼，「你要被罵了，鄭哥。」

鄭楚仁輕輕哼氣，「我還以為會是Sandy來接我，好在路上就酸一頓。」

「她原本是這樣打算的，但聽到蝦仔和洛基快回去的時候就改變主意了。」

「啊，想有個人一起念我是吧。」

他們交換了一個安靜的笑容。一路上他們都沒有再說話，也沒有播放廣播或是音樂，彷彿停滯的空氣中只有轉動方向盤和換檔的聲響，還有幾乎聽不見的呼吸。鄭楚仁閉上眼睛，頭靠著窗感受車身自然產生的微弱震動。

能做到嗎？他……他們能夠確保這個證據發揮應有的作用嗎？必須鬧得夠大，必須讓繼續包庇校方變成不合利益的選擇，讓他們被背後支持的力量放棄。還得去查加害學生的家庭背景，確保不會有更多勢力妨礙追究責任。鄭楚仁又抿了口咖啡，剛才應該直接改口說要熱可可的。

一進工作室大門他就對上了Sandy的死亡瞪視，然後窩在角落啃餅乾的許至清看了過來，眼中帶著鄭楚仁說不出名字卻能理解的感受。那是一種悶沉的疼，像是長期姿勢不良造成的發炎，像是如影隨形的偏頭痛，像是不時會復發的舊傷。問題不再是這樣的感覺什麼時候會消失，而是今天會多痛一點還是少痛一點，是好日子還是壞日子。

「……這邊政府發了公文給她居住地的地方政府，要把她重新放入特別監控名單，我收到消息的時候就直接去找人了。」

這是鄭楚仁的理由，可以解釋他突然的行動，卻不好解釋為什麼誰都沒有先告知。「你擔心已經有人在監視她。」許至清一邊咀嚼一邊悶聲說：「你不想把我們扯進去。」

鄭楚仁嘆口氣，沒有否認的意思。最終他還是很難違逆自己的保護本能，他認為沒什麼風險的談話可以帶上這幾個伙伴，但明知道前方可能存在火坑，他沒辦法主動讓其他人陪著。

所以他只是接著說：「結果這邊政府收到回文，要求確認要新增至監控名單的目標身分，因為發出去的公文用的是冠了夫姓的名字，但沈麗玟已經離婚恢復本姓了。他們不想承擔弄錯人的責任，現在還在跑流程。」

Sandy「哈」了聲，「感謝讓基層人員變得膽小怕事的爛上司。」

鄭楚仁必須承認自己也多次對此感到慶幸，至少在更上頭還未表達重視的時候，這些人行動的速度是緩慢的。他一邊脫下羽絨衣一邊往裡走，把內袋中的錄音筆放在客廳桌子上。他注意到旁邊已經擺著一支手機，轉頭和許至清對上視線。

「那天陳羽心帶著的錄音筆，被她用夾鍊袋裝著，和盥洗用品藏在一起。沈麗玟發現之後偷偷保存起來了。」

許至清抿起唇，「周子正偷帶的手機，那個晚上他錄了影。」

一時之間沒有人開口，這是他們一直在找的確證，卻也是沒有人想要直接面對的景象。

「鈴鐺、Phi。」最終還是鄭楚仁先開口，「你們不用留在這裡，可以先回家。」

Phi轉頭看向鈴鐺，鈴鐺則是猶豫了一會，搖搖頭說：「我也不能每次都逃跑。」

鄭楚仁皺起眉，「這裡沒有人會怪你。」

鈴鐺搔搔頭，「我知道自己不是堅強的人，要是受不了會直接離開。」

「我沒事。」Phi說：「後製的時候總會看到的。」

其他人以他們兩個為中心湊了過去，肩靠著肩，像是害怕雷雨天的孩子窩在一塊彼此安慰。

鄭楚仁拿起周子正的手機，找到已經打開的影片，拉到最開始重新播放。

樓梯間的燈沒有全部打開，畫面因此顯得有些昏暗，林紹翔背對著鏡頭，被四個男學生圍繞住。

看得出他們嘴巴在動，但收音並不清晰，畢竟還有不少人留校，他們要爭吵也得顧及音量，只能隱約聽見斷斷續續的「包庇」、「女朋友」、「騙人」、「自私」，還有各種羞辱的話語。林紹翔被推得踉蹌了一下，但沒有還手，影片中未曾收到他的聲音。然後看起來像是帶頭的男學生扯著林紹翔的衣領，激動的情緒抹去了他的自制力，他怒吼道：「我們這麼相信你——」

林紹翔扯開他的手，不知道回了些什麼。男學生又推他一把，聲音多了一絲歇斯底里的鋒利，「這已經不是成績的問題，他們有我們的把柄，但我們沒有他們的把柄，你還不明白事情的嚴重性嗎？他們班導一直都想找陳老師麻煩，要是他知道了，要是陳老師知道了——」

林紹翔抓住他揮過去的拳頭，一邊動嘴一邊試圖以和平的方式制止對方使用暴力，幾秒鐘毫無章法的扭打，然後男學生一腳踢了過去。只聽見幾個人的驚呼，淹沒了林紹翔也許在最後說出口的話，和他墜地時的撞擊。他們遲疑地向下移動，鏡頭也小心翼翼地從樓梯中央的縫隙向下拍。

拍起來更接近灰色的鮮血沿著階梯向下流，躺倒在樓梯底部的林紹翔脖子折出不自然的角度。方才還圍著他的幾個同學彷彿雙腳被凍結在階梯上，只有將他踢下去的那個人繼續走到他身邊。

然後踹了下他的頭。

這是出於什麼樣的心態，鄭楚仁並不清楚，也許他是不敢相信一個人能夠這麼容易死去，也許他希望林紹翔會就這樣甦醒。也許——鄭楚仁沒有讓自己繼續想下去。

之後周子正匆匆地向上退，驚慌的喘氣聲帶著顫抖，影片最後收進去的是幾個女孩子發出的尖叫，還有成年男性的怒斥，接著便戛然而止。

「底部數上來第三層。」鄭楚仁低聲說：「他的後腦應該是撞到那層階梯，通常摔下樓梯的撞擊不足以立刻致命，大多是救治不及才導致死亡，尤其他還……年輕，但落地的角度不恰好。」

沒有人說話。鄭楚仁穩住手拿起錄音筆，接上外接喇叭按下播放。

他在離開沈麗玟家時已經聽過一次，戴著耳機，陳羽心每一次痛呼都像是在對他求饒，她遭受的每一擊每一聲辱罵每一句威脅都像是砸在他身上。他同時是加害者、受害者、旁觀者，好幾次得停下腳步調整呼吸，好幾次得把指甲嵌進掌心，才能阻止自己做出什麼引人注目的舉動。

言論的管控不會消弭惡言的產生，人們總能找到將惡意化為文字的辦法，原本只存在於陳羽心手機訊息中的言語攻擊被賦予了聲音，比鄭楚仁想像得都要鋒利。她們用帶著蜜的嗓音吐出最刺耳的字眼，用虛偽的和善語氣做出最傷人的指控，喊她「賤人」、「婊子」、「騷貨」，問她「妳在方老師床上也這麼像死魚嗎？」，說：「妳很喜歡那個朋友吧？要是我們在妳面前搞她，是不是妳就會想通了？要是那樣都不願意改變想法，她會不會恨妳？」

水噴濺的聲音，掙扎的聲音，大口抽氣的聲音。她們在做什麼？鄭楚仁不想去想像，卻控制不了自己的大腦。

陳羽心沒有出聲求救。加害者還在笑。沒有人發現女孩的掙扎變得愈來愈微弱，直到連努力呼吸的聲音也聽不見。

又過了好一會，才有人遲疑地問「她是不是不會動了？」剛才還沆瀣一氣折磨著她的人互相指責，反覆念著「完了、完了、完了」，然後有人撥通了電話。

手機禁令讓試圖記錄證據的女孩傷透了腦筋，對某些人來說卻顯然形同虛設——她們用只聽得出驚慌的聲音說「老師，出事了！你得幫我們！」彷彿這是再自然不過的事情，彷彿被奪走的不是一條人命。接著倉促的腳步聲逐漸遠離，過了好半晌才聽見有人遲疑地靠近。

鄭楚仁知道是沈麗玟發現了她，也知道很快就有人趕到現場，在屍體被搬走之後指揮沈麗玟將更衣室全部清潔過一遍，把陳羽心的東西全都丟了。

鄭楚仁還知道沈麗玟拿了一筆封口費，在接下來一年間一直保持緘默，同時卻也小心地藏著當時發現的錄音筆。「我不敢聽。」她說：「我怕聽了就會做傻事，我需要這筆錢，我選了我還有機會活下去的孩子。」

鄭楚仁不知道自己怪不怪她，也不知道自己有沒有立場怪她。

「砰！」

是Sue拳頭砸向地板的聲音。小小哭得渾身顫抖，同時依舊試圖安撫呼吸過於短促的弟弟，還有雕像般一動也不動的鈴鐺。眼眶發紅的洛基連忙從背後抱住Phi，柔聲指示他放慢呼吸。

這時鈴鐺突然站起身，跌跌撞撞地往浴室跑，結果還沒進門就吐了一地，弓著背脊完全直不起身子。許至清比鄭楚仁要先一步跑到鈴鐺身邊，扶著他到浴室裡，在他對著馬桶不斷乾嘔時上下撫過他的背。

「鄭哥……」

「老大──」

「老大……」

鄭楚仁見過他們絕大多數人最為脆弱的時刻，也見證了他們將自己重新拼湊起來，讓自己變得能夠被依賴的過程。他們比誰都要堅強，有時也許會讓人忘了他們都曾受過傷，但鄭楚仁一直都記得，也知道有些傷不是幾年時間就能癒合。

他用熱水沾溼毛巾，幫鈴鐺把臉擦乾淨，和許至清一起把人往外頭帶。呼吸平復的Phi撲了過來，雙臂環繞住鈴鐺，兩個人都癱坐在地上，輕輕地來回搖動著身體。小小是第一個接著抱上去的，然後是洛基。Sue緊閉著雙眼站在一旁，和Sandy兩隻手緊扣在一起，鄭楚仁上前把她們拉了過來，讓洛基一把攬住她們。

「抱歉。」鄭楚仁啞著聲音說，跪坐下來，試圖用有限的懷抱將所有人攬在臂彎下，「把你們拉進了這淌渾水。」

鄭楚仁不是沒有別的選擇，他本可以如同自己編造的謊言那樣，每次計畫都雇用不同人幫忙，沒有固定的團隊，沒有朝夕相處的伙伴，像是其他協力者那樣只需要知道少部分資訊，不需要長時間背負著這些壓力和情緒。

但他一方面害怕失去，一方面依舊害怕寂寞。眼前的道路很暗，他願意一個人承擔風險和責任，卻不想一個人走。他想要一個能稱之為家的地方。

肩膀倏地一疼，鄭楚仁回過頭，發現是許至清捏了他一把。除了微紅的眼睛之外，他的臉上看不出明顯的情緒。

「是我自己決定加入的。」許至清說：「不是被誰強迫，不是被誰拉進來，而是因為相信你們在做的事情。在我開始失去希望的時候，在我快要撐不下去的時候，在我只想丟下一切逃跑的時候，我幸運地遇上了你們。」

「你們是我的英雄，現在還是我的伙伴、我的朋友、我的把柄。」

許至清又沉又溫暖的手臂搭在鄭楚仁肩上，另一手環抱住鄭楚仁抱不到的Sandy和小小。他沒有顫抖，像是堅韌的樹木那樣包裹著其他人，貼著鄭楚仁肩頭的掌心穩穩地撐著他。

許至清這幾天狀態不對勁，鄭楚仁也發現了，此刻他卻將所有的動搖都收拾好，習慣性扮演起照顧者的角色。要說逞強，他們就是半斤八兩。

他們就這樣抱成一團過了不知道多久，也許只有幾分鐘的時間，也許有好幾十分鐘，然後Phi一邊啜泣一邊說了第一句話：「我腳麻了。」

像是有人在密不透風的壓抑情緒上戳了一個孔，讓空氣再度開始流動。

「我整個下半身都是麻的。」鈴鐺輕聲說。

「名符其實的袂叮噹。」洛基說，接著話鋒一轉，「不會是中風了吧？」

「中、中風應該是單側動不了。」小小吸著鼻子說：「抱歉啊，鈴鐺，你肩膀上都是我的鼻水。」

「我的背也是溼的。」Phi說。

洛基咳了聲，「等等我幫你洗衣服，手洗。」
「沒出息。」Sue輕哼，「你看人家小Phi，都擦在自己袖子上。」
Phi尷尬地抱怨：「Sue——」
「親愛的。」Sandy插話，「妳抹在我領子上的好像也不只是眼淚。」
「哈！」洛基敲了下Sue的肩膀，遭受Sue毫不留情的反擊，兩個人像是小學生一樣推擠起來。

他們似乎又恢復了平時的樣子，把所有的動搖和被激起的記憶都收拾起來，把自己最好的那部分留給彼此。他們還能承受多少呢？鄭楚仁不禁想，會不會有哪一天，他們將無法再從剛才那樣的情緒中恢復過來，無法從過去的陰影中脫離出來？

要受到怎麼樣的傷害，他們看似韌性無比的背脊才會直接被折斷？鄭楚仁不想知道答案，他希望這個疑問永遠也得不到解答。

「話說回來，」洛基穩住了聲音，轉過頭說：「不知道蝦仔最崇拜的是我們之中的誰。」

小小和Sue同時說了「老大」，鈴鐺和Sandy一個說「鄭哥」一個說「老鄭」，只有Phi說的是「當然是我」，在大家安靜下來時驕傲地解釋：「蝦仔會認識Caroline就是因為我啊。」

許至清輕輕笑了聲，起身揉了Phi的頭髮一把，「我去倒點水給你們。」

「我來就好。」鄭楚仁把他壓了回去，拿起餐桌上的衛生紙丟給許至清，「你們幾個都擦擦吧。」

他倒了四杯熱水給他們分著喝，一個個確認過每個人的狀況。Phi偶爾還是會吸吸鼻子，但沒了過度換氣的危險，小小除了眼睛腫之外沒有大礙，洛基看起來已經平復好心情，還有餘裕逗眉頭鬆不開的Sue開心，Sandy也很快地恢復過來。

鈴鐺只要有Phi和小小在就不會有問題，讓鄭楚仁更擔心的是許至清。他直到現在都沒有流過一滴眼淚，連一絲動搖的表現都沒有。不過洛基似乎也發現了，不時會回頭和許至清說話，一隻手勾著他的肩膀。

鄭楚仁稍微放下心，找了條抹布要擦拭浴室門口的地面，結果被小小出手搶走，Phi也和鈴鐺一起上前幫忙。

「別忙了，今天最辛苦的兩個人。」Sandy說，把鄭楚仁拉到沙發上，按在許至清身旁，「你們根本是同一個豆莢裡的兩顆豆子。」

洛基歪著頭，「差不多黑的兩隻烏鴉……？」

「你的中文真的很好，洛基。」Sue吐槽，抓了抓蓬亂的頭髮，「說真的，你們兩個都需要休息。」

「同意。」小小說。

Phi也開口：「附議。」

「我沒——」

鄭楚仁打斷許至清的反駁：「每個人都需要休息，我本來就有這個計畫。」

「你連這也有計畫？」Sue皺起鼻子說。Sandy看起來倒是已經意識到他的打算，同意地點點頭，「星期六就是聖誕節，週末好好放鬆一下。」

也是許至清的生日，不過鄭楚仁想試著保留這份驚喜，晚一點再私下和其他人計劃吧。

「聖誕節！」洛基歡呼，「來交——唔嗯呃？」

他扭頭困惑地看向摀住他嘴巴的Sandy，Sandy對許至清笑笑，「很晚了，大家都回去沖個澡休息，要是有人睡不好，歡迎來爬我或老鄭的床喔！」

鄭楚仁輕哼，但沒有反對，而是說：「好好休息，需要什麼就告訴我。」

然後他退到門邊，等所有人都出了門才跟著離開，一路送他們到電梯口，和他們道晚安。

他不禁有點後悔為什麼要把房間放在沒有其他人在的五樓——當然這麼做有他的原因，把自己的房間和工作室都設在最高樓，這樣就能說其他樓層的住戶都只是一般人，不清楚他在做些什麼。就算無法真的取信對方，至少是一個可以用的藉口。

這時許至清突然鑽出電梯，拉住鄭楚仁，回過頭對其他人揮揮手，「我留著陪他，大家晚安。」

鄭楚仁微怔，「來爬床？」

許至清涼涼地看了他一眼，威脅道：「你這樣我就要讓你睡地板了。」

鄭楚仁任由許至清拉著他往家門走，低聲說了「謝謝」。

Film No. 002
Title 蔚藍大海

第 11 章
快樂

鄭楚仁的房間比他們幾個人的都要大一些，不過多出來的空間有大半是他做配樂的工作室，另外大半則是被寬闊許多的廚房和餐廳占據，能夠在聚餐時輕鬆容納Caroline全體成員。結果屬於他自己的生活空間和其他人並沒有什麼區別，沒有客房，臥室和許至清那間是同樣的大小。

這還是許至清第一次進鄭楚仁的臥室，現在的他早已不像初見時那樣會以「冷淡」來形容鄭楚仁，但眼前的景象還是讓他有些訝異。牆上掛著幾張一看就知道是小Phi畫的畫；書桌上的木製檯燈是一隻歪頭的貓，燈泡裝在中空的頭部內；椅子上的靠枕明顯是手縫的，還是個縫紉技術不怎麼樣的人；就連床上棉被也是拼布做成，可以看到被洗到褪色的枕頭套和抱枕套，不過做工好了許多。

注意到他的視線，鄭楚仁指著床說「鈴鐺縫的」，然後拿起看不出最初是想做成什麼形狀的靠枕，嘴角微微翹起，「鈴鐺教洛基縫的，縫到一半一個放棄教，一個放棄學，最後勉強收口，就成了這個樣子。」

鄭楚仁說起其他人的時候總是很溫柔，即便笑容並不明顯，眼睛卻滿溢著溫情，平時習慣性板著的臉也會變得柔和許多。

「這是小小做的嗎？」許至清指著書桌上的檯燈問。

鄭楚仁點點頭，「Phi也有幫忙。」

Sandy收集的老演唱會海報，Sue用各種禮品卡做成的撥片，所有人都簽上了暱稱的吉他。許至清看著就忍不住揚起嘴角，雖然是擔心鄭楚仁才跟到這裡，但此刻他也得到了些許寬慰。這是鄭楚仁一個人的房間，卻不是個孤單的空間，視線所及都充斥著其他人的影子。

「要簽嗎？」鄭楚仁拿起吉他，手指輕撫過一個個潦草的字跡，「得簽亂一點，看不出來是什麼字最好，鈴鐺、Sue和小小就是用非慣用手寫的字。」

許至清接過吉他，「你真的很小心。」

「如果發生了什麼事，我不想親手銷毀這把吉他。」鄭楚仁遞了支麥克筆給他，「音樂人的簽名大半都是鬼畫符，我可以說這是我最喜歡的樂團簽的名。」

想到方俊偉說過的話，許至清好笑地說：「樂團名字叫Caroline？」

「嗯，是個八人搖滾樂團。」

「這麼多團員，分別負責什麼樂器啊？」

「雙主唱、雙吉他、雙貝斯，鼓手鍵盤手各一個。」

許至清莞爾，寫下除了偏旁根本看不出字形的「蝦仔」，把吉他交還給鄭楚仁。

鄭楚仁垂著頭刷了幾個和弦，許至清立即認出這是〈晚安，祝好運〉的前奏，溫暖的琴音填滿了不大的房間。「你好像很喜歡這首歌。」許至清輕聲說：「做飯的時候也會唱。」

「以前駐唱時經常唱，這其實是許老師寫給……我幾個朋友的歌。沒想到後來會有其他團體在組織運動時用到，結果引發了這麼多爭議。」鄭楚仁輕輕哼了幾句，「要說是叛國賊的歌就太嚴重了，不過就是寫來為一群每天都在面對絕望的人打氣的歌，據說對治療失眠有奇效。」

「……我都不知道。」許至清說：「爸爸沒有跟我說過。」

「我那幾個朋友身分敏感。」

「像是現在的我們？」

「比Caroline敏感多了。」鄭楚仁停止彈奏，把吉他放回架上，「你要在這裡過夜就回去拿換洗衣物，除非想穿我穿過的。」

「我可以明早再回家洗澡。」

「我的床不讓沒洗過澡的人上。」

「沙發——」

鄭楚仁打岔，「不是拿來睡人的，你不睡床就回自己家。」

「跟、跟你一張床？」

「不然？」鄭楚仁挑起眉，「你哪裡看到第二張床了？」

許至清的耳朵迅速燒燙起來，但他必須承認同床這件事對他的吸引力。他寂寞了太久，加入Caroline前就連尋常的肢體接觸也是奢侈。經歷了這幾日的壓抑和方才的衝擊，他也不想一個人待著，但還是忍不住回嘴：「我可以不穿。」

鄭楚仁瞇起眼，嘴角彎起些許弧度，語氣就如同用女聲說話時一樣帶著調笑，刻意壓得低啞，「我跟你一樣喜歡男人，至清，你確定要全裸跟我睡同一張床？」

「我、我洗完澡再過來，老大你也先洗。」許至清邊說邊往外逃，在意識到這句話多容易被曲解時連忙解釋：「單純的洗澡，沒有別的意思。」對自己的欲蓋彌彰感到羞恥，他呻吟了聲，

「總之我十分鐘後回來。」

鄭楚仁嘴角微翹，把掛在牆邊的鑰匙丟給他，「去吧。」

許至清洗過澡回來的時候，鄭楚仁側身站在客廳的陽臺，靠著欄杆不知道在想些什麼。他有點單薄的身上只穿著寬大的長袖汗衫，稍長的頭髮軟軟地垂在額前，讓他看起來年紀輕了幾歲，或者應該說是平時的打扮——頭髮向後梳、千篇一律的深色西裝、總是扣到最上面的襯衫，硬是把還很年輕的五官襯得老成許多。

許至清皺著眉走了過去，隨手拿起沙發上的毯子，他好像在Sue房裡看過，應該是她留下來的，走到鄭楚仁身旁就往他肩上披。鄭楚仁斜了他一眼，像是在說「你也沒穿多暖」。

「我不怎麼怕冷。」許至清說：「也沒有冬天晚上站在外面吹冷風的習慣。」

「你對我愈來愈沒有尊重了。」

「你又不想被我尊重。」

「這麼確定？」

「我有眼睛。」

「一雙看得太清楚的眼睛。」鄭楚仁轉過頭，嘴角微微勾起，「聽過憂鬱現實主義嗎？不少心理學家認為輕度憂鬱的人對世界的認知更為準確。我不知道實際狀況怎麼樣，但有時候確實覺得在這種環境下要過得快樂，也許需要一定程度的自我催眠。我沒有做錯事情，這樣不會害到別人，我沒有其他選擇。」

許至清沒有立刻回話，過了好一會才說：「你當初是為什麼走上這條路？」

「要說我是自己走上這條路的，不如說我是偶然遇到了往這裡走的人，就糊里糊塗地跟上去了。其他人應該和你說過，就是張芯語，那時候我只是需要一個目標，一件能做到的事情。」他眨眨眼，一閃而逝的憂傷就被平靜給取代，「一個……危險程度恰到好處的冒險。當時張芯語和我們並沒有把焦點放在揭露真相，只是拍些我們想拍但不會通過審查的題材。一開始還有演員在螢幕上露過臉，他們被叫去喝茶時只要說不清楚我們幾個沒有執照，繳點罰金就會被放過了。」

「那是什麼時候的事情？」

「差不多七八年前，那時候還以為管制已經夠嚴格了，沒想到這幾年情況還能夠變得更糟。」鄭楚仁搖搖頭，「上頭的壓力愈來愈大，團隊裡面的成員也愈來愈撐不下去，有天和我們合作的演員被判刑八個月，那是壓垮我們的最後一根稻草。」

「『我們沒有其他選擇，Truman。』」鄭楚仁輕嘆，「大概是父母替她求情了，張芯語還有跟她一起接受招安的人沒有被判刑，只是繳了一大筆錢。也是因為那段時間恰好在大規模掃蕩地下創作組織，想拿張芯語作為懷柔的證明，鼓勵非法創作者自首。那幾個月主動承認『罪行』的人沒有受到太多懲罰，至少一開始是如此。」

「等比較有知名度的團體都消失，非法傳播內容的罰則被調高了許多。畢竟把做過這件事的人招攬到控制之下後，接著要做的就是嚇阻大眾不要妄圖在體制之外創作。」

許至清看著鄭楚仁沒什麼表情的臉，他那段時期的記憶不算清晰，畢竟父親還沒回家，也還不知道什麼時候才會回家，一天天在恐懼失落和無力中模糊成一片。不過他隱約記得在父親入獄之後，突然出現不少體制外創作和分享作品的人或團體，也許是為了抗議父親的處境。

張芯語歸入政府管轄則是父親剛回家不久的事，新聞報得很大，也報了很多天時間，許至清和父母都看到了，父親難得露出恐懼和麻木以外的表情，憐憫地說：「他們不知道自己在和誰打交道。」

「你後悔過嗎？」許至清問：「當時沒有和他們一起放棄。」

「沒有，從來沒有。」鄭楚仁毫不猶豫地說，接著轉向許至清反問：「你呢？」

「我什麼？」

「從加入到現在這幾個月，你後悔過嗎？」

許至清搖搖頭，他怎麼可能後悔？這是他一直以來的目標，在加入Caroline之後也得到了太多。過去幾個月，他大笑的次數也許已經超過了過去十一年的總和。

「這幾天不是好日子。」許至清說：「但和你們在一起，我過得很快樂，不是因為自我催眠，是真的很快樂。」

鄭楚仁盯著他看了半晌，伸手揉揉他的頭髮，「來吧，別繼續站在外頭吹風了。」

許至清撞了下他的肩膀，嘀咕著說：「明明先站在這裡吹風的是你。」

他跟在鄭楚仁身後回到臥室，站在門口有些不知所措。他是應該直接問接下來該怎麼睡，還是要讓房間主人開這個口？有什麼潛規則需要遵循嗎？

「我可以聽到你腦子裡的齒輪在轉動。」鄭楚仁瞥過來，「怕什麼？我和Caroline每個人都睡過同一張床。」

先是每個人都擁抱過，現在是每個人都同床過，這個人真的和許至清最初想像的很不一樣。

「不好意思喔，我沒有這個經驗。」

鄭楚仁哼笑，對他招招手，「習慣睡裡面還外面？」

「裡面。」

「喜歡靠牆？」鄭楚仁掀開棉被，「那你先躺進去。」

許至清慢吞吞地走過去，慢吞吞地爬進被窩裡，有意識地閃躲鄭楚仁的視線，但在一直沒感覺到動靜時忍不住回頭查看，就對上鄭楚仁感到好笑的視線。

「需不需要中間放個什麼分隔？」

「不需要。」

「要我抱著你嗎？」

許至清猶豫了一下，最後還是決定順從內心，點了點頭。

在外頭吹了幾分鐘的風，鄭楚仁的體溫其實並不高，但許至清還是在修長的手臂抱過來時打了個輕顫——不是因為冷，而是因為滿足。他曾經是個很喜歡擁抱的人，即便在年紀比較大，開始會不好意思的時候，他還是會在和父母坐在一起時偷偷靠過去，暗自希望他們會像小時候那樣抱住他。

他猜母親應該是發現了，但比那時的他還要不善表達，只是輕輕把他們的膝蓋碰在一起。他想父親並沒有發現，但從不吝於用行動表達感情的父親，每次都會伸手抱住許至清，或是摸摸他的頭髮。

「你說你和其他人也都睡過同一張床。」

「嗯。」鄭楚仁的鼻音撒在後頸上，呼吸是暖和的，「最多次是Sue和洛基，不過Sue現在大概不會承認。Sandy談公事談累了會直接拉著我午睡，她睡姿很差。鈴鐺是在一開始認識他那陣子，狀況比較不好的時候，我會和他一起過夜。小小和小Phi……是某次鈴鐺進了醫院的晚上。」

「那你呢？」

「嗯？」

「你需要陪伴的時候就不會找他們嗎？」

許至清背對著鄭楚仁，但可以聽到他語氣中的笑容，「不會，沒想到今天會有人自己送上門來。」

因為鄭楚仁一個人站在電梯外時看起來就像是被遺棄了。因為他張口時先說了個「等」字，接著說的卻是「晚安」。因為那是許至清第一次聽到鄭楚仁直接說了「明天見」，聽起來卻像是不確定他們明天會再見，而且帶著卑微的請求。

因為許至清在他身上感覺到了足以壓垮任何人的悲傷，但他的腰板依舊是挺直的，臉上也沒有什麼表情，只有垂在腿邊的手指無意識地動著，敲出藏在心裡的焦躁。他和許至清並不像，但他們也很像。

「你也會想要我抱著你嗎？」許至清問。

「今天你就別想著照顧人了。」鄭楚仁說，收緊抱著他的手臂，胸口貼著他的肩胛骨，用幾乎聽不見的音量低語「這樣就夠了」。然後恢復了平時的語氣，「快睡，沒睡滿八個小時別醒來。」

這是他能控制的嗎？許至清哭笑不得地閉上眼睛，感覺心跳隨著鄭楚仁穩定的呼吸慢慢平靜下來，腦中還是會浮現樓筱雯說「你們怎麼現在才來」的聲音，還有周子正啜泣的模樣，還有林紹翔扭曲的脖頸、陳羽心掙扎的呼吸，以及父母夜裡因為夢魘或病痛沒有壓抑住的哭喊。

但鄭楚仁的懷抱讓人安心，即便在許至清忍不住眼眶發燙，忍不住顫抖起來時也沒有放開他，沒有開口說些什麼。他只是抱著許至清，低聲唱著〈晚安，祝好運〉。

到底是歌曲助眠還是他的歌聲助眠，許至清並不確定，但很快便墜入了沒有夢的睡鄉中。

鄭楚仁的廚房真的很寬敞，許至清想。

他現在的房間和以前的住處廚房都不算小，但三個成年人擠在裡頭還是會有點施展不開，鄭楚仁的廚房就不同了，即便站著他、鄭楚仁和鈴鐺，空間還是綽綽有餘，不會每走一步手肘便撞在一起。而且他的爐臺有四個，烤箱有兩個，臺面空間又很充足，可以同時進行不同的準備工作。

處理過的全雞早早進了烤箱，只需要再補刷最後一次醬汁；Sandy指名想吃的玉米粽已經一個個包好，放在角落的爐臺蒸；蘆筍和花椰菜在另一個烤箱烘烤，馬鈴薯則是整顆在水裡滾，等著剝皮搗碎做成馬鈴薯泥。

許至清現在拿著顆葡萄柚和一把水果刀，小心地把果肉直接切出來。鄭楚仁則是剝完了菜，用打蛋器在做沙拉醬。

「話說回來，」鈴鐺的聲音突然從後方傳來，他一手拿著烤盤一手拿著串好的雞肉和牛肉，經過他們身後往爐臺走，「我怎麼覺得你們關係突然變好了呢？」

許至清動作一頓，扭頭看向鈴鐺，就發現鄭楚仁也同時做了同樣的事情。鈴鐺朗笑，「默契不錯。」

「畢竟是睡過的關係！」和其他人一起在布置客廳的洛基高喊：「感情變好也是正常的！」

鄭楚仁翻了個只有許至清能看見的白眼，用聽起來沒有用力卻傳得很遠的聲音說：「洛基，你說我們是睡過幾次的關係了？」

「我跟很多人都是睡過很多次的關係！」洛基回答：「老大你不是我的唯一！但你是蝦仔的唯一！我都還沒跟他睡過！」

「要不是這公寓只有我們幾個住，」Sandy插嘴，「整棟大樓的人都要知道你和很多人睡過了。」

許至清悶聲笑著，把葡萄柚果肉加在沙拉裡，撒上弄碎的培根和起司。鄭楚仁則捏起一小搓粗鹽撒下，在許至清拋去好奇的眼神時解釋：「餐廳學來的小訣竅。」

「你也在西餐廳打過工？」

「端過盤子，薪水比火鍋店高了不少。」

火鍋店備料、酒吧駐唱、西餐廳服務生，還有身分比他們都要敏感的朋友，這個人在他口中年少輕狂的時期真的做過很多讓人想不到的事情。

沙拉、肉串和馬鈴薯泥先上了桌，然後是培根烤蘆筍和加了石榴和松子的烤花椰菜，鈴鐺一個人扛著烤雞放在桌子正中央時，已經圍過來的其他伙伴在洛基的帶頭下拍手歡呼，Sandy則是興匆匆地跑到廚房裡查看她的家鄉菜。

「感謝今天三位大廚。」洛基舉起裝著無酒精蛋酒的杯子，「為我們這幾個廚房白痴做了一桌好菜。」

「你自己廚房白痴不要拖我們下水。」小小說：「感謝蝦仔的加入，讓我們兩位龜毛的廚師終於有了符合他們標準的幫手。」

「我哪裡龜毛了？」鈴鐺反駁。

鄭楚仁則是說：「蝦仔不只是幫手，烤雞是他的食譜。」

「你這是承認自己龜毛了？」Sandy揶揄地問，已經拆了一個玉米粽開吃。

「我有自知之明。」

「知道了也不一定會改。」許至清嘟囔，被坐在對面的鄭楚仁踢了一腳，逗得他笑個不停。

這件事誰做起來都很正常，但鄭楚仁做就是很好笑。

從加入Caroline到現在，他們也這樣聚在一起吃過不少次飯了，大多是每個週末例行的會議後，但也有幾次是他們之中誰心血來潮，就這樣一層樓一層樓喊人，叫得到多少人就多少人一起吃。

說起來許至清這段時間好像還沒有自己吃過飯，過去的他肯定很難想像在不遠的未來，再也不需要獨自坐在空蕩蕩的餐桌邊，對著沒有人的空椅子逼自己吃東西。

「不是我倚老賣老，」鈴鐺一邊咬雞腿一邊含糊地說：「但你們真的該練練廚藝了，不然每次不是外食，就是跑來吃我們的，這樣像話嗎？要是我們不在，你們不就每天吃垃圾食物了？」

「你終於承認自己老了！」洛基說：「外食又不一定就是垃圾食物，我做出來的東西才叫垃圾食物。」

Sue從鼻子輕哼，「你也很有自知之明呢，洛基，跟老大睡出來的？」

「妳不也跟他睡了很多次？」洛基靈活地動著眉毛，「還跟我搶過床上的位置——噫！妳別哈哈哈——救命哈哈哈哈哈——」

Sue的臉不知道是羞紅還是氣紅的，手臂夾住洛基的脖子搔他癢，洛基像是雞叫一樣頓點分明的笑聲在整個空間裡迴盪著，直到笑到破音岔氣Sue才放過他。

許至清忍著笑遞了杯水給他，被一臉可憐兮兮的洛基一把抱住。「咳咳，你們都不好好珍惜可愛的我。」他說：「像我這種嬌弱的人是需要小心對待的，不然你們就真的得去換一個新的洛基了——」

Sandy直接往他嘴裡塞了一個沒剝開的玉米粽，「餐桌邊別說那麼噁心的話，洛基。」

晚飯就在如同往常的熱鬧中度過，許至清話說得不多但聽得很多，到了現在已經十分熟悉的聲音圍繞著他，讓緊繃好一段時間的神經逐漸舒緩下來。洛基和鄭楚仁是對的，這點他得承認，他確實需要休息，需要從這些人身上獲得被消磨掉的能量。

晚飯過後他們移動到客廳，牆上掛著五彩繽紛的小燈，電視櫃旁立起了聖誕樹，沒有章法地用彩條和不同的小物件裝飾。裝飾物一個比一個要不正常，許至清還看到了烹飪用的一整串量匙，以及繫著繩子的鏡頭蓋，聖誕樹下擺著他們每個人帶來的禮物。

家。他不知道妄自把這些人當作家人是否有點太早，可是過去他只在家中有過這樣的感受。

價格兩百以下，沒有類別或主題限制，可以自己手工。許至清煩惱了好一會，畢竟兩百能買到的東西實在不多，最後他買了一球比較好的毛線，連夜織了條圍巾出來，只希望收到的人不會嫌棄。

「來來來，抽禮物抽禮物。」洛基往聖誕帽裡丟幾張紙條，讓所有人輪流抽籤。許至清是最後一個，洛基在走過來時「啊」了聲，「少了一支籤，沒關係，最後剩下誰就是誰。」

是忘了做自己的嗎？許至清狐疑地想。

「好啦，大家來公布結果，老大你先吧！」

鄭楚仁展開手中的紙籤，眉梢微微動了一下，「蝦仔。」

「騙人，這麼剛好？」洛基十分浮誇地說，湊過去看了一眼，「還真的是蝦仔，來，把他們兩個的禮物拿來。」

「誰給你發號施令的權力了？」Sue 嘟囔，但 Phi 已經從聖誕樹下找出許至清的紙袋，還有鄭楚仁的紙盒，小跑步到他們面前。

「謝謝 Phi 哥。」許至清把裝著圍巾的袋子塞進鄭楚仁懷裡，「諾，不准嫌棄。」

「你對我好像有點誤會。」鄭楚仁小心撕開紙袋的封口，在不破壞包裝的情況下拿出圍巾，捏在手中感覺了一下，「自己織的？」

許至清點點頭，「脫線有一年免費修補服務。」

鄭楚仁把圍巾貼在臉上，「材質不錯，織得也好。」

面對這樣直白的誇讚許至清不禁紅了臉，低著頭拿過鄭楚仁送的紙盒，同樣小心地拆開。裡頭放著吉他形狀的木頭音樂盒，還有一整捲紙帶。許至清訝異地看鄭楚仁一眼，把其中一條紙帶送進音樂盒側邊的開口，輕輕握著手把轉動，帶著金屬感的清脆樂音就奏出〈燎原〉的旋律。

「我做了十幾張樂譜，如果還有什麼想要的歌，我再幫你打孔。」

許至清把音樂盒收回紙盒裡，雖然是抽到的交換對象，但鄭楚仁的禮物讓他有種特地為自己準備的感覺。他抬起頭，擅自拉開的嘴角露出燦爛的笑容，「我很喜歡。」

「接下來換我！」Phi把手中的紙條展開來給許至清看，「噹噹！」

紙條上畫了隻蝦子，許至清困惑地歪頭看向洛基，籤有做錯嗎？

洛基手搭著臉，一副困擾的模樣，「唉呀，怎麼辦呢？蝦仔的圍巾只有一條，不然小Phi你先把自己的禮物拿來？」

「好啊。」Phi一點也不在意的樣子，拿了個比巴掌要大一點的方形物件過來。許至清在大家的注視之下狐疑地拆開包裝，裡頭包著一本手帳。他隨便翻開一頁，頁面上畫著一隻龍蝦，旁邊寫著：**你知道龍蝦的細胞不會老化嗎？牠們會死掉其實是因為長得太大了，脫殼需要耗費太多能量，而不是老死喔！**

「我在裡面藏了很多小驚喜，你慢慢翻。」Phi咧著嘴說：「要是哪天我出名了，這本手帳可是會變得很值錢的，絕對不只兩百塊。」

「但我的禮物……你怎麼會……」許至清瞪大眼睛看向鄭楚仁，在他盈著笑意的視線中得到了答案，「我……我沒想到……」

「再來是我！」小小直接把東西塞到許至清懷裡，「大家都有類似的東西，你也得有一個。」

許至清拿出紙袋中的銀色項鍊，吊墜是一個看起來也有點像是彎月的C型，讓許至清想到第一次見到Sue時，她耳朵上戴著的耳環。

「是同樣的沒錯，我和洛基的是耳環，小Phi、鈴鐺和Sandy的是項鍊，老大的是尾戒。」Sue說，遞了個只用紙膠帶貼起來的紙袋給許至清，略顯尷尬地抓抓頭髮，「我手不怎麼巧，就沒有自己做東西了，我看你養了幾盆多肉，就買了盆你沒有的種類。」

小小一盆白屋帽子，長著一大一小的耳朵，覆蓋著細白絨毛般的刺。許至清用指尖輕輕撥弄了一下，笑著說：「很可愛，我會放在窗臺上的。」

「換我了！」洛基撲過來抱住許至清，讓他倒退一步才穩住身子，「你的禮物是我對你的愛——噢！」洛基扭頭看向用手肘拐了他一下的Sue，「幹嘛，我們的禮物不都是對蝦仔的愛嗎？只是這份愛以不同形式表現出來而已。」

Sue嫌棄地對他擺擺手，「你送的最好不是什麼奇怪的東西。」

「送妳我的日記哪裡奇怪了？妳分明就很感動。」洛基回頭塞了個信封給許至清，許至清一打開就笑出來了。

「洛基逗我笑」、**「洛基抱抱我」**、**「洛基陪我睡」**、**「洛基我今天什麼事都不想做」**，四種兌換券，每種都有四張，護貝過的卡紙上用簡筆畫著竹竿人，一個頭上長了朵花，一個長著兩條觸鬚。

「你是小學生嗎？」Sue一臉一言難盡，「還有你對蝦子有什麼誤會，兩條觸鬚的是蟑螂吧？」

洛基立刻搶占先機，「妳！妳竟然說我們的壽星是蟑螂！」

許至清吐出一串笑聲，接著又忍不住笑了好一會。洛基整張臉都堆滿了笑容，對他說：「這種平時逗你笑出來的次數不算，以後再有壞日子就來找我吧，蝦仔。」

「好。」許至清緊抱住他，「謝謝你，洛基。」

「哎呀，你們這樣我和鈴鐺很尷尬耶。」Sandy推著鈴鐺上前，「我們也想讓蝦仔看看我們的愛。」

「妳這樣我更覺得尷尬了。」

他們之中最年長的成員脖子都紅了，把一臂長的大盒子放在許至清面前，下意識幫忙一起拆起包裝紙，在意識到時頓了頓，裝作若無其事的模樣抓抓後腦。許至清壓著嘴角，從盒子裡撈出一個拼布縫製成的彩虹色抱枕，緞面的布料摸起來很舒服。

「鄭哥說你不怕冷，我就沒多做棉被了。啊，不過想要的話，我還是可以弄一條給你。」

許至清把枕頭抱在懷裡，「很費工吧，如果沒有時間不用麻煩。」

「不麻煩。」鈴鐺擺擺手，「我就喜歡做這種東西。」

「你們在互相客氣什麼？」Sandy拍了下鈴鐺的肩膀，「最後就是我的禮物了，希望你會喜歡，蝦仔，不過不喜歡也不用有壓力，放心地退給我也沒關係。」

「不會的。」許至清搖著頭說，在拆開包裝時瞪大了眼睛，發出一聲微弱的「啊」。

「這是許老師的第一張專輯，在你出生前發行的，賣得很差，現在都變成珍稀品了。」

Sandy的語氣帶著幾分得意，「還是我耳朵好，當時就買了好幾張。」

許至清像是捧著古董那樣捧著手中的唱片，封面上是父親年輕時的照片，那時他的桀敖還未圓融起來，臉上雖然是笑著，眼神卻很有攻擊性。許至清緩緩吸了口氣再緩緩吐出，說：「謝謝妳，原本……原本我家裡每張都有，但都被拿走了。」

「你也是許老師的粉絲啊，蝦仔？」洛基靠著他說：「要讓Sandy割愛超難的，她就是傳說中的狂粉。」

「我——」

「生日快樂，蝦仔。」

許至清衝動的坦白被不知道什麼時候離開過又回來的鄭楚仁打斷，他手裡捧著一塊巧克力蛋糕，上頭插著問號的蠟燭，Phi在一旁用手擋風，保護好搖曳的燭火。

「怎麼不唱歌？」鄭楚仁語氣平平地說：「需要我cue嗎？」

「我來！」洛基一邊說一邊摀住Sandy的嘴，「三、二、一，祝你生日快樂——」

唱得最大聲的是洛基，其他人音色不同的聲音配合著和他融合在一起，從歌聲的整齊程度聽得出來他們不是第一次唱生日快樂歌了。唱了一次中文之後是英文版本，洛基放開Sandy，拉著許至清搖擺起來，不知道到底是單純的慢舞還是試圖要跳華爾滋，許至清一邊笑一邊哭一邊跟隨著他的動作，踩了洛基的腳好幾次。

「蝦仔啊，你明明運動神經這麼好，為什麼跳舞的時候還會同手同腳？」

「我、我不知道。」許至清吸吸鼻子，「痛嗎？」

洛基用歌劇般的詠嘆調說：「為了你，我再痛也願意。」

「油膩。」Sue輕哼，「來，換人。」

許至清被交到Sue手中，對跳舞顯然有點心得的她領著許至清繞了幾個圈，最後還撐著他的腰，讓他做了個後倒的動作。

洛基吹了聲口哨，「帥喔！你們來嗎？」

許至清就這樣被推到小小、Phi和鈴鐺圍出的圓圈中，三個和他一樣沒有舞蹈細胞的人抱著他搖啊搖，他笑得幾乎要喘不過氣。

「麻煩先吹個蠟燭。」鄭楚仁嘆著氣打斷他們，「快燒完了，我也不會那麼多語言的生日快樂歌。」

「我可以唱西班牙語版本！」Sandy插嘴。其他人聽了立刻把許至清抓到捧著蛋糕的鄭楚仁面前，讓他快點許願。

在Sandy抱怨的咕噥聲中，許至清說出第一個願望「希望大家都能平安快樂」，然後是「希望這個國家能有一點改變」。

最後是對自己說的：希望明年的這天也能和這些人一起度過。

他吹熄蠟燭，對上鄭楚仁淺淡的笑容，他的脖子上還掛著許至清這幾天織出來的藍色圍巾。

「希望你心想事成。」鄭楚仁說。

許至清也衷心如此希望，就算其他兩個願望無法實現，他希望至少第一個願望能成真。

Film No. 002
Title 蔚藍大海

第 12 章
孤獨的善

方俊偉戴著耳機，一動也不動地聽了很久、很久，不知道重複播放了多少遍，眼睛幾乎眨也不眨，像是不想漏掉任何一點細節，即便記錄了陳羽心最後一刻的是耳邊的音訊，而沒有影像。「他們怎麼能。」方俊偉張著嘴似乎是想這麼說，卻沒有發出成形的文句，只吐出不穩的氣息。

許至清站在扛著攝影機的洛基身邊看著方俊偉，如果是他，他不會想在這種時候站在鏡頭前，不過這是方俊偉自己要求的。也許是沒有想到這段錄音會揭露多麼殘酷的真相，也許是低估了「孩子」在不正常的環境下，可能做出多麼不正常的事情。

「她們……」方俊偉終於重拾說話的能力，「做了什麼？」

許至清回想鄭楚仁說過的話，沈麗玟看到現場時並不明白發生過什麼事，但鄭楚仁聽到她的描述就得到了答案——陳羽心躺在更衣室的長椅上，臉上覆蓋著溼透的布料，手腳都有被束縛的瘀痕。「水刑。」許至清說：「大概是覺得好奇，沒有查證過可能造成的後果。」

乾性溺水，陳羽心是在岸上活活溺死的。

方俊偉忍不住咒罵，大概是教學生涯養成的習慣，即便是在這種時候他也沒有罵出聲，而是壓得只剩下氣音，眉頭聚攏起來。「高二學生，才十六十七歲的人，就算是不知道這樣可能致命——」他捏著鼻梁，緩緩吐了口氣，「這可是刑求的手段。」

「也許正是因為那是刑求的手段。」

方俊偉拔下耳機撇過頭，右腿開始上下抖動，直到發現之後壓住自己的膝蓋。他彷彿在這幾分鐘內蒼老了幾歲，眼中連憤怒也看不見，黯淡得像是乾涸許久的血。這種時候成年人應該怎麼反應呢？應該去責怪誰呢？是那些學生，是她們的家庭，還是她們的師長，抑或是這個從未制止過她們，反倒助長她們惡行的學校？

方俊偉的沉默說了很多，卻不包含這幾個問題的答案，許至清在他身上看見了熟悉的無力感，那似乎是所有想做點什麼的人都逃離不了的命運。

「昨天我們班有幾個女孩子被潑了一身水，洗過拖把的髒水。」方俊偉說，不再直挺的背無力地靠著座椅，「我們那棟教學樓的男女廁是連在一起的，裡側是女廁，外側是男廁，中間用一堵牆區隔，牆的最上方有大概十公分高的鏤空設計，也不知道是哪個天才想出來的。光是站著當然不夠高，但搬張椅子便很容易搆到，我進教室的時候就看到那幾個女孩子在哭，頭髮都是溼的，身上換了運動服，披著幾件外套，沾了汙水的衣服揉成一球丟在地上。她們有多委屈，其他人就有多生氣。」

「『一定是三班的人。』我們班的風紀股長說，平時她是個很安靜的女孩子，大家選她當風紀股長主要是為了鬧她，我也是第一次知道她真的生氣起來這麼凶。『我們會幫妳們討回公道。』她說，我這才知道班上個性比較衝的幾個男孩子已經跑去林紹翔班上找人算帳了，我趕到的時候他們已經打完架，被教官發現，然後被罰提著水桶蹲馬步，連傷都沒先處理。喔，就我們班的人被罰，因為是他們先找三班麻煩的，三班學生只是為了趕他們走『輕輕推了他們一下』。」

方俊偉輕嗤，「先動手就是先動手，還能睜眼說瞎話成這樣。」

「我要求要看監視錄影畫面，確認潑我們班女孩子水的到底是誰。學校一開始不答應，我提到已經通知了受害女同學的家長，學校才調出監視錄影，當然沒忘了批評我怎麼在沒搞清楚真相之前就把事情往外說。結果誰都能猜到，廁所裡沒有監視器，雖然那幾個男同學確實在我們班女同學被潑水之前進了男廁，但沒有證據證明是他們潑的水，就算是他們，也不能證明是故意的。

「『就算是化學老師也應該知道無罪推定原則吧？你不能這樣隨便為這幾個孩子定罪，就因為他們不是你自己班的學生。』從那些人口中說出來，我都覺得褻瀆了這個詞，平時他們胡亂指控的事情做得還不夠多嗎？用他們的方式解決完這件事之後，還要再影射一下我和這幾個同學是不是有不正當關係。」

他又用口型吐出幾句髒話，「現在關心自己的學生都怕會害了他們，就因為我是學校眼中的麻煩人物。我到底還留在那裡做什麼？沒有我在，他們是不是反而會過得比較好？我不知道繼續花時間備課、出小考、講課解題到底有什麼意義，說實在我更想讓所有家長都把孩子留在家裡自學，不清楚會不會學得比較好，但至少不用面對這些狗屁倒灶的事情。」他發出不帶笑意的笑聲，「也不會莫名其妙『出意外』，莫名其妙就成了骨灰。」

沉默了一會，他揉揉眉心說：「抱歉，這不是能開玩笑的事情。」

許至清明白他不是真的在開玩笑，只是有些事情荒謬到讓人不知道還能怎麼去談論。「你們學校沒有跟你想法比較類似的老師嗎？」

「肯定有，至少我想相信有。不過這種事情也沒辦法開誠布公地聊不是嗎？畢竟知人知面不知心，傾訴的對象不一定真的和你站在同樣的立場，在這方面老師和學生的處境沒什麼不同，也許相比之下更沒有彼此信任的可能，這大概就是上頭的人想達到的效果。

「你知道最可笑的是什麼嗎？那些勸我不要強出頭，勸我退一步的老師們，我可以相信他們是在擔心我；那些表現出贊同態度接近的人，我反倒不敢相信他們是真心的。哦，你們提過的校護就是一個，現在差不多肯定她真的是想仙人跳我了，只是敲詐的不是錢而是訊息，她想確定我到底有沒有發現什麼，又都做了什麼。」

他的眼神是冷的，「我們班上的學生對她印象很好，畢竟人長得好看，對學生溫柔又有耐心。我帶幾個男孩子去檢查傷勢的時候，說真的我完全看不出來她表現出的關心是不是真誠的，幾個男生大罵教官不公平，她也一副聽得很認真的樣子，聽完之後溫柔地說他們受委屈了，對我說辛苦了。」他搖搖頭，繼續說：「然後她在幾個孩子面前邀我一起吃晚飯，也不知道是不是想靠學生的起鬨讓我答應。」

「你答應了嗎？」

「當然沒有，誰知道她想做什麼，我也不打算找出答案。」

「你認為她都是裝出來的？」

「如果不是裝的，是真的關心這些孩子，那恭喜她，她已經學會了怎麼自我催眠，合理化自己造成的傷害。」

「離開學校要做什麼，你有想過嗎？」

方俊偉安靜了一會，「年輕的時候我們都覺得能從內部改變制度，幾個同學經常聚在一起，討論要怎麼從基層發起教育改革。現在好幾個同學早就不當學校老師了，有人跑到補習班，有人去做家教，有人完全換了個領域。這幾年我愈來愈覺得他們也許比我都要聰明，早早看出了這條船沉沒的徵兆，如果不願意同流合汙，遲早有一天被當成壞蘋果淘汰。」

「現在我想不了這麼多，只想把學生送出學校，看著這整件事情走到終點。」他聳聳肩，「以後的事就以後再說吧，誰知道到時候我人會在哪呢？」

這次訪談結束之後，洛基遞了張名片給方俊偉，「方老師，如果哪天你有意要離開正規體系，和這個人聯絡看看吧。她和幾個同樣從學校離開的老師現在聚在一起開班，替被開除學籍，或是因為其他原因沒有上學的孩子上課。雖然沒有學歷還是會很辛苦，但他們一直在尋求產業界的支持，希望更多雇主願意給這些非正規教育出來的孩子機會。」

方俊偉怔愣地接過名片，洛基笑了笑，繼續說：「目前合作對象只有一間企業，不過多一條出路是一條，而且那可以成為和其他公司搭上線的起點，也許很快就會有更多合作伙伴。」

是鄭楚仁吧？有時候許至清會懷疑這個人是不是有分身，他似乎總是同時在做很多事情。

他們開車送方俊偉離開，在被問到跨年夜的計畫時，這位老師只是露出苦笑，「我還能有什麼計畫？在家思考人生，希望得到一點啟示？」他說他是父母老來得子養大的，現在兩老都已經過世，沒有兄弟姊妹，自己也沒有伴侶孩子，只有關係不怎麼親近的親戚。「大概也是這樣，我才比其他人要沒有包袱。」方俊偉看著他們說：「你們也是一樣的吧？」

許至清知道Sandy的父母在國外，其他人則未曾提過自己的家人，在迎向新一年的夜晚，他們如同往常是彼此唯一的陪伴。「我們的家人不是不在了，就是跟不在了沒有兩樣。」洛基回答：「請好好照顧自己，方老師，不然這個世界又要少了一個好老師。」

方俊偉輕輕哼了聲，「不管你是不是真心，謝了。」

他們回到家和其他人會合，一起吃晚餐，沒有看每個電視臺都在轉播的跨年表演活動，而是放了部現在已經成為禁片的電影——不是因為探討了什麼敏感的議題，而是許多劇組成員當年參與了抗議藝術從業人員評級制度的活動。故事本身是那個時代很典型的賀歲片，單純以娛樂觀眾為目標，沒有摻雜什麼家國情懷或為中央宣傳的橋段。

洛基被規定要是在其他人沒有笑的時候笑出來，就得幫大家做一件家事或是跑一次腿。最後還是許至清裝著一起笑了幾次，才讓洛基免於接下來三個月都得負責倒垃圾和買早餐的命運。

鄭楚仁說讓洛基倒個兩三次垃圾就會放過他了，許至清回答他知道，只是陪著大家一起鬧。然後他們一個個披著毯子到頂樓，一邊喝啤酒一邊等待五一大樓的煙火秀，這次鄭楚仁跟許至清都陪著鈴鐺喝汽水。一分鐘的煙火不知道燒掉多少錢，雖然大樓上顯示的文字讓人看了就反胃，但煙火本身還是很美，一道道不同色彩的火花劃破天際，比起炫目光線照耀下的他們都要自由。

倒數一分鐘，倒數三十秒，倒數十秒。他們一同低聲從十數到零，然後洛基、Phi、小小和Sandy同時高聲喊「新年快樂！」洛基在許至清臉上印下了誇張的吻，小小和Phi一起抱住鈴鐺，Sandy則是一手攬著Sue，一手攬著鄭楚仁。

這時鄭楚仁接到一通電話，他走到一旁，神色立即沉了下來。許至清擔憂地看著他，鄭楚仁左手拿著手機，抱在胸前的右手搭在左手手肘上，手指焦躁地敲動著。其他人也安靜下來，一起等著鄭楚仁結束通話。

終於，鄭楚仁捏著眉心轉了過來，「方老師半小時前在家裡被逮捕，理由是濫用職權對學生性騷擾。」

許至清捏扁了手中的鋁罐，在洛基眼中看見相同的憤怒。

「從集體洩題開始，我們一件一件爆出去。」鄭楚仁沉聲說：「首要任務是給那些人創造更大的麻煩，讓他們自顧不暇。Sandy、Sue、Phi，先做一個關於作弊的專題，別管品質怎麼樣，只要確認沒有洩漏學生的身分，用最短的時間把重要資訊說出來。接著再做林紹翔的專題，最後是陳羽心的。小小，準備好劫持訊號需要的設備，洛基你去幫她。」他轉向許至清，「你跟著我來，蝦仔，鈴鐺你也是，幫我們化過妝之後留在這照顧好其他人。」

鄭楚仁深吸了口氣，再次開口說話時，語氣已經聽不出什麼情緒，「要請大家熬這個通宵了。」

許至清拉住鄭楚仁的手，有點冰涼，掌心粗糙，但感覺不出動搖，反倒是安撫般捏了下許至清的手指。

「我們是一個Team嘛。」許至清說。

鄭楚仁露出不明顯的微笑，和每個人一一對上眼，「老樣子，不管做什麼都記得——」

其他人異口同聲地插話：「——安全第一。」

鄭楚仁翻了個白眼。白眼三號，比起好笑更接近儀式性的親近表現。

就如方俊偉的描述，邱佳儀是個外表清秀、氣質溫柔的人，好看到足以在人群中吸引目光，但又沒有美到讓人產生距離感，可以想像她為什麼會受到學生的歡迎。興許是還沉浸在跨年的氣氛中，邱佳儀一邊走在路上一邊哼著歌，臉上掛著淺淺的笑容，不時拿出手機打字，大概是在回覆訊息。看起來心情很輕鬆，一點也沒有參與毀掉了好幾個人人生的樣子。

許至清抓準時機把車從巷口開出來，擋住邱佳儀的去路。她一時之間沒有反應過來，愣愣地站在原地。

坐在後座的鄭楚仁降下車窗，「邱佳儀小姐，我們談談。」在對方就要退開時，他繼續說：「妳在成為校護之前被醫院辭退，是因為偷管制藥物被發現了對吧，妳前男友已經入獄幾次了？」

邱佳儀腳步一頓。

「談談？」

她上了車。問話的工作交給鄭楚仁，許至清負責繞圈子，還有注意有沒有人跟車。鄭楚仁確認過沒有發信裝置之後讓邱佳儀交出手機，在經過她居住的公寓大樓時丟進信箱。

「你們用什麼來指控方老師的？」鄭楚仁問：「先前偷拍的照片？或是找了哪個學生或家長作證？」

這時許至清收到Sue傳來的訊息，他轉告鄭楚仁：「有人找上陳羽心的父母，告訴他們陳羽心長期受到方老師的傷害，希望他們出面為女兒討回公道。」

鄭楚仁輕嗤，「想把責任都推到他身上是吧，妳給了頂頭上司什麼？陳羽心當時蒐集的證據？妳和她談話時的錄音？」

「……我不知道你在說什麼。」

「想不起來？沒關係，我幫妳想起來。」鄭楚仁雙臂環抱，語氣冷然，「被醫院辭退之後妳找上家裡附近的診所，讓醫生幫妳偽造處方箋，好領取管制藥物。長期下來不知道騙了多少藥？如果知道分分合合的男朋友有毒癮，會有人相信妳本人沒沾過毒嗎？」

邱佳儀抿著嘴，「你想怎麼樣？」

「告訴我參與其中的都有誰，還有你們具體的打算。」

「他們做什麼也不會讓一個校護知道。」

「李俊凱，診所是個人開業，通常妳會在星期六中午和他拿處方箋——」

「……我只知道一部分。」

「那最好全都說出來，祈禱妳知道的事情足夠換取我的緘默。」

許至清後知後覺地意識到鄭楚仁累積起的憤怒有多深，只是先前一直沒有表現出來，或者應該說是表現得太過克制。

邱佳儀沉默了好一會，臉上已經完全看不見先前的輕鬆，放在腿上的雙手緊緊握在一起，「你也知道職場總會有潛規則，方老師不遵守就算了，眼裡還容不下一粒沙子，就是得出這個頭，學校看不慣他已經有一段時間。結果這次意外發生之後，方老師反而變得比起以前還要更不安分，你可以想像上頭會有什麼反應。」

「意外？」鄭楚仁嗤笑，「繼續說。」

邱佳儀不安地瞥了他一眼，「學校讓人拍了一些……照片，然後拿著這些照片去找了幾個家長，告訴他們方老師是騷擾學生的慣犯，還和其他學生有不當關係，他們的孩子不是太害怕而不敢承認，就是被欺騙感情而包庇他，需要家長站出來保護自己的孩子。」

「難道學生不會幫方老師澄清？」

「一開始也許會，但只要有幾個家長不信孩子的話，只要有幾個學生開始懷疑自己，或是刻意配合說謊，他就算不被定罪，作為教師的生涯也完蛋了。」

要毀掉一個人的生活，對掌握話語權的人而言是多麼簡單。擁有確證的人卻經常無法將消息放出去，得靠著偷、靠著搶才能奪得能被聽見的平臺，才能導正自己被扭曲的故事。口耳相傳的速度比不上大眾媒體的宣傳，少數人的信任面對整個環境的指控是多麼不堪一擊。

「那妳呢？」鄭楚仁問：「從頭到尾都在說『學校』做的事，怎麼不提妳在這之中扮演的角色？」

「我沒有——」邱佳儀的語氣強硬起來，「我試著幫過他，但他不願意讓我知道他都查到了什麼。」

「幫他？妳讓受到霸凌的同學不要求助，從他們手中騙走證據的時候，也覺得自己是在幫他們嗎？」

「我是在幫他們。」

許至清簡直不敢相信自己的耳朵。

「學校會花心思處理掉的都是可能造成威脅的人，只要我能證明這些人已經對學校無害，他們的下場就不會太糟，最多是丟了飯碗或是受點小懲罰——」

鄭楚仁的笑聲是銳利的，讓邱佳儀下意識瑟縮了一下。

「小懲罰。有學生丟了性命，有學生被丟給矯正官受盡折磨，這也叫小懲罰？」

「……陳同學的死和我沒有關係，她要是願意退一步就不會被欺負成這樣，其他孩子都是忍一忍就平安度過了高中。她那朋友也是，要是帶著那一點微不足道的證據試圖揭發這件事，學校是不會放過她的，現在只需要休學半年就能繼續念書，不是很好嗎？」

「還有多少？」鄭楚仁冷著聲音質問：「還有多少學生向妳求助過？」

邱佳儀撇開頭，眼神有些閃爍。

「多少孩子因為信任而找妳幫忙，但妳不僅沒有回應他們的期待，反而要他們隱忍，拿走他們好不容易找來的證據交給學校，完全辜負了他們對妳的信任？」

邱佳儀依舊沒有說話。

「妳知道矯正官都是群怎麼樣的人嗎，邱小姐？」鄭楚仁放柔了聲音，語氣卻帶著鋒芒，「如果運氣好遇到比較沒那麼惡劣的矯正官，偶爾受點皮肉折磨或言語辱罵就沒事了，但絕大多數矯正官是怎麼對待監管對象的，妳知道嗎？」

「電擊是很受歡迎的懲罰方式，控制好強度就不會留下傷痕，市面上有賣大型犬用的電擊項圈，調整一下就能戴在人身上。精神羞辱也是家常便飯，在這方面他們花招多得很，喔，這時項圈也會派上用場，在某些人眼中你就是一條狗，不，大概連狗都不如。

「妳把多少人推入了這樣的火坑？有多少人在試圖逃離霸凌者的時候被妳雙手奉給更殘酷的惡棍？猜猜看，現在有多少人都恨不得妳去死？」

許至清頓時有點喘不過氣，鄭楚仁聽起來……像是從自身經驗在說話。許至清逼迫自己不去想像，現在不是時候，他們有應該完成的事情。

「我，」邱佳儀開口：「我也是勢單力薄——」

鄭楚仁打斷她，「妳可以選擇不幫他們，畢竟每個人面對的困境不同，但千不該萬不該利用他們對妳的信任。妳應該也清楚，邱小姐，在這樣的世界裡信任到底有多珍貴。」他不明顯地深吸口氣，聲音很平穩，「說吧，給我一個名單，你們找了哪些學生家長，有哪些老師或行政人員參與。」

「我不知道所有——」

「知道多少說多少。」

「我說了你們就會替我守密？告訴你們這些對我來說風險很高。」

鄭楚仁尖銳地笑了聲，「妳不說也沒關係，只是就算沒有陪男朋友坐牢，我也可以保證未來沒有人敢雇用妳。說了我就不會把偷藥和疑似吸毒的消息放出去，也不會主動讓你們學校的人知道是妳洩漏的資訊。但他們能不能查出來，還有接下來妳會發生什麼事，這個我都不管。」他頓了頓，「喔，對了，要是事後查證發現妳說了謊，我還是會把妳的事情散布出去。」

最終邱佳儀選擇退讓。也許她依舊有所保留，但從她口中得到不少消息，至少足夠他們繼續接下來的計畫。許至清開回距離邱佳儀住所兩個街區外的地方，在讓她下車前，鄭楚仁從她袖口中搜出了一支錄音筆。

「多謝妳還替我備了份。」鄭楚仁說：「希望我們都會得到應得的結局，邱小姐。」

邱佳儀狼狽地轉身下車，大步往回家的方向走。許至清從後照鏡和鄭楚仁對上視線，「現在去找那些家長？」

鄭楚仁搖搖頭，「太晚了，他們這時候也不一定聽得進陌生人說的話。」他看了眼手機，「公正高中明天一早會開記者會，到時候直接壓過轉播的訊號，我讓Sue把其他班學生提到方老師不願意洩題的語音處理過剪進去，該懷疑的人會自己把這兩件事聯結在一起。現在我們先去確認學校附近的環境。」

「明白。」許至清在腦中規劃開往學校的路線，「方老師的學生會不會做點什麼？蘇寧禕也在邱佳儀剛才提到的名單裡面，就我對她的印象，她感覺滿在乎方老師的，應該不會承認沒發生過的事情。」

鄭楚仁微微皺眉，「不能排除有學生為了成績對他心懷怨恨的可能。」

「可是就方老師昨晚的形容，他們班感情應該不錯，對三班和其他老師也沒有好感。之前的事方老師也是唯一站在學生那邊的師長，這在他們心裡多少會有分量吧？」

鄭楚仁不置可否地應了聲，「如果他們之中有人願意站出來可以幫一把。」

「不會有問題嗎？」

「鬧得夠大就沒問題，而且學生因為相信自己的班導而站出來，這還算是容許範圍內。」

許至清頓了頓，「因為他們年紀小？」

「因為他們年紀小，也因為班導是權力關係上地位比他們高的人，對父母親、老師、上司、長官表現出忠誠，比單純對體系感到不滿而衝撞體系要能被接受。況且他們反對的不是真正握有權力的人，只是存在姻親關係，隨時可能被切割的對象。只要那些人不笨，在命案的真相也放出去之後，他們就會放棄保下公正高中，不過是一所學校而已，不值得淌這個渾水。」

許至清動了動嘴，最終還是沒有把真正的想法說出口。鄭楚仁不知道在他臉上看見什麼，接著說：「知道超級英雄為什麼會變成禁止題材嗎，至清？」

突然的話題轉變讓許至清愣了一會，「官方說法是不該鼓勵私刑。」

「嗯，官方說法。」鄭楚仁勾勾嘴角，「主要是他們的存在本身就彰顯了體制的失能，也象徵著足夠強大的個人便足以改變環境、凌駕集體。相信英雄的存在，相信每個人都有成為英雄的可能，這樣也許相信自己無力反抗的人就少了，對於仰賴沉默多數繼續沉默下去的當權者而言，這可不是好事。」

「不過這個等式其實是有瑕疵的。」鄭楚仁看了過來，許至清意會到他還未明說的意思。

「我們沒有以一敵百的能力。」許至清說：「要是正面挑戰權威，我們只會被輾過去。」

鄭楚仁點點頭，「一個人只是一個人，個體的力量確實如所有人想的那樣微不足道，我們得選擇拚搏的戰場。」他沉默了一會，許至清感覺得出來還有話要說，所以只是靜靜地等著鄭楚仁開口。然後鄭楚仁露出不明顯的笑容，「『別急著燒掉整座青山。』以前有幾個朋友經常這麼念我，要我別急著拚命，多活一天也許就能多毀一面牆，多救一個人。遇到Caroline每個人的時候，我都很慶幸自己多撐了幾天，能在他們需要的時候拉一把。」

許至清在耳邊聽見了自己的脈搏，「砰咚、砰咚」，讓他從腦袋到胸口都在發燙。是敬佩，是心疼，是憧憬，還是又混雜了更多不同的情緒？他刻意放緩呼吸，看了眼鄭楚仁沒有顯露出疲憊的臉，「可是Caroline就是你拚搏的戰場，你會毫不猶豫地為了大家燒掉自己這座青山。」

鄭楚仁沒有否認，而是說：「你就不會嗎？」

許至清啞然。因為他會，當然會。

談話間已經抵達學校附近，許至清沒有停車，而是直接在附近繞了幾圈。公正高中地處住宅區接近商業區的邊陲，附近還有一間國中和幾間補習班，靠近商業區的那側鄰近群聚的金融大樓。現在已經是星期六，又是跨年後的第一天，早上人流和車流不會太多。這是好事也是壞事，好在他們不會被人群耽擱離開的時間，壞在他們容易引起注意，只希望記者會開始時，會有足夠多的人在現場。

「等等，那是——」許至清詫異地放慢車速，「他們這是想做什麼？」

在學校側門，幾個人影鬼鬼祟祟地試圖翻牆，先是把外套往上丟，蓋住圍牆上的鐵絲網，接著一個人把另一個人舉了起來。但圍牆不矮，鐵絲網又讓被抬起來的那個人不知道該怎麼施力，結果又跌了下去，好在同伴有接好他。旁邊摀著嘴的女孩子看起來很眼熟。

許至清和鄭楚仁交換了一個眼神，鄭楚仁點點頭，「去吧，保持通話，我會在附近。」

許至清戴上耳機，停車往側門的方向快步走去，找出監視器的位置。這幾個學生顯然做過準備，或是過去就曾經注意過，選了個監視器正下方拍不到的死角。兩個女孩兩個男孩，許至清覺得眼熟的那個女孩正是先前談話過的蘇寧禕。

「嚇！我們只是——只是來拿作業的！」剛才負責舉起人的男孩子在看見許至清時說，立刻做出保護其他人的姿態，「等等，你誰？」

在許至清能開口回答之前，蘇寧禕認出他，上前推了他一把，只是力量小得無法推動半分。

「你不是說了不會拖小偉下水嗎？」她控訴地說，語氣有點顫抖，「你答應過你會小心的。」Caroline和方俊偉的接觸並未被發現，否則學校就不會只是試圖汙衊他了，但許至清沒有反駁，而是簡單地說：「抱歉，我會盡快幫他脫身。」

「寧——妳認識這個人？」另一個女孩問。

「他說他是林紹翔的朋友。」蘇寧禕抿起唇，「你真的能幫老師？」

許至清點點頭，「你們這個時候闖進學校……是為了接下來的記者會？」

「你怎麼知道？」蘇寧禕在下意識喊出聲之後用力閉上嘴，許至清彷彿能夠聽見她牙齒撞在一起的聲音。

「記者會時要是你們出現鬧場，他們會直接切斷現場的訊號，你們也會惹上麻煩，這你們想過嗎？」

年輕的臉龐互看了幾眼，然後剛才翻牆失敗，還疼痛地甩著手的男孩說：「想過了，我們會想辦法解決。」

「靠錄影或是網路直播？」許至清問。

「你怎麼知——」這次換這個男孩摀住自己的嘴了。許至清壓住嘴角，他們青澀和缺乏城府的一面讓他看見了點希望，至少不是每個人都已經被形塑成社會想要他們成為的樣子。

「抓住你們之後他們第一個動作就會是拿走你們的手機，直播一開始的流量也不夠，沒辦法讓太多人看到。」

蘇寧禕張了張嘴問：「那怎麼辦？」

「由我們幫他們直播。」鄭楚仁透過耳機告訴他：「直接劫持新聞臺播出，之後接著放我們準備好的影片。媒體界的協力者也會裝作為了搶頭條，幫忙把訊息發散出去。」

「我和我的伙伴可以幫你們。」許至清說：「你們只要說想說的話，我們會盡所能讓足夠的人聽見。但你們真的要想好，如果這麼做了，你們和家人朋友的生活都會受到影響。」

「學校本來就要拿我的身分來用了。」蘇寧禕說：「我不想幫他們做偽證，他們就說要讓大家知道我和方老師的關係，說我被騙身騙心還幫加害者數錢。」

「我也一樣在拒絕說謊的時候被威脅了。」另一個女孩說。

「我們也是。」剛才負責爬牆的男孩冷哼了聲，「說什麼方老師男女通吃，我們都被騷擾過，但因為是同性不敢說出口。」

這是完全不管受害者，即便是假受害者的身分保護了？更何況他們不是未成年就是剛成年不久。許至清嘆口氣，明白這是學校的威脅手段，有太多辦法能夠「不小心」把這些資訊洩露出去。

「把重點放在方老師的無辜上，其他的不要多說，知道嗎？尤其不要說到三班的事，你們這陣子的衝突也不要提。」

除了蘇寧禕之外的孩子都瞪大了眼睛，幾個人同時說「你怎麼知——」然後零零落落地閉上嘴巴。

這次許至清沒忍住笑出來了。他抬頭看著圍牆，牆上的鐵絲網有密集的尖刺，就算是他也不會在有其他選擇的時候直接上手抓，不過方才被丟上去的外套材質夠厚，而且今天他恰好穿了軍靴，不怕被鐵絲網卡住。「往旁邊站一點，我先爬上去再幫你們。」

幾個年輕人縮在一旁，小心地待在監視器的死角內。許至清踏著牆推動身體，藉著外套的保護抓住鐵絲網一扯，在把自己拉上去的同時踩上圍牆邊緣，直接用厚厚的靴底把鐵絲網壓往側邊，創造出立足點。然後他轉過身蹲下，對幾個學生伸出手，「誰先來？」

一雙雙眼睛愣愣地看著他，蘇寧禕是第一個走向他的。兩個男孩子也在這時反應過來，從後方幫忙撐住蘇寧禕。許至清發力把她拉了上來，接著先跳下圍牆，在下方接住她。然後他重複同樣的動作，幫另外一個女孩和兩個男孩也翻過了牆。

「你們學校以前開過記者會嗎？知不知道都在哪開？」

許至清不認識的女孩點點頭，指著拉上鐵門的大樓，「那邊再過去就是教學區，大樓正面有學校的名字，每次有什麼特殊場合都是在那裡拍攝，然後SNG車會直接停在旁邊的停車場，方老師之前抱怨過他資歷比較淺，每次都會被逼著把車移開。」

在圍牆內開記者會是有點麻煩，就不知道到時候人流管制嚴不嚴格。像是遠端讀出了他的心思，鄭楚仁說：「不用擔心拍攝的事，有人會幫我們放針孔。」

「你們打算躲在哪？」許至清接著問。

回答的是爬牆的男孩，「門口警衛室旁邊有個工友休息室，我有鑰匙可以進去。」

「沒有保全系統或監視器嗎？」

男孩搖搖頭，「之前有工友東西被偷調不到記錄，好像是為了省錢，只有教學區跟門口防盜保全做得比較嚴格。」

「你們手機現在都是關機的吧？」

幾個人都點點頭，讓許至清感到欣慰又悲哀，這不是正常社會中平凡人應該學會的事情，更別說是年紀不大的高中生。

「安全第一。」許至清溫聲叮嚀，因為下意識說出鄭楚仁的口頭禪而笑了笑，「如果到時候想要逃跑也沒關係，往後還有很多機會說出真相，不用勉強自己。」

「這次我不會逃的。」蘇寧禕輕聲說：「我不想再看到有人因為我被傷害了。」

「林同學的事不是妳的責任。」許至清從口袋裡掏出幾顆糖給她，這段時間他經常隨身帶著甜食，「來吧，我跟你們一起去休息室。」

他在休息室待了好一會，確認沒有監視器或監看設備，沒有其他潛在的危險。鄭楚仁沒有催促，他只會比許至清更擔心這些孩子的安全。

幾個學生帶了一副撲克牌，四個人一邊小聲說話一邊玩記憶翻牌，玩過兩輪之後改玩撿紅點，大概是為了避免太過激動會控制不好音量，都是一些和平又不需要勾心鬥角的遊戲。上一秒還在同仇敵慨地罵學校，下一秒便憂愁地談起接下來的大考，然後他們提到班上其他同學不願意幫忙就算了，甚至還光明正大胡說八道，愈說臉拉得愈長。

蘇寧禕把許至清給她的糖分給大家，四個人含著糖果含含糊糊地繼續說話。許至清輕輕舒了口氣，開口告訴他們自己要走了。

「祝我們好運。」蘇寧禕小聲說，雙手掌心相貼拜了一下，也不知道是在拜誰。

許至清在心中默念父母的名字，說：「祝你們好運。」

他順著原路離開，翻過牆之後把鐵絲網恢復原狀，鄭楚仁時間算得很準，恰好在這時從對街開過，讓他在下個路口上車。

「第一支影片已經準備好了。」鄭楚仁說：「Sue、小小和Sandy去劫持訊號的同時，你和洛基先在學校附近待命，要是有什麼突發狀況再聽我的指示。」

「之後那四個學生的家長也許會被叫到學校，或者他們會被押回家裡，要我猜應該會是後者，畢竟各個擊破的成功機率比較高。到時候你們就先跟著回蘇寧禕家，看能不能找到單獨談話的機會。沒有就到下一個人家裡，能說服一個是一個。」

「你呢？」

「先當你們的後援，晚一點去找人喝茶。」

許至清轉頭看他，「危險嗎？」

「只是喝茶聊個天。」大概是注意到他的眼神，鄭楚仁接著說：「在對方眼中我只是商業上的合作伙伴，因為他親家的醜聞去詢問生意會不會受影響，這不會引起什麼懷疑，到時候現場也不會只有我。」

「校長的女婿？」

「女婿的大哥。去良心建議一下對方不要牽扯太深，就算想幫弟弟的老丈人，站不住腳的指控不是聰明的解決辦法，要轉移注意力就爆個更大規模的醜聞。」

「你之前說讓不同學校之間互相舉發。」許至清想了想，「等事情發酵得差不多就公布林同學的錄影，看對方怎麼反應，最後再放出陳同學的錄音？」

鄭楚仁點點頭，「簡先生是個生意人，他不會做虧本的買賣。」

「接下來他要變成新聞中大義滅親的英雄了嗎？」

「也許。畢竟他不算太笨。」

許至清不知道還能說什麼，只能深深嘆了口氣。鄭楚仁伸手過來捏了下他的肩膀。

「趁現在睡一下，再過幾個小時你就有得忙了。」

「你不也一樣？」

「需要四處奔波的是你們。」

許至清沒有繼續推拖，他確實得為了白天的事情養精蓄銳，也沒打算讓鄭楚仁一個人去喝茶。至少這一次，他們能避免更多悲劇發生。

Film No. 002

Title　蔚藍大海

第 13 章

赤子之心

首先是裝設鏡頭。

鄭楚仁知道蕭郁書在聽說公正高中對媒體發出邀請時，本來就已經打算要爭取做這個報導。有一點惹火上身的危險，但只要掌握好尺度就不算太嚴重，不去究責背後支持的勢力，把砲火對準學校，最後贏了就能大致上全身而退，蕭郁書有八成的信心Caroline能成功讓公正高中被放棄。不過他上司不清楚實情，拒絕了他的提議。

不以記者的身分參與，總能以Caroline協力者的身分幫忙，稍微委屈一下對街那些市政府的床伴，鏡頭就裝在他們要出動的攝影機上，也許還能逼他們找回一點媒體人的風骨。鄭楚仁一直都知道陳晏誠這個外甥有點缺德，而且相當記仇。

再來是劫持新聞訊號。

這件事情他們已經做得很熟練了，這次選定的劫持對象正是要被裝上偷拍鏡頭的苦主。要是方俊偉的幾個學生沒有臨時怯場，他們在轉播完現場之後就會播放已經準備好的第一支影片，只有兩分半，用收集到的考題和陳羽心拍到的照片作為畫面，搭配處理過的學生證詞。

除了周子正影片中錄到的對話，針對作弊的狀況他們依舊不算有決定性的證據，但沒關係，只是要先打亂對方的計畫。

接下來看學校如何反應，在消息已經傳出去的狀況下，不會有人敢傷害這四個孩子，至少不會是肢體上的傷害，否則將成為進一步損害學校形象的彈藥。在場的記者就算都和公正高中交好，也不至於全部都願意放任幾個未成年人被欺凌，而且有點敏銳度的人也該猜到這只是個開始。

燒到公正高中的火不會輕易熄滅，要讓牽涉其中的利害關係人都意識到這點。

其他人各自就定位，準備執行自己的任務，鄭楚仁和鈴鐺則待在隨時能夠支援兩邊的地點，一邊看鏡頭拍到的畫面一邊確認眾人的狀況。蕭郁書偷裝好針孔之後就先離開了，鄭楚仁聽完他帶著一群同事和幾個準備出車的記者吵架的現場，有那麼點哭笑不得，雖然這是為了替自己打掩護，但他們顯然遠不是第一次打嘴仗。車子往學校開的同時，Sandy和Sue也已經準備好隨時劫持訊號，小小留在車上作為技術支援，Phi負責替她把風。

裝著針孔的攝影機下了車，幾個穿著正裝的人已經站在教學區前，輕鬆的神情和他們即將做出的聲明全然不搭。鄭楚仁嘖了聲，這是連表面功夫也不做了？

他認出了公正高中的校長，不久之前這個人才接受過採訪，表達對林紹翔意外死亡的痛心，義正詞嚴地說一定會確認樓梯間照明是否不足，希望死者家屬能從悲痛中走出來，把林承軒的抗議行動和悲傷造成的不理智畫上等號。

幾個人打招呼的打招呼，握手的握手，確認接下來進行的規矩：什麼時候開始或停止採訪由學校決定，回頭正式新聞稿得由校方先審閱過。「老樣子。」在場有人這麼說，然後一群人又和和氣氣地寒暄了幾句。

老樣子。鄭楚仁無聲嗤笑。

「……各位媒體朋友好，謝謝你們今天來到這裡，很遺憾地這次要傳達給各位的也並非好消息……」

預期之內的官腔開場。

「……朝夕相處的伙伴做出這樣的事情，我們都相當痛心，但我們將秉公處理這次事件，不會顧念同事感情而大事化小……」

預期之內的冠冕堂皇。

「……目前不確定受害者有多少，警方還在調查當中，也請不要害怕站出來，為權責單位提供證據和證詞……」

預期之內的厚臉皮，接下來——

「……這些孩子還年輕，太容易被哄騙，需要我們這些成年人多多把關，免得受害者連被占了便宜都意識不到。像方老師導師班的蘇同學，明明是個聰明的孩子，考試成績經常是班上前幾名，作文比賽也經常得獎，但……唉，總之我們得多注意這些孩子的身心健康，希望各位家長也能提供協助。」

預期之內的報復，暗示身分的手段有些拙劣。

「方老師沒有做這種事！」蘇寧禕的聲音先是響起，接著她和幾個同學衝進畫面，搶過其中一名記者手上的麥克風，瞪著攝影機說：「我是蘇寧禕，就是他們說的蘇同學，我不是受害者，和方老師沒有師生以外的關係！」

「我是王奕豪，方老師沒有對我做過任何不適當的行為，我也沒有做過這樣的指控——」

「採訪暫停！」有人高喊：「你，攝影機關了，立刻！你們幾個，不好好待在家裡在這鬧什麼?!」

「我是何雪玲！」女孩推開試圖抓住她的人，繼續喊出想說的話：「一切指控都是學校單方面做出的！」

最後一個男孩也接著說：「陳彥廷，跟方老師根本沒有課堂外的接觸，連私下問問題也沒問過——」

「夠了！給我乖乖回家去，這是大人的事情，你們小孩子別攪和——啊！」

蘇寧禕咬了口抓著她的女人的手，一邊哭一邊喊：「你們要利用我們害老師，這怎麼就不干我們的事了？方老師很好，是我們不夠好，是我們對不起他，你們也一樣對不起他——」

「啪」，女人的巴掌揮了過去，被一名有點年紀的記者拉住，笑著勸說：「這幾個孩子只是被情緒沖昏頭了，談談就好、談談就好，沒必要這麼激動。」

蘇寧禕揉揉微紅的臉頰，委屈地低頭啜泣，呢喃道：「你們都這樣，你們總是這樣。」

現場一片混亂，不同的聲音像是事故一樣撞成一團，幾乎分辨不清具體的字句，厲聲指示的，溫和勸慰的，驚慌詢問的。鄭楚仁看了眼電視臺的轉播，小小那邊已經開始播放揭發作弊的影片，鄭楚仁發了則訊息給Phi，讓他們準備撤退，照往例到鄭楚仁名下的另一棟房產待一會，之後換過車再回家。

「這都什麼跟什麼啊？」最靠近針孔的聲音說，音量不大，但還是壓過了背景的爭執聲。

「你也不是第一天跑他們的新聞了。」

「我……之前沒有多想。」

「你從哪個石頭底下出來的？來我們這裡之前都沒有做過功課？我們的新聞總看過吧？」

「看過是看過。」沉默了一瞬，「我姪女就他們這個年紀。」

「所以呢？我們不是記者，新人，我們充其量就是會走路的腳架和會念稿的揚聲器——」聲音壓低下來，「你搞什麼？事情都結束了，現在開始拍這些是想做什——」

「磅。」

鏡頭突然不知道被什麼給擊中，畫面和聲音都驟然終止。鄭楚仁壓下詫異，正要詢問許至清現場的狀況，對方就撥了電話過來。

「學校的人對著其中一臺攝影機丟麥克風，正指著攝影記者的鼻子罵，針孔大概也被砸壞了。四個學生都沒事，他們停止掙扎之後學校的人也沒再動他們，現在看起來是準備把家長叫過來，幾個行政人員一邊打電話一邊拉著他們往教學區走了。」

「看來我猜錯了。」注意到許至清那邊傳來的喘氣聲，鄭楚仁皺起眉，「你在哪？」

「我和他們隔著一個中庭，不會被看到的，而且今天學校除了他們什麼人也沒有，我只是想確認他們的安全，家長到了我就離開。」

鄭楚仁嘆口氣，「小心點，我看看能不能攔到其中一個人的家長。」

「啊。」許至清欲言又止地頓了頓，「好，你也小心。」

鄭楚仁掛斷電話，翻了個許至清看不見的白眼，大概可以猜到許至清是想把這個工作也攬下來。但除非他能分身，不然顯然沒辦法同時完成兩件事。

確認過幾個學生的住處，鄭楚仁讓鈴鐺開往距離他們最近的蘇寧禕家，找出蘇寧禕和父母的合照。這件事結束後得提醒這些孩子使用社群平臺要謹慎，鄭楚仁想，至少頁面不要設定成完全公開，即便防不了公權力，至少能防其他有心人——他知道由自己來說這些話有多諷刺。

「這邊停車，收到我通知就去十二之七的咖啡廳。」他頓了一瞬，「大概十五分鐘。」鈴鐺點了點頭，「等會見。」

鄭楚仁在停車場等到了蘇寧禕的父母，兩個人頭髮都沒梳理過，男人在外套下還穿著皺巴巴的T恤，顯然是接到電話之後便匆忙出門。鄭楚仁擋住他們的去路，開口道：「是蘇同學的家長嗎？」

女人咬著指甲，看起來完全沒聽見他的話，男人則是抱著妻子的肩膀往旁邊繞，說：「抱歉，我們趕時間。」

「是關於你們女兒蘇寧禕的事。」鄭楚仁說：「你們不想知道她的學校到底是怎麼回事，她又被牽扯進什麼樣的麻煩了嗎？」

夫妻倆停下腳步，同時看了過來，如果眼神可以傷人，鄭楚仁身上早已經被刺出好幾個窟窿。他微微笑了，這才是真正的家長該有的樣子。

「蘇同學昨晚應該向你們澄清過方老師的事，請聽我說幾句，免得你們到學校之後被利用，反倒傷了女兒的心。」鄭楚仁注意到這對父母被打到痛處的表情，「你們想保護她，也得先認清傷害她的人到底是誰。」

他放了一段錄音，邱佳儀處理過的聲音說：「只要有幾個家長不信孩子的話，只要有幾個學生開始懷疑自己，或是刻意配合說謊，他就算不被定罪，作為教師的生涯也完蛋了。」

兩個人對看了一眼，臉部肌肉繃得很緊。鄭楚仁接著說：「最近有學生過世的事情你們應該也聽說了，那並不是意外，公正高中存在很多內部人士心照不宣的潛規則和祕密，蘇同學的班導就是不願妥協，結果成了需要被處理掉的麻煩，你們女兒是無辜被牽扯進去的。」

他這回放的是蘇寧禕詢問許至清是否真的能幫到方俊偉的錄音，補上一句：「她只是想做對的事情。」

方法有點魯莽、有點傻，但出自於尚未被抹滅的一顆良心。

蘇寧禕父母的手緊緊握在一起，明顯的顫抖即便是觀察力最差的人也很難不注意到。蘇寧禕母親的另一隻手還緊抓著手機，此時拿到眼前怔愣地看著，過了好半晌之後播出一通電話。答鈴聲很大，響了一次、兩次，接通之後開口的是個不耐煩的女聲，雖然沒有開擴音，但從隻字片語可以拼湊出對方不耐煩的催促。

「我女兒，」蘇寧禕的母親開口：「可以把電話拿給她嗎？」

不知道另一頭說了什麼，她回道：「請讓我和她說幾句話，我和丈夫已經在路上……寧禕？寧禕！拜託您把電話給她吧，我們再十分鐘就到了，只是很擔心——」

被掛斷的嘟聲，蘇寧禕的母親咬著嘴唇盯著手機螢幕，不死心地重播數通電話，但都被迅速掛斷。最後是她的丈夫看不下去，拿走了她的手機。

「她沒事。」鄭楚仁說：「不用太擔心。」

「……她說這段時間一直有人在騷擾他們班同學。」蘇寧禕的母親終於回應了他的話。

「我可以猜到原因。」

「她說他們被學校和其他班同學針對了。」

「是的。」

「她說她做錯了一件事。」女人嘴唇微顫，「之前她就說過不想去學校，說覺得學校很可怕，我們以為她只是被之前的意外嚇到。結果到昨天——」她深吸了口氣，「昨天她換了一身衣服回家，制服又髒又溼，我們問她到底發生什麼事，之後學校主任來了。我——」她雙手摀住嘴，「我問她、問她是不是跟老師——她說了很多次不是這樣的，說她跟方老師沒有那種關係，我不信，我把她拉到房間想檢查、檢查她是不是——」她整個人顫抖起來，「她把我關在門外，一直哭，一直說『我討厭妳』、『我不想看到妳』，她從沒有、從沒有說過……」

其餘的話語被嗚咽吞沒，這位母親泣不成聲，肩膀不斷顫抖著。她的丈夫抱著她打不直的身子，低聲說：「半夜我們去看過，她看起來睡得很熟。但早上一醒來就發現她不見了。」

「……她和她的朋友做了一件很多人沒有勇氣做的事。」鄭楚仁說：「請你們在見到她時好好聽她說話，忘記其他人和你們說過的事，好好聽她想向你們傳達的真相。接下來這段時間，她會很需要你們的支持。」

他們一個啜泣著點頭，一個沉沉地說了「好」。

來不及攔截到其他三個學生的父母，鄭楚仁和鈴鐺回到學校附近，幾臺車匆促地停在路口，和新聞車擠在一起。許至清還在學校裡看著現場。

「四個學生的家長都到了，現在有人帶著他們往校長室走。啊，有一對父母直接跑過去了。」許至清嘀咕著「小心點、小心點」，然後輕輕抽了口氣，「希望沒有摔出事情，看起來是還好，但也不排除是腎上腺素的影響。」

「嗯？蘇寧禕跑出來了，雖然我聽不到，但她看起來很激動好像在罵人，摔倒的應該就是她的父母……有老師過來拉她，結果被她父母趕走了。」短暫的停頓，「她把她父母推開了。」

「啊，等等，他們三個抱在一起了。」

「可以了。」鄭楚仁說：「先回來吧，小心別被發現。」

通話另一頭應了聲，接著只能聽到微弱的喘息。鄭楚仁讓洛基準備好接應許至清，稍早負責劫持訊號的四人則是已經回到了家中。

「我們也回去？」鈴鐺問。鄭楚仁點點頭。稍微整頓，他們還有事要做。

「教育部於今日收到數封黑函，檢舉多所高中舞弊收賄的亂象。對此有關單位將進行徹查，絕不會姑息養奸，查出有舞弊事宜的學校將取消其大學推薦入學的名額，以示中央對公平的重視。」

「公正高中舉辦臨時記者會，為稍早的混亂致歉，將和幾位學生及家長溝通，釐清可能的誤解，並嚴正表示學校絕對沒有舞弊的現象，請以非法方式放出假消息的罪犯盡快自首，也許還能夠從輕量刑。」

「公正高中表示日前學生從樓梯墜落之案件已由檢警確認為意外，並未發現任何可疑之處，還請外界不要妄加臆測。同時也請死者家屬尋求專業協助，以免遭受有心人士利用。」

「警方出面澄清該案調查結果，表示林姓學生確實是從樓梯失足墜落，沒有第二人介入的證據，並且在詢問證人時並未受阻，近日流傳的封口令和威脅都是子虛烏有，還請民眾切勿散播不實訊息。」

「公正高中對於調查的疏失感到遺憾，也願意對家屬致上歉意，但希望外界不要將少數個案的行為擴及至無辜的師生。」

「警方表示在調查結果確認之前不便回答任何問題。」

「公正高中不接受任何媒體採訪。」

「稍早當地新聞臺於晚間新聞時間遭到不明人士劫持訊號，播放了一段駭人聽聞的霸凌現場錄音，錄音中的受害者正是一年前被發現陳屍於公正高中游泳池的陳姓女學生。檢警已經重新開始調查涉及湮滅證據的校方人員，並承諾將對當時負責調查的人員做出懲處。」

「殯儀館負責人已經在今日一早遭到緝捕歸案，涉嫌收取犯案學生班導之賄賂，協助毀屍滅證。該教師也在昨夜向警方自首，承認為了名譽賄賂殯儀館協助隱瞞命案真相的行為。」

「市長夫婦於稍早公開譴責涉案教師不僅沒有為學生做好榜樣，反而成為少數學生行惡的靠山，並承諾將以更高的標準要求各級學校加強管理，以免類似的憾事再度重演。」

「相關單位重申若有類似情事，請將證據提供給警方，而非透過不法管道散播消息，以免助長犯罪行為發生。」

這幾天事情進展得很快。

學校對方俊偉的誣陷給了他們擴大散播消息的平臺，闖入採訪現場的學生們引起了不少關注，接著鄭楚仁先是放出林紹翔的屍體被迅速火化的消息，暗示校方刻意掩蓋事實，等學校出面回應之後才放出林紹翔命案的錄影。

風向開始轉彎，接著陳羽心的錄音成了最後一根稻草。許至清不知道鄭楚仁當時在茶館都和學校背後的勢力談了什麼，但也許正如鄭楚仁所說，公正高中校長的親家是徹頭徹尾的生意人，發現苗頭不對之後便沒有再試圖替老丈人掃尾，而是完全撇除了自身責任。學校沒有心力再追蹤方俊偉的事情，而是忙著應對連環爆出的醜聞。

這段時間他們和校方接觸過的家長一一談過話，大多數人對學校的說詞也有些疑問，尤其是在看見方俊偉幾個學生的澄清之後，雖然有兩位家長堅持不改變說詞，但沒了上頭的壓力，檢警也不會在風向不對的時候堅持定罪。畢竟至今對於方老師的指控都還是校方單方面的行為，放棄定罪並不會對檢方的顏面造成什麼影響，真正的麻煩是兩名學生的命案。

大概算是他們的幸運吧，對陳羽心施暴的幾個學生家中並不算特別有權勢，只是比較富有，透過賄賂老師換取特別優待，因此在命案究責上沒有太多阻力。不過校方一直在努力把命案和後續的毀屍滅跡推到個別老師身上，到底能對更上層的人造成多少影響，這已經不是Caroline能夠掌控的範圍。

「他們會去評估要犧牲幾個人才足夠平息輿論。」鄭楚仁說：「不過至少校長女兒的婚事是泡湯了，這所學校不會再像過去那樣任意妄為。」

一紙婚約就能決定一所學校是否擁有特權，多麼荒謬。

方俊偉就這樣被無聲無息地釋放，消息只在不同的報導中占據一兩行句子的空間，沒有人要為他這段時間受到的折磨負責。現在的事態他們之前拍攝方俊偉的訪談也不能用了，否則會讓他惹上更多麻煩，他們最多能做的就是盡可能幫忙洗刷掉這位教師身上的汙點，鄭楚仁因此安排了一場臺面上媒體的採訪。

畫面中方俊偉眼眶泛紅，吐出溼潤的笑聲，撫著前額搖頭。「啊，這幾個死小鬼。」他嘴巴動了動，似乎是無聲說了「媽的」，帶著細小傷痕的手摀住眼睛，接著顫抖地吐了口氣，「太衝動了。」他的聲音一哽，「哈……真是受不了，怎麼能那麼衝動。」

靜默了好一會，他用幾乎失控的嗓音說：「我為你們驕傲，如果有誰說你們不夠好，不要相信，就算是自己這麼覺得也一樣，知道嗎？」

說到最後他的聲音已經嘶啞得幾乎聽不清楚，鏡頭在此時撇到一旁，給方俊偉一點整理情緒的空間，但還是能聽見細微的抽氣，還有他有意識緩下的呼吸。

「有幾個人想見見你，你願意嗎？」畫面外的記者開口詢問。方俊偉沒有立即回答，先是擺了擺手，過了幾秒才開口說：「你們跟我對過細流，我沒忘。」

不按牌理出牌的回覆似乎讓訪問的記者愣了愣，接著是一聲輕咳，維持著專業的口吻說：「那麼我們就請人過來了。」

來人是一對看起來很尋常的中年夫婦，頭髮有幾絲斑白，從皮膚可以看見長年勞動作業留下的風霜。方俊偉一看見他們便下了椅子，雙膝跪地，對著兩人磕頭。他們慌忙地上前想扶起他，但這位教師又一次證明了自己的固執，維持著同樣的姿勢說完想說的話。

「很抱歉，是我的無能和不果斷導致陳同學無法及時獲得幫助，也害兩位被蒙在鼓裡一整年的時間。」一道明顯的剪接痕跡，「沒有保護好學生是我作為教師的失責，如果有任何能夠幫上忙的地方請讓我知道，我會盡可能去彌補自己的錯誤。」

「您別這樣，方老師。」陳羽心的母親在丈夫的攙扶下同樣跪了下來，「要說您失責，我們作為父母才是真的失敗，就因為她太懂事，因為工作忙碌，沒有發現她受了多少苦。您已經做了您能做的。」又一次明顯的剪接，陳羽心的父母已經把方俊偉拉了起來，「羽心若是能看到，肯定不會怪罪您的，請您也不要再怪罪自己了。」

方俊偉重新入座，陳羽心的父母則是隔著一張小桌子坐在他斜側方，從方俊偉突然捲起的袖子可以看出時間又躍進了不知道多久。他們寒暄幾句，詢問雙方的近況，方俊偉下星期就要回去帶班教書了，無論學生和其他教師會怎麼看他，他目前沒有離開學校的打算。陳羽心父母的麵店暫時還不會恢復營業，他們想用這段時間為女兒做點什麼，能做多少是多少。

「所以是由家長發起的反霸凌小組？」

「是，由我們幫忙聯絡其他家長。主要是希望孩子如果被欺負了，不會因為害怕而不敢求助。我們找了每個年級幾個有能力也有意願的家長當負責人，需要幫助的孩子都可以透過負責人聯絡我們，由我們幫忙出面。」

「如果霸凌者是負責人的孩子呢？」

「每個年級都會有不只一個負責人，受害學生可以聯絡別的負責人。當然負責人之間還是有互相包庇的可能，這個我們還在想要怎麼解決。」

「只要我還在學校的一天，」方俊偉開口：「任何學生都可以來找我幫忙。」

「您不擔心類似的『誤解』再次發生嗎？」記者問。

方俊偉笑了笑，「我們家幾個小朋友都不怕了，我怎麼能怕？」

他的語調凌厲起來，原先真誠的笑容也變得不達眼底，「而且中央不是說了會立即改善學校的管理機制嗎？我相信如果再有霸凌事件發生，校方一定會好好正視這個問題，有關單位也不會袖手旁觀。」

人都撞得頭破血流了，他還是沒有改變一貫的作風。

「最後三位是否有話想對大家說？」

方俊偉搖搖頭，「我想說的都已經說了。」

陳羽心的父親則是看著鏡頭，用鄭重的語氣說：「至少我們得保護好這些孩子。」

影片後的報導文字中規中矩，平鋪直敘地將訪談內容再簡述一次，最後在結尾卻突然寫道「感謝檢警的努力讓真相得以水落石出，希望未來不會再有這樣的憾事發生。」

鄭楚仁說那是不讓他們被逼著在鏡頭前講這些話的折衷，被剪掉的部分則是針對警方調查疏失的檢討，還有陳羽心母親說的「在這種環境下，您已經比絕大多數的老師都要盡責太多」。由官方自行表示要懲處個人是一回事，由一般人批評公權力是另一回事，這樣對受訪者和訪問他們的媒體都比較安全。

當然，這不代表他能心平氣和地接受現況。

「Phi哥。」

「啊，蝦仔。」靠著圍欄的Phi轉過身，攤開雙手說：「你也睡不著？」

許至清搖搖頭，「剛剛聽到你開門的聲音，上來看看。」

「你耳朵也太靈。」Phi回過頭看著夜幕籠罩下的城市，一棟棟公寓大樓的燈大多都熄了，街道上車流量也不多，無論是用聽的還是看的，都是個平靜的夜晚。「我姊睡得超死，我出門的時候根本連醒都沒醒。」

許至清走到他身邊，看著他微微彎起的嘴角，「大家都很累，你這幾天也睡得很少吧？」

「是沒錯。」Phi抓抓頭，「不過我有時候熬夜熬過頭反而會失眠。」

「要我幫忙嗎？」

Phi好奇地看了過來，「怎麼幫？」

「直接打昏。」

許至清五指併攏做了個手刀的動作，逗得Phi咯咯笑了出來。雖然已經成年，他的臉龐還是帶著少年的青澀，尤其是在笑起來的時候，看似不帶一點陰霾。Caroline的每個人笑起來都不同，即便都是在彼此身邊放鬆的時刻，Phi的笑容總是顯得特別純粹和明亮。

許至清沒有在接觸過的那幾個學生臉上看過這樣的表情，他希望他們還沒有失去笑的能力，希望他們都有能夠讓自己卸下心防的同伴。

「手刀真的能打昏人嗎？」

「我沒有試過，但大概是不行。」

「鎖喉呢？」

「可以，但沒有訓練過會很危險。」

「嗯，畢竟人類很脆弱。」

他們都安靜了一會。注意到Phi不明顯的輕顫，許至清靠過去抱住他的肩膀，從認識以來Phi似乎又長高了一點，身形也結實了點，要是再多發育個一兩年，身高也許就要超過他和鄭楚仁了。許至清有點驚奇，他沒有手足，不曾像現在這樣突然驚覺朝夕相處之人的變化。

「會冷怎麼不多穿一點？」他輕聲責備。

「白天天氣好，我沒想到溫差會這麼大嘛。」Phi表情有點忸怩，但大概是真的覺得冷了，他偷偷摸摸地往許至清身上靠，嘀咕著：「你這是人形電暖爐吧？」

然後他側頭看了許至清一眼，開口道：「這陣子一直在想……要是沒有被老大發現，不知道現在的我會在哪裡。我……」他頓了頓，「那時候我其實完全不怕，但不是因為有多勇敢，而是根本不知道可能會有什麼下場，至少不是完全明白。但這一次，看到、聽到發生在他們身上的事情時，我突然有點害怕。」

Phi抓抓頭，「是不是很奇怪？都好幾年前的事情了。」

許至清搖搖頭，「國中時你知道矯正中心和矯正官是怎麼樣的嗎？」

「知道，小時候經常有人威脅我和我姊要是不聽話，就要把我們送去矯正班。不過知道和了解是兩回事，對我來說有點像是都市傳說的感覺吧，傳言聽起來愈誇張，就愈沒辦法把它當作是真實的存在去害怕。」Phi從鼻子輕輕哼氣，「我以前比較胖，經常被嚇說要是被抓進去肯定就出不來了，有些位高權重的人喜歡去矯正班挑肉比較嫩的孩子吃掉。」

「我聽到的版本是矯正班其實是器官農場，愈健康的人進去愈是要小心。」

Phi彎彎嘴角，但淺淺的笑意很快就從臉上滑落，「雖然沒有挖腎跟吃人，可是現實好像也沒有好到哪裡去。」

尤其是對沒有成年親屬在乎的監管對象來說，什麼樣的折磨都可能發生，他們的坦白也會被當作孩子不懂事的謊言刻意忽視。

「這個……機制到底為什麼能繼續存在下去？我也一直在想這個問題。」Phi眉頭微微皺起，「為什麼會有人能把折磨未成年人當工作，為什麼會有家長願意把孩子交給矯正中心，甚至是主動把孩子送進去？」他吐了口長氣，「就算是我爸媽都做不出這種事，當然選擇權也不會在他們手上。」

許至清沒有主動問，但Phi繼續說了下去，「他們都吸毒在坐牢，我跟我姊原本是外婆帶大的，外婆過世之後住在阿姨家，到我姊成年為止。」

一個是帶大，一個只是住在對方家中，許至清注意到Phi用詞的區別。

「他們……盡力了，這麼說也許有點奇怪吧，但他們不是不想好好照顧我們，只是有些東西沾了就很難甩開，尤其是在那樣的環境裡。你知道嗎，監獄裡的毒品比外頭要猖獗多了，很多獄卒都會睜一隻眼閉一隻眼，甚至是主動參與毒品流通。獄方開始掃毒的獎勵機制也沒有用，反而有些獄卒會強迫犯人用毒，之後拖著他們去領獎金。

「犯人的話沒有人聽，知情的人不在乎公不公平，只要能跟上頭交差就好了。大概在他們第三次延長刑期的時候，我就覺得他們大概哪天會死在監獄裡吧。」

Phi抓抓頭，露出有點不好意思的表情，「抱歉把你當垃圾桶了，我睡不著的時候就容易想東想西，或者就是想東想西才會睡不著？我也不知道是哪個先了。」

許至清拍拍他的後腦，「歡迎隨時找我倒垃圾。啊，沒有說你的話是垃圾的意思，我們Phi哥的話跟畫一樣值錢。」

Phi用手肘頂了他一下，「你好肉麻。」他沒有再繼續說自己的事，而是問起方老師的學生。白天許至清才查看過蘇寧禕和三個同學的狀況，他們這陣子都在家裡避風頭，上學會引起太多不知道怎麼應對的注意，但四個人都沒有再被校方找麻煩，也沒有被列為特別監控名單的一員，反倒是陳羽心的父母和林紹翔的父親比較受到當局關注。

原本林承軒在和妹妹跨完年之後就打算北上，但計畫趕不上變化，鄭楚仁便請人轉達讓他多等幾天的訊息。陳羽心的父母則是暫時歇業，躲避麻煩的同時花點時間整理心情，Sue和他們聊過之後順勢辭了職。

一切似乎都走上了正軌，許至清卻不知道為什麼靜不下心。

「想睡了？」注意到Phi試圖壓住的呵欠，許至清攬著他往門帶，「回房吧，就不要設鬧鐘了，好好補眠，學校那邊可以請病假。」

「我可以讓同學幫我點名。」Phi又打了個呵欠，「明天的教授不會認人，只要有簽名就好。」

「唔，看來還是有些事情是不會變的。」

「大概只是變得更嚴重了，我有個很會模仿字跡的同學每次都要幫好幾個人簽名，最高記錄好像是十二個人。」

「我大學沒有翹過課，感覺好像少了個體驗。」

「哇ㄎ——你沒有——怎麼可能——明明是交過白卷的人！」

「我是個很無聊的大學生喔。」

許至清領著人進電梯，一路把Phi送到房門口，和他道晚安。Phi在門口突然停下腳步，回頭抱了許至清一下才回房。

許至清想到鄭楚仁說過的話，有點明白了鄭楚仁的感受。他也很慶幸鄭楚仁當時能拉這個早熟的男孩一把。

Film No. 002
Title　蔚藍大海

第 14 章
大海

「蝦仔，你都準備好了嗎？」

洛基拉著一個小行李箱，今天他穿上一身長裙，及肩的頭髮燙出些許捲度，讓本來就雌雄莫辨的五官更顯柔和。許至清背起行李袋起身，把單眼相機掛在脖子上。

他們這趟是要南下去找林紹翔的父親林承軒，其他人還要忙著進行完整成片的後製，許至清和洛基便被賦予這份任務。在星期五晚上離開，星期天一早搭車回來，裝作週末到南部玩的遊客，向林承軒交代整件事的始末，另外確認他是否還有需要幫忙的地方。

洛基在讓鈴鐺幫他接髮時冠冕堂皇地說這樣比較不會引起注意，不過許至清懷疑他只是想趁機試試新造型。

因為不是自己開車，一路上他們都只是漫無邊際地聊些無傷大雅的話題，或者該說是小心翼翼地確保不要提到可能引起注意的內容。許至清驀然感到有些不習慣，雖然過去幾年他一直都有意識地在控制言詞，但和Caroline大家聊天時自由慣了，現在才猛然意識到他們看似平常的閒聊，其實包含了許多無法和一般人提起的事。

他們入住的飯店在車站附近，許至清進門第一件事情就是確認有沒有竊聽和監看設備，這不算是過度警戒，畢竟為了得到官方支持幫忙監視客人的生意人並不算少，前些年甚至還有飯店在浴室加裝針孔鏡頭，給達官貴人存取權換取利益的例子。

由於受害者之中有幾位家中背景雄厚的女性，整件事情在被Caroline揭發之後鬧得很大，體制中的特權階級難得在臺面上內鬥起來。最後飯店負責人受到嚴懲，不少富商被逮捕，同為顧客的幾位高官卻推出了家中的晚輩抵罪。

那還是許至清第一次從政府官員口中聽見對國家體制的批評，但不知道是由於威脅還是利誘，不久之後那些人就改口了。

「好了？」

許至清點點頭，「浴室你先用吧，我洗澡很快。」

「不一起嗎？」洛基拋了個誇張的媚眼。

許至清笑出聲，拍了下他的額頭。

洛基沒有像平時在家那樣花大半天沖澡，十來分鐘之後就一身水氣出門。許至清問過他在浴室裡待這麼久都在做什麼，洛基動動眉毛，說他不會想知道的。等許至清也迅速沖完澡，他們確認過明天的「觀光」行程，還有傍晚和林承軒見面的地點，之後便躺在一張大床上，只留了一盞小燈，說好由洛基多熬四小時的夜，許至清則是早四小時醒來。

平時作息總是很固定的許至清睡得並不安穩，平時早起不了的洛基則是在說好的時間前一小時便睜開眼睛。他們對看一眼，交換了一個了然的苦笑。

「走吧。」洛基說：「明天就回家了。」

當天傍晚他們來到約定的海邊，沙灘上和沙灘邊的店家滿滿都是遊客，要被注意到反而比融入人群中要困難。洛基在附近的市集和他分開，說要去逛逛攤販，不過實際上是為了從遠一點的地方注意有沒有可疑的人靠近，許至清則是負責和林承軒接觸。

就像是恰好與他併桌的客人，許至清一邊拿著相機拍攝遠方染上暮色的天空，一邊低聲說話。

「林先生。」

「……是你啊。」

林承軒沒有轉過頭，依舊看著大海，用手上的雜誌擋住了嘴。他們就如同間諜片的角色那樣接頭，偽裝出陌生人的假象。

「要是他能看到，」林承軒說，臉上掛著一抹淡笑，眼角也擠出了些許紋路，「會不會覺得他爸我其實也沒那麼遜？」

「我想在他眼中你一定是最酷的。」

「哈哈……酷的是你們吧。」

和上次見到時比起來，林承軒的狀況似乎好很多，圍繞著身周的氛圍平和下來，整個人也不再那麼緊繃。悲傷成了安靜緩和的漣漪，會伴隨著他很久很久。

「前幾天學校聯絡過我妹妹，要她說服我公開聲明火化是經過我同意的。哎，把我那小妹氣得都罵了髒話，直接把手機丟進水槽裡了。她急著找我的時候還以為又發生了什麼糟糕的事，結果只是叫我要是接到學校的電話，幫她說一下她不小心弄壞手機，接下來這段時間都需要我在她身邊當私人祕書。」

林承軒好笑地輕哼，「好在你們接著把影片放出來了，免得我真的得跟著那工作狂上班。」

許至清有些擔憂，但不確定該不該問，所以只是說：「你們聽起來很親近。」

「之前吵了不少架，不過她也是擔心我。」然後像是注意到許至清的遲疑，他主動說道：「看到真相的時候我反而釋懷了一點，至少他只痛了一瞬間。很糟糕吧，聽到另一個孩子被折磨了多久，我的第一個想法竟然是，還好我的孩子沒有相同的經歷。」

許至清低頭假裝查看照片，「不會，我可以理解。」

在最為脆弱的時刻，他也想過為什麼不是別人，為什麼受折磨的非得是父親？「有些事情我做起來比其他人安全。」父親在被逮捕前這麼說了，「我會回來的，對不起要讓你們擔心了。」許至清在這段時間經常想到這句話，並不是有些事情只有父親能做，而是有些事情由父親去做，在代價和成果的衡量上才划算。

不是用一條命換微不足道的改變，不是用一輩子換幾個月就平息的討論，最後還會被逼得「承認」是自己說錯話，而是用五年的光陰助長了反動的火光，即便在壓迫之下必須韜光養晦，這樣的力量從未完全熄滅。

作為兒子，許至清依舊覺得這個交換並不值得，但那是父親的決定。

許至清簡單扼要地向林承軒解釋這一個月發生的事情，還有參與其中的人可能的下場。林承軒靜靜聽著，在許至清說到高層也許不會付出應有的代價時，他也依舊沒有說什麼，只是吐出幾乎聽不見的嘆息，「我和你們道過謝嗎？謝謝你了，也請替我向其他人表達謝意。」

「我會的。」

「陳同學的父母……如果我去拜訪他們，會不會造成什麼麻煩？」

「我們可以幫你詢問一下。」

「那就麻煩你們了。」林承軒話鋒突然一轉，「你覺得海葬怎麼樣？我查過了，只要骨灰經處理過，用可以自然分解的材質裝著就好。」

許至清愣了會，「這是只有你才能做的決定。」

「也是。」林承軒的語氣悠遠起來，像是在喃喃自語勝過在和許至清說話，「如果還有下輩子，我希望他能投胎到別的地方，也許這能讓他少走一段路。」他沉默了一會，「我也該走了，不然我妹妹會殺過來找人。」

許至清連忙問：「還有什麼是我們能幫你的嗎？這段時間你可能會受到一些打擾，學校是找不了你麻煩了，但還是會有人盯著你，也許會有人試探你跟放出消息的人有沒有關係，至少要幾個月到一年的時間，你的名字才會從特別監控名單被拿掉。」

「接下來的路就讓我這個不盡責的父親自己走吧。」林承軒站起身，視線短暫掠過許至清便目不斜視地走離。

許至清待在座位上又拍了幾張照片，火紅的夕陽已經半邊沉入地平線之下，往整片海灘撒下橘紅色的暖光。每次看著自然界的美景，許至清都會有點恍惚，像是他們這些棲息其中的人配不上這個世界。若是從高空拍下來，就算是這樣可怕的地方看起來也是美麗的吧？也許這座監獄以外的人在看著這座城市時，也只會感嘆地讚揚眼前的秩序。

「帥哥，給虧嗎？」

是洛基的聲音，接著一雙有點冰涼的手貼上許至清的脖子。他扭過頭，對上洛基彎彎的眼睛和寬闊的笑容，拍了下洛基的手背作為沒有殺傷力的反擊。

「有沒有拍到什麼好照片？」他在林承軒先前的座位上坐了下來，「我剛才買了一個比我的頭要大的棉花糖。」

「照片是拍了，但好不好是另一回事。」許至清看著他沒拿著東西的手，「棉花糖？」

「有個小朋友在哭，人美心善的我就只好把剩下那半分給他了。」洛基撥了下頭髮，「他剛剛叫我大哥哥耶，明明我今天還穿了裙子，這小朋友很有前途喔，沒有被既定框架限制住，不過就算叫我大姊姊也沒關係啦。」他抹了下許至清的眉毛，「你這樣會長皺紋喔。」

許至清鬆開沒有意識到皺起的眉頭，讓洛基牽起他的手。

「要不要散個步？」

許至清點點頭，看向日落之後很快暗下來的天空，跟著洛基走向平和的海面。不遠處有幾個孩子一邊赤腳踏著浪花一邊尖叫，樂此不疲地追著退開的海水，再回頭跑給海浪追。許至清也曾有這樣單純的時候，他的世界很簡單，只有他崇拜的父親、他敬愛的母親，還有令他好奇又目眩神迷的世界。等他們長大了，許至清想，他們是否能被允許多保有一點此刻的天真？

「你覺得海葬怎麼樣？」許至清問，和洛基一同沿著海岸線走。

洛基連腳步都沒有停頓，不假思索地回答：「我的理想其實是樹葬，不覺得死後當肥料很浪漫嗎？」

許至清笑了，「你之前不是才說爛人應該去當堆肥？」
「堆肥是直接把人放到爛掉，我這是燒好了再回歸大地。」
「我之前查過，骨灰好像不適合直接種東西。」
「哇，你為什麼會去查這種東西？」
「之前辦家裡人的喪事時研究了一下。」
洛基勾住他的手臂，語氣很平常，「結果你最後選了什麼？」
許至清考慮過海葬，和林承軒一樣希望摯愛的家人能夠遠離這片土地，但即便是在飽受折磨之後，他父母對家鄉依舊有愛，無論希望有多渺茫，許至清都希望他們有天能見證這個國家回歸自由的那天。
而且父親大概也不想再和母親分開了，曾經因為事業聚少離多，之後又被硬生生奪走五年光陰，許至清不知道自己相不相信死後的世界，但如果亡者真的會進入地府，或是升上天堂，他希望父母能有彼此的陪伴。
「我把他們的骨灰混在一起，撒在他們第一次約會的地方了。」
父親不知道聽了誰的建議帶著母親去爬山，結果當時還沒有運動習慣的他在攻頂前就累倒了。一直到很多年以後，母親說起這件事時還是會忍不住難得地笑出聲。
「其實那邊是不能撒骨灰的，但我實在不想把他們交出去。」
當時殯儀館的人偷偷向他透露政治犯的骨灰會集中處置，因為某些位居高位的人竟然也相信鬼神，竟然也會擔心積少成多的怨氣將對他們造成不利。他們具體會怎麼做，許至清並不清楚，但他不會讓那些人如願。

「哪天我死了，我也想留在這裡。」如果那些人的擔憂有可能成真，他想成為壓垮駱駝的其中一根稻草。「不過對他們來說，」那些沒有機會為自己爭取一個未來就消逝的生命，「海葬也許是更好的選擇吧。」

「也是呢。」洛基低聲說，接著不顧他們腳上穿著鞋子便跑向襲來的海水，拉著許至清一起弄溼雙腳。「噫！」他驚叫，「比我想像中冰，明明白天天氣這麼好……哇啊！我的裙子！剛剛浪有這麼高嗎？這片海在針對我！」

「那個，你褲子露出來了。」

「這叫安全褲，親愛的——呼！好險，差點連內褲都弄溼了。」

許至清乾脆脫掉鞋襪，和洛基一起踩著海水又走了會。他由衷希望那幾個孩子下輩子都能夠誕生在自由的國度。

看向戴著口罩和鴨舌帽，每走三四步都要停下來左右張望的女孩，許至清有點哭笑不得，理了下頭髮之後小跑步上前，用驚喜的語氣說：「好久不見，妳都長這麼高了，我差點認不出來。」

蘇寧禕雙眼圓睜，徒勞地動了動嘴好半會才擠出一句：「啊……對……你也長高了？」

「大學之後就沒再長了。」許至清把手搭在蘇寧禕的背包上，領著她通過捷運出口後方的小門，進入許至清以前就讀的大學，「雖然正式成績還沒出來，不過妳先對過答案了吧？考得還好嗎？」

「啊，如果畫卡沒畫錯應該是考得不錯，只是不知道國文作文能得幾分，國文老師每次都說我不適合寫命題作文——」蘇寧禕頓了頓，像是突然回過神，「呃，我以為……我不是……」

「妳吃過早餐了嗎？走吧，先去買點吃的，然後我帶妳去個安靜的地方邊吃邊聊。晚一點不一定，但現在這個時間應該沒什麼人，妳也知道大部分大學生的作息都是怎麼樣的。」

聽到「沒什麼人」的時候蘇寧禕懂了他的言外之意，深呼吸了幾次，緊繃的肢體稍稍放鬆下來，讓許至清領著她去買了兩份蔥抓餅加蛋和熱豆漿當早餐，接著走到歷史系系館後方的小樹林——說是樹林，其實更像是個小公園，種植了幾棵高大的綠樹，寒冬中枝葉依舊繁茂，遮擋了陽光也遮擋了視線。

許至清大學時確實喜歡在空堂時間待在這裡，坐在長椅上面對著現在已經沒有在使用的小舞臺。這所學校原本是有戲劇系的，和歷史系共用一棟系館，但戲劇系在許至清入學之前就被廢除，室內的表演和排練空間被改裝成教室，室外的場域則是直接棄置。

許至清在椅子坐下，確認過周遭沒有多裝他就學時沒有的竊聽或監視器，然後拍拍身邊的位子，「大家都叫這個地方小綠傘。」

蘇寧禕一邊咀嚼一邊好奇地看過來。

「原本有人叫這裡『自由劇場』或是『小綠洲』，但之前戲劇系廢除的時候抗議聲浪不小，學校對這個比較敏感，後來就改叫小綠傘了。」許至清指著頭上的樹冠，「保護傘、小綠傘。有些學校沒有核准的社團會在這裡集合。」

「噢。」蘇寧禕配著豆漿吞下嘴裡的食物，「我聽別人說有些高中也會有這種地下社團，不過我們學校就沒有。」

「大學比較多，不過還是要小心一點。」

「太容易加入的社團不要加？」

許至清微微苦笑，「嗯，還有成員大多來自同系所的社團，同系同學之間容易有競爭或利益衝突產生的私怨。」

「人類好麻煩。」

「是很麻煩。」許至清看了眼她癟著的嘴，「回學校這陣子還好嗎？」

蘇寧禕聳聳肩，「這段時間大家都待在自己班教室，下課時間最多去個洗手間，而且連洗手間都有人看著。晚自習也取消了，放學之後我們就像小學生一樣得排路隊，一起帶到校門口離開。說實在有點誇張，不過是少了很多麻煩。」她頓了會，「我們班同學的反應⋯⋯讓我滿意外的，之前大多數人都沒怎麼說話，我還以為他們和那兩個討厭鬼一樣不喜歡小偉，可是老師回來那天，好多人都哭了。」

她眨眨泛起些許水霧的眼睛，「明明沒過多久，小偉瘦了好多，而且他好像每天都睡不太好，眼袋好深，有人突然打開教室的門，他都會像是被嚇到一樣抖一下，第一次的時候差點都要把講桌撞倒了。要是以前我們肯定會笑他反應太大，可是……」她抿起唇，「拘留所到底是什麼樣的地方？」

許至清並沒有問過父親被逮捕後的事情，一部分是不敢，一部分是沒有必要。他不需要抽絲剝繭去拼湊出父親曾經的經歷，那些身體和心理上的傷害並不隱諱，而是彷若暴風過境後留下的殘骸，一眼便能看出前一刻發生了什麼。

「我也不清楚。」許至清說：「要是哪天進去了再告訴妳？」

不合時宜的玩笑換來了蘇寧禕的瞪視，許至清彎彎唇，翻出一包面紙給她。

「我沒有哭。」她的語氣帶著倔強。

許至清指著自己的臉頰，「嗯，不過妳這邊沾到了。」

蘇寧禕連忙抽了幾張面紙擦拭，耳根泛著尷尬的紅色。

她沒有因為這次的事情失去孩子氣和青澀的一面，也許是天生個性使然，也許是她有同伴的緣故，也許是這個結果並不算太壞，不管怎麼樣許至清都鬆了口氣。往後的路並不會變得比較好走，但他希望她能多保有一點樂觀，好面對未來可能遇到的磨難。

如果她想繼續走在自己認為正確的路上，消磨希望的事情只會接踵而來。

「我可以問你一個比較敏感的問題嗎？」

「嗯。」

「你們為什麼願意這樣冒險？」

許至清想了想，「你們又為什麼願意冒險？」

「這不一樣。」蘇寧禕搖搖頭，「我們是為在乎的人討回公道，但對你們而言我們都是陌生人。」

「妳在乎的人一開始對妳而言也都是陌生人。」

蘇寧禕不滿地努起嘴，「你如果不想回答可以直接跟我說。」

「那就是我的回答。」許至清輕輕笑了聲，「沒有人能預測未來會和誰產生聯繫，會和誰建立起緊密的關係，如果連遇見的機會都沒有就太可惜了。而且誰知道你們今後能做到什麼呢？也許有一天，我或我在乎的人會需要你們的幫助，也許我的理想無法在自己手上實現，但能夠由你們還有你們幫助到的人達成。」

「你的理想是什麼？」

許至清沒有立即回答，而是看著年久失修的舞臺，上頭覆蓋著褐色的落葉、不知道是誰留下的垃圾，還有被陽光曬乾的鞋印，水泥階梯多處迸裂開來，長出了綠色的青苔和雜草。他上次回到學校是將近一年前的事，當時戲劇社恰好在這裡排練，他們手拿著排練完就得銷毀的劇本，演技生澀地輪流念誦臺詞，上演沒有其他人會看見的戲。

他們只是受到文字描繪出的景象吸引，只是對戲劇抱持著不知源頭的熱愛，只是心中藏著難以實現的憧憬。就如同很多年前，在母親書房裡翻到禁止流通的劇本時的許至清。

「我想演一場戲，一場在現在的世界無法公開演出的戲。」他走到舞臺上，轉身看向蘇寧禕，「原本我預想中的觀眾已經不在了，但沒關係，我有了其他想要讓他們觀賞的對象。」

那是七個他以不同方式去愛的人，他可以想像他們會有什麼反應。

「我會把這場表演獻給我過去和現在的家人。」

洛基會在謝幕時毫無顧忌地歡呼尖叫，被Sandy和Sue拉著，不讓他直接衝上臺。小小也許會哭吧，要看他演的是什麼樣的劇目，Phi會待在位子上認真地拍手，鈴鐺則是煩惱著等會見到該說些什麼來恭喜他。至於鄭楚仁……許至清不是很確定在那樣的世界裡，他會怎麼反應。

「告訴他們我愛他們。」

不過許至清可以確定一件事，那就是等到他下臺，鄭楚仁會用柔和下來的語氣喊他說：「至清，回家吧。」

「就只是這樣，我只是想要一個能允許所有人這麼做，而不需要感到擔憂的世界。」

他輕巧地跳回草地上，蘇寧禕手中捏著原本裝了抓餅的防油紙袋，神色怔然地盯著他看。

「我不知道我想要什麼。」她說：「只知道自己不想要什麼。」

「不想要類似的事情再度發生？」

蘇寧禕點點頭，「可是我不知道要怎麼做。」

許至清拍了下她的肩膀，笑了，「要是妳找到了答案，記得告訴我。」

一回家，許至清就感受到不對勁。

Sandy站在電梯口等他，平時總是帶著點笑容的嘴角繃得很緊，即便在看到許至清之後也只是力不從心地揚了揚。「來吧。」她按開電梯，拉著許至清進門，「聊得怎麼樣？」

「蘇同學很好。」許至清皺起眉，「怎麼了？發生什麼事了？」

「欸，我還以為自己演技不錯，哪裡露餡了嗎？」

「Sandy。」

她安靜了半晌，盯著緊閉的電梯門看，直到他們抵達五樓。「大家都在。」她輕聲說：「先去老鄭房間，其他的等會一起解釋。」

「砰咚。」許至清的心臟先一步感受到恐懼，他拉住Sandy的手腕停下腳步，吐出浮現在腦中的第一個問題，「誰被抓了？我可以、我可以想辦法把人帶回來，告訴我在哪——」

「沒有人被抓。」Sandy安撫地說：「我不是說了大家都在嗎？」

「那——」

「先跟著我來，蝦仔。」她拍拍他的手，「老鄭會跟大家解釋。」

心跳依舊悶沉而笨重，像是胸口燒灼的焦慮堵住了血管，讓身體得用比平時更多的氣力去維持正常運作。許至清深吸口氣，緩緩吐出之後再吸口氣，過了幾秒吐出。他以為自己已經很熟悉該如何控制恐慌的情緒，但骨子裡他還是那個在父親被逮捕之後，經常因為自己的想像而呼吸困難的孩子。

開門的是鄭楚仁，臉上雖然看不出什麼情緒，垂在腿邊的手卻僵硬地蜷曲著，像是在忍著敲擊手指的習慣。「回來了。」他壓著嗓子說，退後讓許至清進門，「坐，要喝點什麼？」

「到底發生什麼事了？」Sue問：「你和Sandy都神神祕祕的，還要等蝦仔回來才願意說，到底是怎麼了？」

她、洛基和鈴鐺坐在沙發上，小小和Phi則是分別坐在兩側的扶手，幾張臉上都掛著擔憂的表情，緊緊盯著門口的他們看。許至清對上鄭楚仁的視線，鄭楚仁卻撇開頭，大步走進廚房，往熱水壺裡加水。許至清有一瞬間忘了呼吸，他見過鄭楚仁可以用脆弱來形容的一面，卻從沒有在他身上見過膽怯。

他在逃避。這個發現讓許至清心慌不已。「老大。」許至清喊：「我們被發現了嗎？」

即便鄭楚仁背對著許至清，許至清依舊可以從他緊繃起來的肩膀看出他的動搖。鄭楚仁握起拳頭再緩緩鬆開，動作從一開始的僵硬變得愈來愈自然，呼吸也緩了下來。等他轉過身，看上去已經和平時沒有什麼不同，他按下熱水壺的加熱鍵，從抽屜裡找出一盒茶包，放在這段時間一直都是許至清在用的馬克杯裡。

「接下來除了我、鈴鐺和Sue，其他人都得先搬出去，回自己原本的家，不要留下任何屬於自己的東西。」

許至清下意識抓住餐桌邊的椅子，如果不這麼做，他不確定自己能不能繼續站著。

「砰！」

Sue激動地起身，撞上了身前的茶几，同時她吐出了一連串髒話，厲聲問：「是張芯語他們？那幾個王八蛋都說了什麼？」

「Sue——」

「是他們對吧？怎麼回事，擱了幾年的祕密突然就守不住了？」

「Sue。」鄭楚仁的聲音很輕，分量卻很重，「他們被逮捕了，面對的是十年的徒刑。」

「這樣就能為了減刑把我們供出來？如果沒有老大你，他們老早就餓死自己了，哪還有今天？」

「妳說他們是希望當時就因為過不下去而抽身，找份不喜歡但安穩的工作做，還是走到現在，因為走私而被判重刑？」

「那也是他們自找——」Sue猛地打斷自己，捏著鼻梁吐了口氣，「走私？」

「藉著職務之便走私大量違禁圖書和影視光碟，這次人贓俱獲的量有上百件，之後又在不同成員的家中搜出了更多違禁品，預估幾年下來沒有幾萬也有好幾千件，更別說是交由地下印刷廠印製流通的數量。」

「之前為了安全自首的不也是他們？」Sue握著拳頭說：「後悔了？想走回頭路卻又沒有擔當，這下才來禍害曾經的同伴？我當時就不該——你難道就不生氣？這已經是他們第二次背叛你了！」

「我不比妳冷靜多少，Sue。但現在說什麼都於事無補，我得想的是該怎麼度過這個危機，首先得確保其他人不會被牽扯進去。」

「……我不要。」許至清說，聲音比自己預期的都要嘶啞，「我不走。」

鄭楚仁皺著眉看了過來，「這不是任性的時候，蝦仔。」

「這不是任性。」許至清看著幾個伙伴。Phi和小小眼睛已經紅了，緊抓著鈴鐺的手不放，洛基蒼白的臉上沒了平時外顯的情緒，像是大腦不知道該做出什麼表情，Sue渾身都顫抖起來，Sandy則是把臉埋在雙手掌心裡。

「你之前也說過。」許至清接著說：「他們會很願意把我當主使者，畢竟我爸——」

「蝦仔！」這是鄭楚仁第一次在他面前大吼，一把抓住許至清的手，對其他人說：「給我們幾分鐘，我和蝦仔有些事情需要私下討論。」

許至清被拉進鄭楚仁的臥室，然後陷進了溫暖的臂彎中。鄭楚仁緩緩嘆了口氣，鼻息撒在他的耳邊，輕緩的聲音像是在撫慰他的神經。

「當時的事很抱歉。」鄭楚仁說：「別把自己當作隨時可以犧牲的對象，至清。」

「你敢說你就沒這樣想過自己？」

「這個我承認，但目前狀況還沒有那麼壞。張芯語的同伴沒有我們是Caroline成員的證據，還有全身而退的可能。」

「他們會在乎證據這種東西？」

「家庭背景特殊的不只你一個人。」鄭楚仁用輕鬆的語氣說：「我父親和祖父曾有很多位高權重的朋友，雖然他們都已經過世了，但不管是誰要動我多少會先三思，至少不能做得太難看。這次張芯語如果不是人贓俱獲，而且還是利用上面給他們出國拍攝的特權鑽漏洞，事情也不會鬧得這麼大。」

「真的？」

「真的。該銷毀的東西我們每次都會銷毀乾淨，這次提前得到消息，還有機會在他們找過來之前做好更進一步的掃尾工作。要是你留在這裡，反而會引起不必要的關注。」注意到許至清下意識的瑟縮，鄭楚仁捧著許至清的臉，親了下他的額頭。

驚詫和暖意一時之間沖散了他的恐慌，許至清抬眼看著鄭楚仁，這次鄭楚仁穩穩對上了他的視線。

「我需要你幫我注意大家的狀況，可以嗎，至清？」鄭楚仁語氣很鄭重，「尤其是Phi和小小，他們從認識鈴鐺以來就沒有和他長時間分開過，雖然比起他們我更擔心鈴鐺，但也不確定他們會有怎麼樣的反應。」

許至清抿起唇，輕輕點了點頭。

「我相信你。」鄭楚仁彎起難得的笑容，拇指抹過許至清的眼角，「走吧，不然他們還以為我把你怎麼了。我還有幾件事情要交代大家，之後再放你們去收拾東西。」

看著他轉過身走向房門，許至清心中突然又湧現一波慌張，伸手抓住鄭楚仁的手肘，在鄭楚仁轉過頭看他時卻說不出話來。

是真的嗎？你們真的會沒事嗎？你是不是又想著要替其他人承擔風險了？這會是我們最後一次全員聚在一起嗎？

許至清不敢將想法化為文字、化為聲音，那樣這些可能性會變得太過真實，他不確定自己是否能夠承受。

鄭楚仁輕嘆口氣，又給了他一個擁抱，揉了揉他的頭髮，「也別忘了照顧自己，至清，跟往常一樣……」

在鄭楚仁刻意留下的空白中，許至清顫抖地接話：「……安全第一。」

鄭楚仁滿意地點點頭，拉著許至清往外走，掌心有點涼，但手很穩。他似乎如同往常那樣已經找到了應當前進的方向，可是許至清怕的不是鄭楚仁不知道該往哪走，而是他走向的未來沒有自己在。沒有他就沒有今天的Caroline，他們需要他。

「鄭楚仁。」許至清湊到他耳邊說：「等這件事結束之後，大家再一起烤肉吧。」

鄭楚仁側頭對上他的視線，輕輕點點頭。

一個沒有說清楚所說的「大家」都有誰，一個沒有開口問。

——《海盜電臺》（上）完

高寶書版集團
gobooks.com.tw

YS 023
海盜電臺（上）

作　　者　克里斯豪斯
繪　　者　麥克筆先生
美術設計　瀨佐Sarie Lai
編　　輯　薛怡冠
排　　版　彭立瑋
企　　劃　黃子晏

發 行 人　朱凱蕾
出　　版　英屬維京群島商高寶國際有限公司台灣分公司
　　　　　Global Group Holdings, Ltd.
地　　址　台北市內湖區洲子街88號3樓
網　　址　gobooks.com.tw
電　　話　(02) 27992788
電　　郵　readers@gobooks.com.tw（讀者服務部）
傳　　真　出版部　(02) 27990909　行銷部 (02) 27993088
郵政劃撥　19394552
戶　　名　英屬維京群島商高寶國際有限公司台灣分公司
發　　行　英屬維京群島商高寶國際有限公司台灣分公司
初　　版　2023年4月

國家圖書館出版品預行編目(CIP)資料

海盜電臺（上）/克里斯豪斯著. -- 初版. -- 臺北市：英屬維京群島商高寶國際有限公司臺灣分公司, 2023.04
面；　公分. --

ISBN 978-986-506-662-8(上冊：平裝). --
ISBN 978-986-506-663-5(下冊：平裝)

863.57　　112001231